AGATHA CHRISTIE COMPLETE COLLECTION
THE THIRTEEN PROBLEMS

AGATHA CHRISTIE COMPLETE COLLECTION

THE THIRTEEN PROBLEMS

열세 가지 수수께끼 애거서 크리스티 장편 소설 | 이은선 옮김

THE THIRTEEN PROBLEMS

Copyright © 1932 Agatha Christie Limited.
All rights reserved.

AGATHA CHRISTIE, MARPLE and the Agatha Christie Signature
are registered trademarks of
Agatha Christie Limited in the UK and elsewhere.
All rights reserved.

Korean Translation Copyright © Minumin 2003, 2013, 2021

Korean translation edition is published by arrangement with
Agatha Christie Limited through Shinwon Agency.

이 책의 한국어판 저작권은 신원 에이전시를 통해
Agatha Christie Limited와 독점 계약한 ㈜민음인에 있습니다.
저작권법에 의해 한국 내에서 보호를 받는 저작물이므로 무단 전재와 무단 복제를 금합니다.

정식 한국어 판 출간에 부쳐

나는 한국에서 우리 할머니의 작품을 정식으로 출간한다는 소식을 듣고 무척 기뻤다. 할머니가 1920년부터 1970년 무렵까지 오랜 세월에 걸쳐 집필한 작품들은 21세기인 지금 읽어도 신선하고 재미있다. 등장 인물들이 워낙 자연스러워서 요즘 사람들과 다를 바 없고 이들이 등장하는 상황과 장소가 전 세계 사람들의 애정과 향수를 자극하기 때문이다. 한국 독자들은 이번에 새로 나온 정식 한국어 판을 통해 그 동안 접하지 못했던 애거서 크리스티의 일부 작품들을 읽을 수 있을 것이다. 덕분에 한국에 새로운 세대의 애거서 크리스티 팬들이 탄생할지도 모르겠다는 생각을 하면 가슴이 벅차다.

애거서 크리스티는 대표적인 두 명의 주인공으로 기억되는 작가이다. 14권의 작품에 등장하는 마플 양은 영국의 작은 시골 마을에서 평온한 나날을 보내며 뜨개질과 수다로 소일하는 미혼의 할머니

이지만, 놀라운 기억력과 날카로운 두뇌 회전으로 주변에서 벌어진 살인 사건을 해결한다.

그리고 마플 양과 상반되는 성격을 지닌 에르퀼 푸아로는 자신만만하고 콧수염을 포함한 자신의 외모와 벨기에라는 국적에 대한 자부심이 상당하다. 그는 이집트와 이라크를 비롯한 세계 각지에서 수수께끼를 해결하며 『오리엔트 특급 살인 Murder On The Orient Express』, 『나일 강의 죽음 Death On The Nile』, 『애크로이드 살인 사건 The Murder Of Roger Ackroyd』 등 애거서 크리스티의 여러 대표작에 모습을 드러낸다.

황금가지의 대담하고 참신한 표지와 전반적인 디자인 덕분에 작품의 성격이 잘 살아난 것 같아 기쁘다. 또한 한국 독자들이 할머니의 원작이 지닌 참된 묘미를 느낄 수 있도록 충실한 번역을 위해 애써 준 점도 높이 사고 싶다.

할머니의 작품이 20세기의 그 어떤 작가들보다 많이 팔리고 있는 이유는 나이와 국적에 상관없이 읽을 수 있는 재미와 감동을 갖추었기 때문이다. 모쪼록 한국 독자들도 황금가지에서 선보이는 애거서 크리스티 작품들을 즐겁게 감상하기를 바란다.

매튜 프리처드
애거서 크리스티의 손자
ACL 이사장

레너드 올리와 캐서린 올리에게 바친다

차례

정식 한국어 판 출간에 부쳐 —— 5

화요일 밤 모임 —— 11

아스타르테의 신당 —— 31

금괴 —— 54

피로 물든 보도 —— 73

동기 대(對) 기회 —— 87

성 베드로의 엄지손가락 —— 106

파란색 제라늄 —— 125

동행 —— 151

네 명의 용의자 —— 179

크리스마스의 비극 —— 204

독초 —— 232

방갈로에서 생긴 일 —— 258

익사 —— 284

작품 해설 —— 318

화요일 밤 모임

"풀리지 않는 수수께끼."

레이먼드 웨스트는 담배 연기를 내뿜으며 자기 만족에 취해 찬찬히 그 말을 되풀이했다.

"풀리지 않는 수수께끼."

그는 만족스러운 눈빛으로 주위를 둘러보았다. 오랜 역사를 자랑하는 이 방은 검은색의 널따란 대들보가 천장을 가로질렀고 분위기에 잘 어울리는 고풍스런 가구들이 놓여 있었다. 레이먼드 웨스트가 흡족한 눈빛을 보이는 것도 그 때문이었다. 작가인 그는 나무랄 데 없이 완벽한 분위기를 좋아했다. 주인의 성격을 그대로 닮은 제인 이모의 집은 그래서 올 때마다 기분이 좋았다. 벽난로를 지나친 그의 시선은 커다란 안락의자에 꼿꼿하게 앉아 있는 이모에게로 향했다. 마플 양은 허리 주변이 꼭 끼는 검은색 비단 드레스를 입고 있었다. 가슴 부분에 폭포 모양의 얇은 망사 레이스가 달린 드레스였다. 손에는 검은색 레이스 장갑을 끼고, 높다랗게 올린 새하얀 머리 위에는 검은색 레이스 캡을 쓰고 있었다. 마플 양은 하얗고 부드럽고 폭신폭신한 실로 뜨개질을 하다 말고 다정하고 인정 많게 생긴 하늘색 눈을 들어 조카와 조카가 데리고 온 손님들을 즐겁게 훑어보았다. 그녀의 눈동자는 무관심을 가장한 레이먼드에게 머물렀다가 개암색과 녹색이 묘하게 섞인 눈동자와 바짝 깎은 검은색 머리가 특징인 화가 조이스 랑프리에르와 점잖은 신사 헨리 클리서링 경에게로 차례차례 옮아갔다. 방 안에는 이 밖에도 손님이 두 명 더 있었다. 나이 지긋한 펜더 박사는 교구 목사였고, 깡마른 사무 변호사 페서릭 씨는 코끝에 걸친 안경 너머로 쳐다보는 습관이 있었다. 이렇게 다섯 명을 짤막하게나마 둘러본 마플 양은 다정한 미소를 머금은 채 다시 뜨개질을 시작했다.

페서릭 씨가 마른기침을 터뜨렸다. 그는 말을 꺼내기에 앞서 마른기침부터 터뜨리는 성격이었다.

"좀 전에 뭐라고 했나, 레이먼드? 풀리지 않는 수수께끼라고? 하! 그게 뭐 어떻다는 거지?"

"별다른 뜻이 있을 리 없죠. 레이먼드는 그 단어의 느낌과 그 단어를 말하는 자기 목소리를 좋아하는 거니까요."

조이스 랑프리에르가 말했다.

레이먼드 웨스트가 나무라는 듯한 눈빛을 던지자 그녀는 고개를 뒤로 젖히고 웃음을 터뜨렸다.

"레이먼드는 사기꾼이에요. 안 그런가요, 마플 양? 농담으로 하는 말이 아니라는 거 아시죠?"

마플 양은 조용히 미소를 지을 뿐 대꾸를 하지 않았다.

"인생 자체가 풀리지 않는 수수께끼지."

교구 목사가 엄숙하게 말했다.

레이먼드는 자리에서 일어나더니 불쑥 담배를 내던졌다.

"그런 뜻이 아닙니다. 철학적인 이야기를 하자는 게 아니란 말씀이에요. 있는 그대로의 사실, 그러니까 실제로 벌어진 중에 설명이 불가능한 일들을 생각하고 있었던 겁니다."

마플 양이 말했다.

"무슨 뜻인지 알겠다. 캐루더스 부인도 어제 아침에 아주 이상한 일을 겪었다지 뭐니. 엘리엇의 가게에서 껍질 벗긴 새우를 한 컵 정도 사고 다른 상점 두 군데를 들러서 집으로 돌아왔더니 새우가 없더라는 거야. 상점 두 군데를 다시 돌아다니면서 찾았는데 새우는 흔적도 없더란다. 정말 신기하지 않니?"

헨리 클리서링 경이 진지하게 말했다.

"그것 참 희한한 일이로군요."

흥분한 나머지 두 뺨이 발그스름하게 물든 마플 양이 말했다.

"물론 여러 가지 가능성이 있을 수 있지요. 예를 들자면 누군가……."

"이모."

레이먼드 웨스트가 놀리는 듯한 말투로 말허리를 자르고 나섰다.

"시골에서 벌어지는 그런 일을 이야기한 게 아니에요. 살인이라든지 실종이라든지……. 아무튼 헨리 경의 마음이 동하면 들을 수 있는 사건들을 생각하던 중이었다고요."

"하지만 나는 시도 때도 없이 직장에서 겪은 이야기를 떠벌이는 사람이 아닐세. 그런 사람이 아니고말고."

헨리 경이 점잖게 말했다. 헨리 클리서링 경은 얼마 전까지만 하더라도 런던 경시청장이 직업이었다.

"제가 보기에는 경시청에서 해결 못한 살인 사건들이 제법 많을 것 같은데요."

조이스 랑프리에르가 말했다.

"그야 누구나 인정하는 사실이 아닐까요?"

페서릭 씨가 말했다.

"전 궁금한 게 있습니다. 어떤 종류의 인간이 미스터리를 해결하는 데 제일 뛰어날까요? 형사들은 전반적으로 상상력이 부족하지 않을까 싶은데요."

레이먼드 웨스트가 말했다.

"일반 사람들은 그렇게 생각하지."

헨리 경이 냉담하게 말했다.

조이스가 웃으면서 입을 열었다.

"위원회를 하나 만들어 볼까요? 심리학과 상상력은 작가의 몫으로 하고……."

그녀가 레이먼드를 향해 놀리듯이 허리를 숙였지만 진지한 그의 표정은 바뀌지 않았다. 그는 엄숙한 목소리로 말했다.

"글을 쓰다 보면 인간의 본성에 대해서 많은 것을 깨닫게 됩니다. 평범한 사람들은 못 보고 지나가는 동기를 간파할 때도 있죠."

이 말에 마플 양이 입을 열었다.

"얘야, 네 작품들이 아주 훌륭하다는 건 알고 있단다. 하지만 실제 사람들이 네 작품 속 등장 인물들처럼 흉물스럽다고 생각하는 건 아니겠지?"

레이먼드는 부드러운 목소리로 대답을 했다.

"이모는 인간에 대한 평소 믿음을 그대로 간직하고 계세요. 저 때문에 그 믿음이 흔들린다면 하늘에서도 가만있지 않을 테니까요."

마플 양은 뜨개질의 코를 세며 이맛살을 살짝 찌푸렸다.

"내가 느끼기에는 대부분의 사람들이 선하거나 악한 게 아니라 뭐랄까, 어리석게 보이거든."

페서릭 씨가 다시 마른기침을 내뱉었다.

"레이먼드, 자네는 상상력을 너무 강조하는 것 같군. 변호사라면 누구나 공감하겠지만 상상력은 아주 위험한 녀석이지. 증거를 편견 없이 조사하고 사실을 사실 그대로 받아들이고 관찰하는 자세야말로 논리적으로 진실에 닿을 수 있는 유일한 방법이 아닐까? 내 경험으로 미루어 보건대 유일하게 성공할 수 있는 방법이기도 하고."

조이스는 화가 난다는 듯이 까만 머리를 뒤로 젖혔다.

"하! 이 게임에서는 제가 여러분 모두를 이길 수 있겠군요. 유일한 여성일 뿐 아니라(어쩌고저쩌고 해도 여자는 남자하고 다르게 직감이 발달했다는 거 알고들 계시겠죠?) 화가이니까요. 저는 여러분들이 놓치는 부분들을 눈치 챌 수 있죠. 그리고 직업이 화가이다 보니 세상 모든 종류의 인간들을 접해 왔고요. 제가 아는 인생담은 여기 앉아 계신 마플 양께서 아시는 것하고는 차원이 다를걸요?"

마플 양이 말했다.

"조이스 양이 말하는 인생담이 어떤 건지는 모르겠지만, 시골에서도 가끔은 아주 끔찍하고 가슴 아픈 일들이 벌어진답니다."

펜더 박사가 웃으면서 끼어들었다.

"제가 한마디 해도 되겠습니까? 종교 관계자를 깎아 내리는 게 요즘 유행인 줄은 알고 있습니다만, 우리도 여러 가지 이야기를 듣고 바깥 세상에서는 상상도 못하는 인간의 면모를 알고 있답니다."

이 말에 조이스가 입을 열었다.

"그렇다면 이 자리에서 각계각층을 대표하는 친목회를 만들어도 될 것 같네요. 이 참에 모임을 하나 만들면 어떨까요? 오늘이 무슨 요일이죠? 화요일인가요? 그럼 화요일 밤 모임이라고 이름을 붙일게요. 앞으로 매주 한 사람씩 돌아가면서 문제를 내는 거예요. 각자 정답을 알고 있는 미스터리를 하나씩 내놓는 거죠. 어디 보자…… 모두 몇 명이죠? 하나, 둘, 셋, 넷, 다섯 명이네요? 여섯 명이면 좋을 텐데."

"나를 빼놓으셨군요, 조이스 양."

마플 양이 밝게 웃으며 이야기했다.

약간 놀란 얼굴이 된 조이스가 잽싸게 표정을 바꾸었다.

"마플 양께서 함께해 주신다면 영광이죠. 이런 게임 안 좋아하실 줄 알았어요."

마플 양이 말했다.

"재미있겠는데요? 게다가 똑똑한 신사분들이 이렇게나 많으니까요. 나야 똑똑한 축에도 못 들겠지만 세인트 메리 미드에서 몇십 년을 사는 동안 인간의 본성에 대해서 많은 걸 깨닫게 됐답니다."

"함께해 주신다면 많은 도움이 될 겁니다."

헨리 경이 예의바르게 이야기했다.

"그럼 누구부터 시작할까요?"

조이스가 묻자 펜더 박사가 말했다.

"그 부분에 대해서는 고민할 필요가 없지 않을까요? 헨리 경처럼 유명한 분이 여기 계신데……."

그는 중간에서 말을 멈추고 헨리 경을 향해서 점잖게 허리를 숙였다.

헨리 경은 잠깐 동안 말이 없었다. 하지만 잠시 후에 한숨을 내쉬더니 다리를 다른 방향으로 꼬고 이야기를 시작했다.

"여러분들이 어떤 이야기를 좋아할지 짐작하기가 조금 까다롭습니다만, 마침 조건에 딱 어울릴 만한 사건을 하나 알고 있습니다. 아마 1년 전 신문에서 보신 분도 계실 겁니다. 당시에는 미해결 사건으로 처리되었지만 며칠 전에 우연히 진상이 밝혀졌지요.

상황은 아주 단순합니다. 저녁으로 바닷가재 통조림을 먹은 세 사람이 한밤중에 모조리 복통을 일으키는 바람에 의사가 급히 달려갔습니다. 두 사람은 정상으로 돌아왔지만 한 사람은 목숨을 잃었습니다."

레이먼드가 알겠다는 듯이 "아하!" 하고 외쳤다.

"말씀드렸다시피 상황은 이렇게 단순합니다. 식중독으로 인한 사망으로 결론이 내려졌고 이에 따른 진단서가 발부되었습니다. 그리고 희생자는 적절한 절차를 거쳐 땅에 묻혔습니다. 그런데 그렇게 끝이 나질 않았습니다."

마플 양이 고개를 끄덕였다.

"쑥덕공론이 이어졌겠지요. 늘 그런 법이니까."

"이제 이 드라마에 등장하는 인물들을 소개할 때가 된 것 같군요. 부부는 존스 씨와 존스 부인, 부인의 말동무는 클라크 양이라고 부르도록 하겠습니다. 존스 씨는 제약회사의 외판원이었습니다. 세련된 맛은 없지만 혈색이 불그스레하니 잘생긴 쉰 살의 남자였죠. 마흔다섯 살 정도 되는 부인은 평범한 여자였습니다. 부인의 말동무였던 클라크 양은 예순인데, 표정이 밝고 성격이 쾌활하며 체격이 좋은 사람이었습니다. 말하자면 세 사람 모두 별로 특별하달 게 없는 인물들이었죠.

그런데 아주 재미있는 사실들이 하나둘씩 밝혀지기 시작했습니다. 존스 씨는 그 전날 밤 버밍엄의 작은 호텔에 묵었는데, 마침 압지를 새것으로 바꾼 날이었습니다. 그런데 객실 청소 담당이 달리 할 일이 없었던 모양인지, 존스 씨가 쓴 편지의 잉크 자국이 남은 압지를 거울에 대고 무슨 내용인지 연구를 했습니다. 그러다 며칠 뒤에 존스 부인이 바닷가재 통조림을 먹고 죽었다는 소식이 신문에 실린 것을 보고, 압지에 남은 편지 내용을 동료들에게 퍼뜨린 겁니다. '전적으로 집사람의 손에 달려 있어…… 집사람이 죽고 나면 난…… 수천 수백(hundreds and thousands)만의…….' 이런 구절이 었다는 거죠.

때는 마침 남편이 아내를 독살한 사건이 대대적으로 보도되고 며칠 뒤였습니다. 여러분들도 그 사건을 기억하실지 모르겠습니다만, 아무튼 호텔 종업원들은 상상력을 동원하고 말고 할 것도 없었습니다. 존스 씨가 부인을 죽이고 수백만 파운드의 돈을 가로채려 했다고 무작정 결론을 내린 거죠. 마침 한 종업원의 친척이 존스 씨와 한 마을에 살고 있었습니다. 그녀는 당장 친척들에게 편지를 보냈고 얼마 후 답장을 받았죠. 알고 보니 존스 씨는 그 마을 의사의 딸에게 관심이 많았다고 합니다. 서른세 살이고 예쁘장하게 생긴 아가씨였다고 하더군요. 소문이 웅성웅성 퍼지기 시작했습니다. 내무장관 앞으로 진정서가 배달되고 런던 경시청으로 익명의 투서가 수없이 쏟아졌습니다. 한결같이 존스 씨가 아내를 살해했다는 내용이었지요. 솔직히 고백하자면 경시청에서는 시골 마을 특유의 밑도 끝도 없는 유언비어에 불과할 거라고 생각했지만, 소란을 가라앉히기 위해서 부검을 실시했습니다. 그런데 아무런 근거 없는 의심인 줄 알았던 것이 놀랍게도 타당성이 있는 것으로 밝혀졌습니다. 부검 결과 비소 중독으로 인한 사망이 확실하다 싶을 만큼 많은 양의 비소가 검출된 겁니다. 런던 경시청은 지방당국과의 협조 아래 누가, 어떤 식으로 비소를 손에 넣었는지 조사에 나섰습니다."

조이스가 소리를 질렀다.

"와아! 정말 재미있네요. 진짜 흥미진진한걸요?"

"경시청에서는 당연히 남편을 의심했습니다. 아내의 죽음으로 이득을 본 사람이니까요. 객실 청소 담당이 엉뚱하게 상상했던 것처럼 수백만 파운드를 챙기지는 못했지만 8000파운드면 제법 짭짤한 수입이었으니까요. 게다가 그는 월급 말고 다른 재산이 전혀 없는 사람이었지만 여자를 밝히는 호사스러운 취미가 있었습니다. 우리는 남편과 의사 딸의 관계를 조심스럽게 파헤쳤습니다. 그런데 한때는 두 사람이 남다른 우정을 과시했던 모양이지만, 두 달 전에 갑작스럽게 헤어진 이후로 만나지 않는 것 같았습니다. 의사로 말씀드리자면 정직하고 믿을 만한 초로의 신사인데, 부검 결과를 접하고 깜짝 놀란 눈치였습니다. 그의 말로는 자정 무렵에 불려 갔더니 세 사람 모두 괴로워하고 있더랍니다. 그런데 그중에서도 존스 부인의 상태가 심각하다는 것을 한눈에 알아차리고 조제실로 사람을 보내서 진통제로 쓸 아편제를 가지고 왔답니다. 온갖 노력에도 불구하고 존스 부인은 숨을 거두었지만 그는 단 한순간도 누군가를 의심한 적이 없었다고 합니다. 보툴리누스 중독으로 인한 사망이 분명하다고 생각한 거죠. 그날 저녁 메뉴는 바닷가재 통조림과 샐러드, 트라이플(포도주 등에 적신 스펀지 케이크에 생크림과 과일 등을 올리는 디저트──옮긴이), 빵과 치즈였습니다. 안타깝게도 바닷가재를 증거로 확보하지는 못했습니다. 남은 게 없었고 빈 깡통도 이미 버린 뒤였으니까요. 의사는 이 집의 젊은 가정부 글래디스 린치를 불러서 이것저것 물어봤다는데, 눈물을 펑펑 쏟으면서 안절부절못하는 바람에 무슨 말을 하는지 알아듣기 힘들었다고 합니다. 어쨌거나 그녀는 통조림에 상한 기미가 없었고 바닷가재도 보기에는 아무 이상 없었다고 몇 번이나 강조했습니다.

여기까지 밝혀진 부분을 토대로 추측을 하자면 존스가 아내에게 비소를 먹였다 하더라도 저녁 식탁에서 범행을 저질렀을 가능성은 없습니다. 세 사람이 음식을 골고루 나누어 먹었으니까요. 뿐만 아니라 존스는 버밍엄에서 돌아오자마자 식탁에 앉았기 때문에 음식에 미리 비소를 넣을 수도 없었습니다."

조이스가 물었다.

"존스 부인의 말동무였을 가능성도 있지 않을까요? 체격 좋고 성격 활발한 여자라고 하셨죠?"

헨리 경은 고개를 끄덕였다.

"클라크 양도 충분한 조사를 거쳤지만 범행 동기가 없었습니다. 물려받은 유산도 없고, 존스 부인이 죽는 바람에 오히려 다른 일자리를 찾아야 했으니까요."

조이스가 생각에 잠긴 목소리로 중얼거렸다.

"그렇다면 그 여자는 제외시켜야겠군요."

헨리 경은 이야기를 계속했다.

"그런데 얼마 지나지 않아서 경위 한 명이 중요한 사실을 발견했습니다. 그날 저녁 식사를 마친 뒤에 존스 씨가 부엌으로 내려와서 옥수수 죽을 만들어 달라고 부탁했다는 겁니다. 부인이 속이 안 좋다고 했다더군요. 그는 글래디스 린치 옆에서 기다리고 있다가 부인에게 직접 죽을 가져다주었습니다. 저는 이 이야기를 들은 순간, 사건을 해결했구나 생각했지요."

변호사가 고개를 끄덕이더니 손가락을 꼽으면서 주요 사항들을 짚어 나갔다.

"동기도 있고, 기회도 있고…… 제약회사 외판원이었으니 독극물을 손에 넣는 것쯤은 식은 죽 먹기였겠죠."

교구 목사도 말했다.

"게다가 도덕 관념이 희박한 남자 아닙니까."

레이먼드 웨스트는 헨리 경을 뚫어져라 쳐다보았다.

"그런데 이야기 속에서 함정이 느껴지는군요. 존스 씨를 체포하지 않으신 이유가 있을 것 같은데요?"

헨리 경은 쓴웃음을 지어 보였다.

"사건이 난관에 부딪쳤기 때문이지요. 여기까지는 매끄럽게 진행이 되었는데 난데없이 장애물이 등장했단 말씀입니다. 존스를 체포하지 않은 이유는 클라크 양을 심문한 결과 옥수수 죽을 먹은 사람이 존스 부인이 아니라 클라크 양이었다는 사실이 밝혀졌기 때문입니다.

그녀의 말에 따르면 습관대로 존스 부인의 방에 들렀더니 부인이 침대에 앉아 있고 옆에 옥수수 죽 그릇이 놓여 있더랍니다.

'속이 안 좋아요, 밀리. 저녁에 먹은 바닷가재 때문인가 봐요. 앨

버트한테 옥수수 죽을 갖다 달라고 했는데, 막상 보니까 입맛이 없네요.'

'저런! 덩어리 하나 없이 아주 잘 만든 것 같은데. 글래디스는 정말 요리 솜씨가 좋기도 하지. 요즘 젊은 여자들은 옥수수 죽 하나 제대로 못 끓이잖아요. 나는 보기만 해도 군침이 도는걸요. 배가 고파서 쓰러질 지경이거든요.'

'또 시작했군요?'"

헨리 경은 이야기를 잠시 끊었다가 다시 이었다.

"잠깐 설명을 드리자면 클라크 양은 갑자기 체중이 늘어나는 바람에 요즘 유행하는 밴팅 요법(영국 출신의 W. 밴팅이 고안한 비만증 치료법—옮긴이)을 시작했다고 합니다.

'밀리, 그런 걸 하면 건강에 안 좋아요. 안 좋고말고요. 하느님이 튼튼한 몸을 주셨으면 그대로 따라야죠. 이 죽은 밀리가 다 드세요. 속이 아주 든든해질 테니까.'

클라크 양은 이 말이 떨어지기가 무섭게 죽 그릇을 깨끗이 비웠습니다. 이렇게 해서 남편을 체포하려던 계획은 물거품으로 돌아갔지요. 압지에 남은 구절의 정체를 물었더니 존스는 선선히 설명을 내놓았습니다. 오스트레일리아에 사는 남동생이 돈을 빌려 달라고 하기에 답장을 보낸 거라고 말입니다. 지금 재산 관리는 전적으로 집사람의 손에 달려 있는데, 집사람이 죽고 재산을 관리하게 되면 돈을 빌려 줄 수 있을지도 모르겠다고, 형편이 안 돼서 안타깝지만 자기하고 비슷한 입장에 놓인 사람이 수천 수백만 명은 될 거라고 썼다는 겁니다."

펜더 박사가 물었다.

"그렇게 해서 사건을 해결할 방법이 영영 사라져 버린 겁니까?"

헨리 경이 진지한 목소리로 대답했다.

"그렇게 해서 사건을 해결할 방법이 영영 사라져 버린 겁니다. 아무 증거도 없이 존스를 체포할 수는 없었으니까요."

잠시 침묵이 흐른 뒤에 조이스가 입을 열었다.

"그럼 그걸로 끝인가요?"

"작년을 기준으로 말씀드리자면 그렇습니다. 그런데 지금은 런던 경시청이 해답을 알고 있습니다. 이삼 일 있으면 신문에 발표가 날 겁니다."

조이스가 생각에 잠긴 듯한 목소리로 중얼거렸다.

"해답이라……. 해답이 뭘까 궁금하네요. 다들 5분 동안 생각을 한 다음에 이야기를 나누도록 하죠."

레이몬드 웨스트가 고개를 끄덕이더니 시계를 보면서 시간을 쟀다. 5분이 지났을 때 그는 펜더 박사 쪽으로 고개를 돌렸다.

"먼저 말씀하시겠습니까?"

펜더 박사는 고개를 저었다.

"솔직히 말씀드리자면 전혀 감을 못 잡겠습니다. 남편이 의심스럽기는 한데 무슨 수로 범행을 저질렀는지 짐작이 가질 않는군요. 아무도 눈치 채지 못할 방법으로 아내한테 독약을 먹인 것 같은데 1년이라는 시간이 지난 뒤에야 사건의 진상이 밝혀진 이유를 모르겠습니다."

"조이스?"

조이스가 분명하다는 듯이 말했다.

"말동무의 짓이에요! 항상 보면 그런 여자들이 의심스럽잖아요. 우리가 모르는 범행 동기가 있었을지 누가 알겠어요? 늙고 뚱뚱하고 못생겼다고 해서 존스를 사랑하지 말라는 법도 없고. 어쩌면 다른 이유로 존스 부인을 증오했을지도 모르죠. 생각해 보세요. 말동무라는 직업 때문에 항상 자기 속마음을 누르고 듣기 좋은 말로 비위를 맞춰 주느라 얼마나 피곤했을지. 그런데 어느 날 더 이상 못 참겠다 싶어서 존스 부인을 살해한 거죠. 옥수수 죽에 비소를 넣었으면서 자기가 먹었다고 거짓말을 했을지도 모르죠."

"페서릭 씨?"

페서릭 씨는 변호사답게 양 손가락의 끝을 마주 대면서 입을 열었다.

"드릴 말씀이 거의 없습니다. 상황 자체에 대해 드릴 말씀이 거의 없어요."

조이스가 말했다.

"그래도 한마디 하셔야 해요. 자기 생각은 숨기고 '아무 편견 없는' 변호사 역할만 고집하시면 되겠어요? 게임에 동참하셔야지."

"상황 자체에 대해서는 달리 할 말이 없습니다. 하지만 이와 비슷한 사건을 수도 없이 접한 사람으로서 개인적인 의견을 밝히자면 남편이 범인입니다. 무슨 이유에서인지는 모르겠지만 클라크 양이 의도적으로 남편을 감싸 주고 있는 게 분명합니다. 어쩌면 두 사람이 금전적인 계약을 맺었을 가능성도 있습니다. 남편이야 의심을 받을 줄 알고 있었을 테고, 클라크 양은 앞으로 닥칠 경제적인 어려움을 감안하고 옥수수 죽을 자기가 먹었다고 진술하는 대가로 상당한 금액을 받기로 약속했겠지요. 그렇다면 이번 사건은 정말 난잡한 사건입니다. 정말 난잡하고말고요."

그러자 레이먼드 웨스트가 말했다.

"저는 페서릭 씨와 생각이 다릅니다. 페서릭 씨는 이번 사건의 가장 중요한 요소를 잊어버리신 것 같군요. '의사의 딸'을 말입니다. 제 이야기를 한번 들어보십시오. 바닷가재 통조림은 상한 통조림이었습니다. 그러니까 식중독 증상이 나타났던 거지요. 불려온 의사는 남들보다 바닷가재를 많이 먹은 존스 부인의 증상이 훨씬 심한 것을 보고 아편제를 가지러 사람을 보냈습니다. 직접 가지러 간 것이 아니라 사람을 보냈습니다. 그렇다면 누가 심부름꾼 역할을 했겠습니까? 두말 할 필요도 없이 딸이었겠지요. 게다가 딸이 약을 직접 조제했을 가능성도 큽니다. 존스를 사랑하고 있던 그녀는 존스를 해방시킬 방법이 자기 손에 있다는 사실을 알아차렸습니다. 그래서 새하얀 비소를 넣어 약을 만든 것이지요. 제 생각은 그렇습니다."

조이스가 기대에 찬 눈빛으로 말했다.

"헨리 경, 이제 정답을 말씀해 주세요."

헨리 경이 말했다.

"잠시만 기다려 주십시오. 마플 양의 의견도 들어야 하지 않겠습니까?"

마플 양은 슬픈 표정으로 고개를 저으면서 "이런, 이런." 하고 중얼거렸다.

"이야기를 하도 열심히 듣다가 또 코를 빼먹었네. 정말 가슴 아픈 사건이에요. 정말 가슴 아픈 사건이야. 이야기를 듣고 있으려니까 산 중턱에 살던 하그레이브스 씨가 생각이 나는군요. 부인을 감쪽같이 속이면서 살다가 죽고 난 뒤에 다른 여자한테 전 재산을 물려주지 않았겠어요? 예전에 그 집 가정부로 일을 하던 여자인데 아이가 다섯이나 있더랍니다. 하그레이브스 부인이 착한 아이라고 입에 침이 마르도록 칭찬하던 여자였지요. 금요일만 빼고 매일 매트리스 뒤집는 일을 맡길 만큼 믿음직스러웠답니다. 그런데 하그레이브스 씨는 옆 마을에다 이 여자의 거처까지 마련해 주고는 교구위원 역할을 계속하면서 매주 일요일마다 헌금을 걷었지 뭐예요?"

레이먼드가 약간 짜증이 난 목소리로 말허리를 잘랐다.

"제인 이모. 죽고 없는 하그레이브스 씨가 이 사건하고 무슨 상관이라고 그러세요?"

마플 양이 대답했다.

"이야기를 들으니까 단번에 그 사람 생각이 나지 뭐니. 아주 비슷하잖아. 아무래도 가엾은 그 아가씨가 자백을 했겠지요? 그래서 내막을 알게 되신 거지요? 그렇지요, 헨리 경?"

"그 아가씨라니요? 이모, 도대체 무슨 말씀을 하시는 거예요?"

레이먼드가 물었다.

"글래디스 린치이지 누구겠니? 의사가 이것저것 물었을 때 안절부절못했다지 않니. 당연히 그렇겠지, 가엾은 것. 그런 아가씨를 살인범으로 만들다니 존스는 교수형을 받아 마땅한 악당이야. 하지만 그 아가씨도 교수형을 당하겠지? 가엾은 것."

"마플 양, 아무래도 사건을 조금 잘못 이해하신 것 같군요."

페서릭 씨가 입을 열었다.

하지만 마플 양은 고집스럽게 고개를 저으면서 헨리 경을 쳐다보았다.

"제 말이 맞지요? 이야기를 듣자마자 알겠던걸요. '수천 수백'이라는 단어하고 트라이플이 함께 등장하는데 뻔하지 않은가요?"

"트라이플하고 '수천 수백'이 뭐 어쨌다는 건가요?"

레이먼드가 큰 소리로 물었다.

마플 양은 조카 쪽으로 고개를 돌렸다.

"트라이플에는 '수천 수백'이 쓰이잖니. 분홍색, 하얀색의 굵은 설탕 말이다.('hundreds and thousands'는 케이크의 장식용으로 뿌리는 굵은 설탕을 의미한다―옮긴이) 세 사람이 저녁으로 트라이플을 먹었고 압지에 '수천 수백'이라는 글씨가 남았다는 이야기를 들으면 당연히 두 가지를 연결시키게 되지 않겠니? 굵은 설탕 속에 비소가 들어 있었던 거야. 존스가 비소 넣은 설탕을 주면서 트라이플을 만들 때 쓰라고 했겠지."

조이스가 잽싸게 말했다.

"하지만 말도 안 돼요. 세 사람 모두 트라이플을 먹었는걸요?"

마플 양이 대답했다.

"그렇지가 않지요. 말동무는 밴팅 요법을 하는 중이라고 하지 않았던가요? 살을 빼려는 사람이 트라이플을 먹었을 리 없지요. 그리고 존스는 설탕을 걷어내고 먹었을 테고. 정말 기발하면서도 사악한 방법 아닌가요?"

다른 사람들의 눈은 일제히 헨리 경을 향했다.

그는 천천히 입을 열었다.

"정말 신기한 일이로군요. 마플 양의 말씀이 맞습니다. 흔한 말로 '난처한 지경'에 처한 글래디스 린치는 그야말로 지푸라기라도 잡고 싶은 심정이었습니다. 진작부터 아내를 처치하고 싶었던 존스는 아내가 죽으면 결혼하겠다는 약속과 함께 글래디스에게 설탕을 주었습니다. 어떻게 쓰면 된다는 방법까지 함께 가르쳐 주면서 말입니다. 글래디스 린치는 지난 주에 아이를 낳다 죽었습니다. 존스한테서는 이미 버림을 받은 뒤였죠. 그녀는 숨을 거두기 전에 범행을 고백했습니다."

몇 분 동안 침묵이 흐른 뒤에 레이먼드가 입을 열었다.

"어쨌거나 이번 문제는 제인 이모가 맞추셨군요. 그나저나 어떻게 눈치를 채신 건가요? 가정부가 이 사건과 관계가 있을 줄은 꿈에도 몰랐는데."

"너보다는 내가 인생 경험이 풍부하니까 알 수 있었던 게지. 존스 같은 남자는 교양 없고 떠들썩한 성격이잖니. 그 집에 예쁜 아가씨가 있었다는 말을 듣고 가만 놓아두었을 리 없다고 생각했단다. 정말 끔찍하고 가슴 아픈 일이지. 하그레이브스 부인이 얼마나 충격을 받았는지 아니? 며칠 동안 온 마을이 떠들썩했단다."

아스타르테의 신당

"펜더 박사님, 어떤 이야기를 준비하고 오셨습니까?"
나이 지긋한 목사는 빙그레 미소를 지었다.
"저는 평생 조용하게 살았던 사람이라 떠들썩한 사건과는 거리가 멉니다. 하지만 젊었을 때 아주 이상하고 끔찍한 일을 경험한 적이 있지요."
"오호!"
조이스 랑프리에르가 이야기를 재촉하듯 감탄사를 터뜨렸다.
"지금도 그 일을 잊을 수가 없습니다. 당시에 어마어마한 충격을 받았을 뿐 아니라 지금도 조금만 기억을 더듬으면 불가사의한 존재의 손에 한 사람이 죽던 그 순간의 공포가 생생하게 떠오른답니다."
"듣고 보니 섬뜩합니다, 펜더 박사님."
헨리 경이 말했다.

"섬뜩하기는 저 역시 마찬가지였습니다. 이후로 분위기 어쩌고 하는 사람을 보면서 코웃음을 치지 못하게 되었으니까요. 실제로 분위기라는 게 있습니다. 선한 기운이나 악한 기운이 흠뻑 느껴지는 그런 곳이 있다는 말씀이지요."

마플 양이 끼어들었다.

"라치스 저택이야말로 마가 낀 곳이지요. 오래전에 살던 스미더스 씨는 전 재산을 잃고 집까지 내놓았답니다. 이후에 카스레이크 가족이 그 집을 사들였는데, 조니 카스레이크는 계단을 구르는 바람에 다리가 부러졌고 카스레이크 부인은 건강이 안 좋아져서 프랑스 남부로 거처를 옮겨야 했죠. 지금은 주인이 버든 가족으로 바뀌었는데, 들리는 소문에 따르면 버든 씨도 이사하자마자 수술을 받았다더군요."

페서릭 씨가 말했다.

"제가 생각하기에는 그런 문제를 둘러싼 미신들이 너무 심한 것 같습니다. 쓸데없이 떠도는 헛소문 때문에 막대한 재산 피해를 입는 경우가 얼마나 많은지 모릅니다."

헨리 경이 쿡쿡 하고 웃으면서 말했다.

"저 같은 경우에는 성격이 아주 거친 '귀신' 한두 명을 알고 있는데요."

"이제 펜더 박사님께 발언권을 넘겨 드리는 게 좋을 것 같습니다만."

조이스는 레이먼드의 말을 듣고 자리에서 일어나더니 두 개의 등을 껐다. 이제 방 안을 비추는 불빛이라고는 깜빡이는 벽난로뿐이었다.

"분위기 좋죠? 자, 이제 이야기를 계속 들어 볼까요?"

펜더 박사는 조이스를 향해 웃음을 지어 보이더니 의자에 기대며 코안경을 꺼냈고, 옛일을 추억하는 듯한 차분한 목소리로 이야기를 시작했다.

"다트무어라는 곳을 아는 분이 계실까 모르겠습니다. 이 사건이 벌어진 장소가 바로 다트무어 변두리의 근사한 저택인데, 내놓은 지 몇 년이 지나도 사겠다고 나서는 사람이 없었지요. 겨울에는 조금 을씨년스러울지 몰라도 내다보이는 풍경이 기가 막힌 데다 몇 가지 재미있고 독특한 특징도 있는 곳이었는데 말입니다. 결국 이 집의 주인은 헤이든이라는 남자로 결정이 났습니다. 리처드 헤이든 경과 저는 대학교 시절부터 알고 지내던 사이인데, 몇 년 동안 연락은 끊겼지만 우정의 끈마저 사라진 것은 아니었습니다. 그래서 '침묵의 숲'이라고 이름 붙인 새 집으로 초대를 해 주었을 때 기꺼운 마음으로 받아들였지요.

집들이는 조촐하게 치러졌습니다. 참석한 사람을 소개하자면 다음과 같습니다. 리처드 헤이든과 사촌인 엘리엇 헤이든. 매너링 부인과 안색이 창백하고 평범한 딸 바이올렛. 그리고 구릿빛 피부를 자랑하는 로저스 대령 부부는 승마와 사냥을 위해 사는 사람들이었죠. 이 밖에 젊은 의사 사이먼스 박사와 다이애나 애슐리도 있었습니다. 다이애나 애슐리의 경우에는 저도 익히 아는 사람이었습니다.

《소사이어티》에 사진이 자주 실렸던 데다 사교계에서 악명이 높은 미인이었으니까요. 그녀의 외모는 정말이지 눈이 부셨습니다. 새까만 머리카락에 키가 컸고 옅은 크림 색 피부는 잡티 하나 없었습니다. 반쯤 감긴 듯한 까만 눈은 눈 꼬리가 치켜 올라가서 그런지 동양적인 매력을 물씬 풍겼죠. 깊게 울리는 종소리 비슷한 목소리도 아주 듣기 좋았습니다.

내 친구 리처드 헤이든은 다이애나 애슐리에게 푹 빠진 눈치였습니다. 추측하건대 집들이 자체가 그녀를 초대하기 위한 핑계였죠. 그녀의 생각이 어땠는지는 알 수 없었습니다. 워낙 변덕이 심한 성격이었거든요. 하루는 다른 사람들은 보이지도 않는 것처럼 리처드하고만 이야기하는가 하면 또 하루는 리처드라는 사람은 존재하지도 않는 것처럼 사촌인 엘리엇하고만 이야기하고, 가끔은 말이 없고 조용한 사이먼스 박사에게 세상에서 가장 황홀한 미소를 던지고…….

제가 도착한 다음 날 아침에 집 주인은 구석구석을 구경시켜 주었습니다. 집 자체는 별 특징이 없었습니다. 데번셔 화강암을 써서 세월과 비바람에 잘 견디도록 튼튼하게 만든 정도였죠. 낭만적인 맛은 없지만 아늑했습니다. 창가에서 보면 세파에 찌든 바위산을 왕관처럼 이고 굽이굽이 펼쳐지는 언덕들이 파노라마처럼 펼쳐졌습니다.

집에서 제일 가까운 바위산 기슭에는 신석기 시대의 유적인 환상열석이 여러 개 있었습니다. 또 다른 언덕에는 얼마 전 발굴된 고분이 자리 잡고 있었는데, 그 속에서 청동기가 발견되었다고 하더군요. 당시 헤이든은 골동품에 관심이 많았기 때문에 아주 열심히 설명을 해 주었습니다. 이 근방에 특히 고대 유물이 많다면서 말입니다. 앞으로 신석기 시대의 촌락민, 드루이드(고대 켈트 족이 믿었던 드루이드 교의 사제 계급—옮긴이), 로마 인, 심지어는 초기 페니키아 인들이 남긴 유물까지 등장할 거라고 하더군요.

'하지만 가장 흥미로운 장소는 바로 여깁니다. 침묵의 숲이라고 불리는 건 모두들 알고 계시겠죠? 보시면 이름의 유래를 금세 알 수 있을 겁니다.'

우리는 그의 손가락이 가리키는 곳을 바라보았습니다. 주변 일대가 바위, 히스, 덤불로 뒤덮인 황무지인데, 집에서 100미터쯤 떨어진 곳에 울창한 숲이 자리 잡고 있었습니다.

'매우 오래전에 건설된 유적지입니다. 죽어서 다시 심은 나무도 있지만 전체적으로 과거의 모습을 그대로 간직하고 있죠. 어쩌면 페니키아에서 이주해 온 사람들의 시대로 역사가 거슬러 올라갈지도 모릅니다. 가까이 가서 구경해 보실까요?'

우리는 그의 뒤를 따랐습니다. 숲 속으로 들어갔더니 묘한 중압감이 느껴졌습니다. 주변이 너무 조용해서 그랬던 게 아닐까 싶은데, 그 숲에는 둥지를 튼 새가 한 마리도 없었습니다. 전체적으로 황량하고 섬뜩한 느낌이더군요. 고개를 돌렸더니 헤이든이 묘한 미소를 지으며 저를 쳐다보고 있었습니다.

'어떤 기분이야, 펜더? 싫어? 아니면 거북해?'

'왠지 기분 나쁜 곳인걸.'

저는 조용히 대답했습니다.

'그럴 법도 하지. 자네의 믿음과 정면으로 배치되는 곳이니까. 여기가 바로 아스타르테(고대 셈 족의 풍요와 생식의 여신—옮긴이)의 숲이거든.'

'아스타르테?'

'아스타르테, 이슈타르, 또는 아슈토레스라고도 해. 나는 페니키아 식 이름인 아스타르테를 좋아하지. 이 마을의 북쪽 끝에 아스타르테의 숲이 있다던데, 증거는 없지만 여기가 진짜 아스타르테의 숲이라고 믿고 싶어. 나무들이 빽빽하게 원을 그리고 있는 이곳에서 신성한 의식이 거행되었다고.'

'신성한 의식이라……. 어떤 의식들이었을까요?'

다이애나 애슐리가 중얼거렸습니다. 먼 곳을 쳐다보며 꿈을 꾸는 듯한 눈빛이더군요.

로저스 대령이 소리만 요란한 웃음을 터뜨리며 말했습니다.

'어느 모로 보나 본받을 만한 의식은 아니었을 겁니다. 아주 화끈한 자리가 아니었을까 싶군요.'

헤이든은 대령의 말에 아랑곳하지 않는 눈치였습니다.

'숲 한가운데 신전이 있었을 겁니다. 지금은 신전이 남아 있지 않지만 어떤 모습이었을까 머릿속으로 상상해 보곤 하죠.'

숲 속으로 들어갔더니 작은 공터가 있고 한가운데 돌로 만든 정자 비슷한 것이 서 있더군요. 다이애나 애슐리가 호기심 어린 표정으로 헤이든을 쳐다보았습니다.
'나는 이 건물에 신당이라는 이름을 붙였습니다. 아스타르테의 신당이라고 말입니다.'
그는 신당 쪽으로 걸어갔습니다. 안을 보았더니 흑단으로 조잡하게 만든 기둥이 있고 초승달 모양의 뿔을 들고 사자를 탄 여인상이 그 위에 놓여 있더군요.
'페니키아 인들이 섬긴 아스타르테입니다. 달의 여신이죠.'
그러자 다이애나가 큰 소리로 외쳤습니다.
'달의 여신이라고요? 우리, 오늘 밤에 시끌벅적한 파티를 벌여요. 근사한 의상을 입고 이곳으로 와서 달빛을 받으며 아스타르테를 위한 의식을 올리는 거죠.'
말이 떨어지기가 무섭게 제 몸이 움찔거리더군요. 리처드의 사촌인 엘리엇 헤이든이 잽싸게 제 쪽으로 고개를 돌렸습니다.
'목사님, 기분이 언짢으신 모양이로군요?'
'그렇습니다. 거북하군요.'
진지한 목소리로 대답했더니 그는 재미있다는 눈으로 저를 쳐다보았습니다.
'하지만 농담일 뿐인걸요. 여기가 정말로 신성한 숲인지 리처드도 장담하지 못할 겁니다. 그럴지도 모른다고 혼자서 상상을 즐기는 거죠. 게다가……'
'게다가 뭡니까?'
'그러니까……'

그는 어색하게 웃음을 터뜨렸습니다.

'이런 이야기들을 믿지 않으시죠? 목사님이시니까요.'

'목사라고 해서 이런 이야기들을 믿지 말아야 하는 건 아닙니다.'

'하지만 지나간 과거의 이야기가 아닙니까?'

'글쎄요……'

나는 생각에 잠긴 말투로 중얼거렸습니다.

'한 가지 사실만큼은 분명합니다. 제가 원래 분위기에 민감한 성격이 아닌데 이 숲에 발을 들여놓는 순간부터 이상한 기분이 들더니 사악한 기운이 사방에서 위협하는 것처럼 느껴지더군요.'

그는 불안한 눈빛으로 어깨 너머를 돌아보았습니다.

'맞습니다. 왠지 모르게…… 이유는 모르겠지만 섬뜩하더군요. 하지만 상상 때문에 그런 기분이 드는 게 아닐까요? 어떻게 생각해, 사이먼스?'

사이먼스 박사는 대답이 없더니 잠시 후에 입을 열었습니다.

'기분이 이상한걸. 이유는 알 수 없지만 아무튼 기분이 이상해.'

바로 그때 바이올렛 매너링이 저에게 다가왔습니다.

'여기 있기 싫어요. 정말 싫어요. 나갔으면 좋겠어요.'

우리는 발걸음을 옮겼고 나머지도 우리 뒤를 따랐습니다. 다이애나 애슐리 혼자 그 자리에 남아 있었죠. 걷다가 고개를 돌렸더니 신당 앞에 서서 여인상을 열심히 쳐다보고 있더군요.

그날은 유난히 덥고 화창했습니다. 근사한 의상을 입고 파티를 벌이자는 다이애나 애슐리의 제안을 듣고 모두들 환영의 뜻을 보였습니다. 와자지껄한 웃음소리와 속삭임이 들리고 모두들 숨어서 은밀하게 바느질을 하는가 싶더니 이윽고 한 사람 한 사람 식당으로 등장했습니다. 웃음꽃이 피었지요. 로저스 부부는 신석기 시대 촌락민으로 분장을 했습니다. 벽난로 앞에 있던 깔개가 웬일로 없어졌나 했더니 그 때문이었죠. 리처드 헤이든은 페니키아의 뱃사람, 사촌은 산적 두목, 사이먼스 박사는 요리사, 매너링 부인은 간호사, 그녀의 딸은 시르카시아(소비에트 연방의 일부였던 흑해 연안 지방─옮긴이)의 노예가 되어 등장했습니다. 저는 수도승을 택하는 바람에 땀 좀 흘렸지요. 제일 나중에 등장한 다이애나 애슐리는 조금 실망스러웠습니다. 볼품없는 검은색 도미노(두건과 작은 가면이 달린 가장무도회용 의상─옮긴이) 차림이었거든요.

다이애나 애슐리가 명랑하게 선포하더군요.

'저는 무명씨로 분장했어요. 앞으로 저를 무명씨라고 불러 주세요. 이제 여신을 위한 저녁 식사를 시작할까요?'

우리는 저녁 식사를 마치고 밖으로 나갔습니다. 따뜻하고 상쾌한 밤이었습니다. 하늘에서는 달님이 얼굴을 내밀고 있었죠.

주변을 거닐면서 잡담을 나누다 보니 시간이 삽시간에 흘러갔습니다. 그렇게 한 시간쯤 흘렀을까? 다이애나 애슐리의 얼굴이 보이지 않는다는 생각이 들더군요.

'벌써 잠자리에 들지는 않았을 텐데.'

리처드 헤이든의 말을 듣고 바이올렛 매너링이 고개를 저었습니다.

'아니에요. 15분쯤 전에 저쪽으로 가는 모습을 보았는걸요.'

그녀는 새까맣고 어둑어둑한 숲을 가리켰습니다.

'도대체 무슨 생각으로 저길 갔는지 모르겠군요. 못된 장난을 준비했을 겁니다. 다 같이 가서 구경해 볼까요?'

리처드 헤이든이 말했습니다.

우리는 애슐리 양이 무슨 꿍꿍이속일까 궁금해하면서 숲 쪽으로 걸어갔습니다. 저의 경우에는 어두컴컴하고 불길한 숲 속으로 들어가기가 왠지 모르게 꺼려지더군요. 무언가 거센 힘이 제 발목을 붙잡으면서 가지 말라고 하는 것 같았습니다. 그곳에 사악한 기운이 서렸다는 확신이 들었습니다. 몇몇 사람들도 저와 비슷한 기분을 느낀 것 같았지만 어느 누구도 속을 털어놓지 않았습니다. 숲 속은 나무들이 어찌나 빽빽하던지 달빛 한 줄기조차 들지 않았습니다. 사방에서 속삭임 내지는 한숨 비슷한 나지막한 소리들이 들리더군요. 어찌나 으스스하던지······. 우리는 누가 먼저라고 할 것도 없이 서로 바짝 붙어서 걸었습니다.

그러다 숲 한가운데 있는 공터로 발을 들여놓는 순간, 우리는 그 자리에서 얼어붙고 말았습니다. 속이 비칠 만큼 얇은 천으로 온몸을 친친 동여매고 새까만 머리카락 위로 초승달 모양의 뿔을 매단 여자가 신당 문턱에 서 있는 게 아니겠습니까!

'세상에!'

리처드 헤이든이 고함을 질렀습니다. 이마에 솟은 땀방울이 보이더군요.

하지만 바이올렛 매너링은 눈치가 빨랐습니다.

'어머나, 저 사람은 다이애나잖아요! 도대체 뭘 어쩐 거죠? 정말 달라 보여요!'

문턱에 서 있던 여자가 손을 들더니 한 걸음 앞으로 나와서 듣기 좋은 고음으로 읊조리기 시작했습니다.

'나는 아스타르테의 제사장이다. 내 손에 죽음을 쥐고 있으니 다가오지 말지어다.'

'장난은 이제 그만 해요. 농담이 아니라 정말로 섬뜩하잖아요.'

매너링 부인이 말했습니다.

헤이든은 그녀를 향해 움직였습니다.

'다이애나! 정말 대단하군요!'

저는 그때쯤 어둠에 익숙해진 터라 주변을 좀 더 자세히 볼 수 있었습니다. 바이올렛이 말했던 것처럼 다이애나는 전혀 달라 보였습니다. 얼굴은 좀 더 동양적인 분위기를 풍겼고, 실눈은 잔인한 빛으로 번득였고, 전에는 볼 수 없었던 야릇한 미소를 짓고 있더군요.

그녀가 경고하듯이 소리를 질렀습니다.

'다가오지 말지어다. 여신에게 접근하지 말지어다. 나에게 손을 대는 자는 곧 죽음이니라.'

헤이든이 외쳤습니다.

'정말 대단해요, 다이애나! 하지만 이제는 그만합시다. 왠지 기, 기분이 오싹하니까.'

그는 풀밭을 가로질러 그녀에게 다가갔습니다. 그녀는 손을 뻗더니 '멈추어라!' 하고 외쳤습니다.

'한 걸음만 더 내딛으면 아스타르테의 마법으로 혼을 내주마.'

리처드 헤이든은 웃음을 터뜨리면서 발걸음을 더욱 빠르게 놀렸습니다. 그런데 난데없이 희한한 일이 벌어졌습니다. 헤이든이 잠시 머뭇거리는가 싶더니 앞으로 쿵 하고 넘어진 겁니다.

그는 넘어진 자세 그대로 일어날 줄 몰랐습니다.

다이애나는 갑자기 신경질적으로 웃기 시작했습니다. 소름 끼치는 웃음이 공터의 침묵을 갈랐죠. 엘리엇이 악담을 퍼부으며 앞으로 나섰습니다.

'더 이상은 못 참겠군. 일어나, 리처드. 일어나라고!'

하지만 리처드 헤이든은 엎드린 채 옴짝달싹하지 않았습니다. 곁으로 달려간 엘리엇 헤이든은 무릎을 꿇고 그의 몸을 뒤집었습니다. 그러고는 허리를 숙인 채 사촌의 얼굴을 뚫어져라 쳐다보았죠. 그러다 벌떡 일어서더니 비틀거리지 뭡니까.

'사이먼스! 사이먼스, 빨리 좀 와 봐! 아, 아무래도 죽은 것 같아.'

사이먼스가 앞으로 달려갔습니다. 엘리엇은 천천히 다가가는 우리 곁으로 걸어오더니 알 수 없는 표정으로 손을 내려다보더군요.

그때 다이애나의 입에서 날카로운 비명이 터져 나왔습니다.

'내가 그를 죽였어. 오, 하느님! 그럴 생각이 아니었는데 죽이고 말았어.'

그녀는 의식을 잃고 풀밭 위로 쓰러졌습니다.

로저스 부인이 큰 소리로 울부짖었습니다.

'이 끔찍한 곳에서 도망치고 싶어요. 우리도 어떤 일을 당할지 모

르잖아요. 무서워요!'

엘리엇은 제 어깨를 잡았습니다.

'이럴 수는 없는 겁니다. 이럴 수는 없다고요. 사람이 이런 식으로 죽을 수는 없는 겁니다. 이…… 이건 자연의 조화에 어긋나는 일입니다.'

저는 엘리엇을 진정시키기 위해 입을 열었습니다.

'뭔가 이유가 있었겠지요. 심장이 안 좋은 걸 모르고 있다가 너무 심한 충격과 흥분 때문에…….'

엘리엇이 말허리를 잘랐습니다.

'아닙니다.'

그는 양손을 저에게 내밀었습니다. 핏자국이 묻어 있더군요.

'리처드는 충격으로 죽은 게 아니라 칼에 찔려 죽은 겁니다. 심장이 칼에 찔려서 죽은 겁니다. 그런데 무기가 없단 말입니다.'

저는 그럴 리 없다는 표정으로 그를 쳐다보았습니다. 그때 시신 검사를 마친 사이먼스가 일어서더니 우리 쪽으로 걸어왔습니다. 그는 하얗게 질린 얼굴로 부들부들 떨고 있었습니다.

'우리들 모두 집단 발작에 걸린 게 아닐까요? 도대체 여긴 뭡니까? 어떤 곳이기에 이런 일이 일어나는 겁니까?'

'그럼 사실이라는 말씀인가요?'

제 말에 그는 고개를 끄덕였습니다.

'길고 얇은 비수에 찔린 상처 같은데, 문제는 비수가 보이지 않는다는 겁니다.'

우리는 서로의 얼굴을 쳐다보았습니다.

'어딘가에 분명히 있을 겁니다. 어딘가에 떨어져 있겠지요. 분명 그럴 겁니다. 다 같이 찾아봅시다.'

엘리엇 헤이든이 고함을 질렀습니다.

땅바닥을 훑어보았지만 헛수고였습니다. 그런데 바이올렛 매너링이 문득 생각났다는 듯이 입을 열었습니다.

'다이애나가 손에 뭘 들고 있었어요. 단검 비슷한 물건이었는데……. 분명히 봤어요. 다이애나가 리처드를 협박할 때 반짝이는 걸 분명히 봤다고요.'

엘리엇 헤이든은 고개를 저었습니다.

'리처드와 다이애나는 적어도 3미터 이상 떨어져 있었습니다.'

매너링 부인은 쓰러져 있던 다이애나 위로 허리를 숙였습니다.

'손에 아무것도 없는데? 땅에도 아무것도 없고. 단검을 본 게 확실하니, 바이올렛? 난 못 봤는데.'

사이먼스 박사가 다이애나 옆으로 다가갔습니다.

'다이애나를 집 안으로 옮겨야겠습니다. 로저스 씨, 도와주시겠습니까?'

우리는 의식을 잃은 그녀를 데리고 집으로 돌아갔습니다. 그러고는 다시 숲 속으로 가서 리처드 경의 시신을 수습했습니다."

펜더 씨는 말을 멈추더니 변명을 하는 듯한 표정으로 주위를 둘러보았다.

"요즘이야 탐정 소설이 워낙 널리 보급된 덕분에 코흘리개 꼬마라도 시신을 움직이면 안 된다는 걸 알고 있을 겁니다. 하지만 당시에는 그런 지식이 전혀 없었기 때문에 우리는 네모 반듯한 화강암 집의 침실로 리처드 헤이든의 시신을 옮겼고, 집사가 자전거를 타고 20킬로미터 떨어진 경찰서를 향해 출발했습니다.

이후에 엘리엇 헤이든이 저를 한쪽 구석으로 데리고 갔습니다.

'전 숲으로 다시 가 볼 생각입니다. 무기가 떨어져 있을지도 모르니까요.'

'과연 무기가 있었을까요?'

제가 의심스럽다는 듯이 물었더니 그는 제 팔을 잡고 미친 듯이 흔들어 댔습니다.

'벌써 미신에 물드셨군요. 초자연적인 힘이 우리 사촌을 죽였다고 생각하시는 겁니까? 숲으로 가서 무기를 찾아내고야 말겠습니다.'

이상하게도 불길한 예감이 들더군요. 저는 엘리엇을 말리기 위해 갖은 애를 썼지만 소용없었습니다. 빽빽한 숲을 생각만 해도 소름이 끼치고 또 다른 사고의 조짐이 느껴지는데도 엘리엇은 고집을 꺾지 않았습니다. 겁이 난 얼굴인데도 인정을 하지 않더군요. 결국 그는 수수께끼의 실체를 파헤치겠다는 다짐을 굳게 다지면서 길을 나섰습니다.

그날 밤은 정말이지 끔찍했습니다. 어느 누구도 잠자리에 들 생각조차 하지 못했지요. 한참 뒤에 도착한 경찰은 우리 이야기를 못 미더워하는 눈치였습니다. 그들은 애슐리 양을 심문하려고 했지만 사이먼스 박사의 심한 반대에 부딪쳤습니다. 애슐리 양이 의식을 회복하기는 했지만 수면제를 먹었기 때문에 다음 날 아침까지 절대 안정을 취해야 한다는 것이었습니다.

다음 날 아침 7시가 되어서야 누군가 엘리엇 헤이든의 이야기를 꺼냈고, 사이먼스 박사가 어디 있느냐고 물었습니다. 제가 엘리엇의 다짐을 이야기했더니 안 그래도 어두웠던 사이먼스의 표정이 한층 더 어두워지더군요.

'그냥 집에 있으면 좋았을 것을. 그렇게 무모한 짓을 벌이다니.'
'엘리엇도 사고를 당했을 거라고 생각하시는 건 아니겠죠?'
'부디 아무 일 없기를 바랄 따름입니다. 아무래도 목사님과 제가 한번 가 보는 게 좋을 것 같습니다.'

맞는 말이기는 했지만, 막상 실천에 옮기자니 얼마나 겁이 났는지 모릅니다. 우리는 마가 낀 숲 속으로 들어가서 그의 이름을 두 번 불렀습니다. 하지만 아무 대답이 없었습니다. 일이 분쯤 지났을 무렵 공터에 도착했는데 새벽빛 때문인지 부옇고 으스스하게 보이더군요. 순간, 사이먼스가 제 팔을 움켜쥐었고 저는 나지막하게 비명을 질렀습니다. 간밤에 우리는 한 남자가 풀밭 위로 쓰러지는 광경을 목격했습니다. 그런데 그 새벽에도 똑같은 모습이 우리를 기다리고 있었습니다. 엘리엇 헤이든이 사촌과 똑같은 자리에 엎드려 있었던 겁니다. 사이먼스가 입을 열었습니다.

'세상에! 엘리엇도 당한 모양입니다!'

우리는 그의 곁으로 달려갔습니다. 엘리엇 헤이든은 의식을 잃었지만 가느다랗게나마 숨을 쉬고 있었습니다. 그런데 이번에는 비극의 원인을 한눈에 알 수 있었습니다. 길고 얇은 청동 무기가 그의 몸에 꽂혀 있었던 겁니다.

'심장이 아니라 어깨에 꽂혔군요. 정말 다행입니다.'

사이먼스의 말이었습니다.

'도대체 뭐가 뭔지 모르겠군요. 아무튼 엘리엇은 목숨을 건졌으니 사건의 정황을 들을 수 있겠죠.'

하지만 엘리엇 헤이든은 사건 해결에 전혀 도움이 되지 않았습니다. 도무지 알 수 없는 이야기만 늘어놓았던 겁니다. 그의 말에 따르면 단검을 찾다 신당 가까이 갔을 무렵 포기하려는데, 숲 속에서 누군가 자기를 쳐다보는 느낌이 점점 강하게 들더랍니다. 그런데 아무리 떨쳐 버리려 해도 그 느낌은 사라지지 않았고, 숲이 아니라 신당 안에서 갑자기 싸늘한 바람이 불기 시작하더라나요? 신당 안으로 빠끔히 고개를 들이밀었더니 작은 여신상이 보였답니다. 그런데 착시 현상을 일으키는 것처럼 여신상이 점점 커지더라는 겁니다. 그러다 어디에선가 날아온 무언가에 관자놀이를 맞고 쓰러지는데 왼쪽 어깨에서 날카로운 충격이 느껴졌다고 하더군요.

이번에 무기로 쓰인 단검은 언덕의 고분에서 발굴된 유물로, 리처드 헤이든이 구입한 것이었습니다. 헤이든이 단검을 집 안에 놓아두었는지 아니면 숲 속 신당에 보관했는지에 대해서는 아는 사람이 없었습니다.

경찰 측은 애슐리 양의 계획적인 살인 사건이라고 주장했지만, 두 사람 사이의 거리가 적어도 3미터는 되었다는 우리 모두의 증언 때문에 그녀를 체포하지는 못했습니다. 그래서 사건은 수수께끼로 남게 되었지요."

침묵이 흘렀다.

한참 만에 조이스 랑프리에르가 입을 열었다.

"뭐라 할 말이 없네요. 정말 끔찍하고 으스스한 사건이라는 말밖에는. 펜더 박사님은 해답을 알고 계신가요?"

그는 고개를 끄덕였다.

"해답 비슷한 것을 알고 있습니다. 조금 특이한 해답이기는 합니다만……. 저 같은 경우에는 해답을 알고 난 뒤에도 미심쩍은 부분들이 남아 있더군요."

조이스가 다시 이야기를 꺼냈다.

"예전에 강신술을 벌이는 자리에 참석한 적이 있는데, 정말 신기한 일들이 벌어지더라고요. 일종의 최면술 비슷한 게 아니었을까요? 아니면 그 여자가 정말 아스타르테의 제사장으로 변해서 남자를 살해한 건 아닐까요? 매너링 양이 보았다는 단검을 던졌을지도 모르죠."

레이먼드 웨스트가 그녀의 말을 거들었다.

"어쩌면 단검이 아니라 투창이었을지도 모릅니다. 달빛이 희미해서 잘 보이지 않았을 테니까요. 창 비슷한 것을 들고 있다 멀리서 던지는 순간, 사람들 모두 집단 최면에 걸린 겁니다. 초자연적인 힘에 의해 살해될 것으로 믿고 있으면 그렇게 보이게 마련이니까요."

헨리 경이 말했다.

"저는 음악회장에서 무기와 칼이 등장하는 살인 사건을 여러 차례 본 적이 있습니다. 이 사건에서도 한 남자가 나무 사이에 숨어 있다가 칼이나 단검을 정확하게 날린 게 아닐까 싶습니다. 물론 남자는 전문가였겠죠. 약간 궁색한 추측이기는 하지만 그 방법밖에는 없을 것 같군요. 사촌이라는 사람도 누군가 숲 속에서 자기를 쳐다보는 듯한 기분이 들었다고 하지 않았습니까? 매너링 양은 애슐리 양의 손에 단검이 들려 있는 것을 보았고 다른 사람들은 보지 못했다고 했는데, 저는 그 말을 듣고 당연하다고 생각했습니다. 경시청에 오래 몸을 담고 있다 보면 똑같은 상황을 놓고 다섯 사람이 전혀 다른 증언을 하는 경우를 종종 접하게 되니까요."

페서릭 씨가 기침을 했다.

"여러분 모두 중요한 사실을 잊고 계시는 것 같군요. 그럼 무기는 어떻게 된 걸까요? 애슐리 양은 뻥 뚫린 공간 한가운데 서 있었던 만큼 투창을 감출 수 있는 상황이 아니었습니다. 게다가 살인범이 나무 뒤에 숨어서 단검을 날린 거라면 남자의 몸에 단검이 꽂혀 있어야 정상이겠지요. 궁색한 추측은 접고 명백한 사실에 주목해야 합니다."

"그럼 명백한 사실에 주목한 결과를 말씀해 주시지요."

"아무튼 한 가지 사실만큼은 분명합니다. 남자가 쓰러질 당시 주위에는 아무도 없었습니다. 따라서 범인은 그 남자일 수밖에 없습니다. 자살이었다는 말씀이지요."

"하지만 자살할 이유가 없지 않은가요?"

레이먼드 웨스트가 미심쩍은 말투로 물었다. 변호사는 다시 한 번 기침을 터뜨렸다.

"그야 자네의 추측이지. 좀 전에도 추측은 금물이라고 하지 않던가. 나는 초자연적인 힘이니 하는 것은 절대 믿지 않아. 그런데 초자연적인 힘을 제외하면 남은 건 자살의 가능성뿐이지. 자기 몸을 찌른 남자는 양팔을 벌리고 쓰러지는 순간 단검을 빼서 숲 속 멀리 던졌을 거야. 의심스럽기는 하지만 절대로 있을 수 없는 일은 아니지 않나."

마플 양이 입을 열었다.

"저도 감을 못 잡겠군요. 정말 어리둥절한 사건이에요. 물론 살다 보면 별별 희한한 일들이 벌어지기는 하지요. 작년에 샤플리 부인이 가든 파티를 열었을 때에도 클록 골프(잔디밭에서 홀을 중심으로 그린 동그라미 위의 열두 지점에서 퍼팅하는 골프──옮긴이)를 준비하던 남자가 의식을 잃고 다른 사람 위로 쓰러졌는데, 5분 뒤에야 깨어났답니다."

레이먼드가 다정한 말투로 거들었다.

"그랬군요. 하지만 남자가 칼에 찔리지는 않았겠죠?"

"당연하지. 그러니까 이 이야기를 꺼낸 것 아니겠니. 가엾은 리처드 경을 찌른 사람은 분명한데, 애초에 리처드 경이 넘어진 이유가 뭘까 궁금하거든. 어쩌면 나무 뿌리에 걸려서 넘어졌을지도 모르겠구나. 애슐리 양을 쳐다보면서 걸은 데다 달빛밖에 없었으니 넘어지기 쉬웠겠지."

"리처드 경을 찌른 사람은 분명하다고 하셨습니까, 마플 양?"

목사가 신기하다는 표정으로 그녀를 쳐다보며 물었다.

"너무 안타까운 사건이라 생각하기도 싫군요. 그 사람은 오른손잡이였지요? 자기 왼쪽 어깨를 찔렀으니까 당연히 오른손잡이였겠지요. 나는 잭 베인스 생각을 하면 지금도 가슴이 아프답니다. 아라스에서 격렬한 전투를 벌이고 난 뒤에 자기 발을 쏘았다고 하던데, 병원으로 문병을 갔더니 그 이야기를 하면서 고개를 들지 못하더군요. 그나저나 엘리엇 헤이든이라는 가엾은 그 남자는 범행으로 얻은 이익이 거의 없을 것 같네요."

"엘리엇 헤이든이라고요? 그 사람의 짓이라고요?"

레이먼드가 큰 소리로 외쳤다.

"그 사람일 수밖에 없잖니."

마플 양이 몰랐냐는 듯이 두 눈을 동그랗게 뜨면서 말했다.

"페서릭 씨도 말씀하셨다시피 이교도의 여신이 풍기는 분위기 어쩌고 하는 것을 모조리 무시하고 사실에만 초점을 맞추면 뻔하잖니. 쓰러진 남자한테 제일 먼저 달려가서 몸을 뒤집은 장본인이니까. 물론 다른 사람한테는 보이지 않도록 등을 돌리고 있었겠지. 산적 두목으로 분장을 했다니까 허리춤에 무기를 꽂고 있었을 테고. 나도 젊었을 때 산적 두목으로 분장한 남자랑 춤을 춘 적이 있는데, 칼이며 단검을 다섯 자루나 차고 있는 바람에 얼마나 어색하고 불편했는지 모른단다."

모든 사람들의 시선이 펜더 박사에게 향했다.

"저는 사건이 있고 5년 뒤에야 엘리엇 헤이든의 편지를 통해 진상을 알게 됐습니다. 제가 줄곧 자기를 의심한 줄로 알고 있더군요. 그의 말에 따르면 우발적인 범행이었다고 합니다. 엘리엇도 다이애나 애슐리를 사랑했는데 가난한 법정 변호사에 불과한 처지라 리처드를 없애고 작위와 재산을 물려받으면 근사한 미래가 기다리고 있을 거라 생각했던 거죠. 사촌 곁에 무릎을 꿇는 순간 허리춤에서 단검이 비죽 튀어나왔는데, 정신을 차리고 보니 어느새 사촌을 찌르고 단검을 제자리에 꽂은 다음이더랍니다. 이후에 의심을 받지 않으려고 자기 어깨를 찔렀고요. 그는 남극으로 탐험을 떠나기 전날 밤, 제게 편지를 썼습니다. 다시는 돌아오지 않을 생각이라고 하더군요. 정말로 돌아올 마음이 없었을 겁니다. 그리고 마플 양이 말씀하신 것처럼 그는 범행으로 얻은 소득이 아무것도 없었습니다. 편지에는 이렇게 쓰어 있었습니다. '5년 동안 저는 지옥 속에서 살았습니다. 이제 명예로운 죽음으로 지난 잘못을 속죄하고 싶습니다.'"

잠시 침묵이 흘렀다.

헨리 경이 말했다.

"그 사람은 편지 내용처럼 명예롭게 눈을 감았지요. 펜더 박사님께서 주인공의 이름을 바꾸었지만 누군지 알 것 같군요."

목사가 말을 받았다.

"좀 전에도 말씀드렸다시피 해답 속에 모든 진실이 담겨 있는 것 같지는 않습니다. 지금 생각해 봐도 그 숲 속에 사악한 기운이 도사리고 있었던 게 분명하거든요. 사악한 기운이 엘리엇 헤이든을 조장한 것이지요. 저는 요즘도 아스타르테의 신당을 생각하면 소름이 오싹 끼친답니다."

금괴

"제 이야기는 어쩌면 이 자리에 어울리지 않을지도 모르겠습니다."
레이먼드 웨스트가 입을 열었다.
"해답을 모르거든요. 하지만 사건이 워낙 재미있고 흥미진진해서 여러분께 문제로 내고 싶습니다. 어쩌면 이 자리에서 그럴듯한 결론이 나올지도 모르죠.
사건이 벌어진 때는 2년 전, 제가 존 뉴먼이라는 남자와 함께 콘월로 성신강림절(부활절 후 일곱 번째 일요일인 성신강림 대축일부터 시작되는 1주일—옮긴이)을 보내러 갔을 무렵입니다."
"콘월이라고요?"
조이스 랑프리에르가 날카롭게 물었다.
"그렇습니다만. 무슨 문제라도?"
"아니에요. 그렇지만 이상하군요. 제가 말하려는 사건이 벌어진 곳도 콘월이거든요. 래트홀이라는 조그만 어촌인데……. 설마 거기서 벌어진 사건은 아니겠죠?"

"아닙니다. 제 이야기의 배경은 폴페란입니다. 콘월의 서쪽 해안에 있는 마을인데 바위투성이 황무지 비슷합니다. 저는 성신강림절이 시작되기 몇 주 전에 존 뉴먼이라는 남자를 소개받았는데 그렇게 재미있는 친구는 처음이었습니다. 똑똑하고 재산이 넉넉한 데다 낭만적인 상상을 잘하는 인물이었거든요. 그 마을의 폴 하우스를 빌린 이유도 새로운 취미 생활 때문이라고 하고요. 그런데 누가 엘리자베스 시대 전문가 아니랄까 봐 스페인의 무적 함대가 해전에서 패하고 달아나는 광경을 눈앞에서 보는 것처럼 들려주더군요. 어찌나 실감나게 묘사하던지 옆에서 들으면 해전을 직접 목격한 게 아닐까 오해할 정도였죠. 혹시 참전 병사가 환생한 건 아닐까요? 그럴지도 모릅니다. 정말 그럴지도 모릅니다."

"레이먼드, 너도 참 낭만적인 상상을 잘하는구나."

마플 양이 다정한 눈빛으로 조카를 쳐다보며 말했다.

"전 낭만이라는 단어하고는 거리가 먼 사람이라고요."

레이먼드 웨스트는 약간 화가 난 목소리로 대꾸했다.

"그런데 이 뉴먼이라는 친구는 머릿속이 온통 낭만적인 상상으로 가득했단 말씀입니다. 제가 이 친구한테 반한 이유도 흥미로운 유물 이야기 때문이었죠. 뉴먼의 이야기를 그대로 옮기자면, 스페인 무적 함대 소속이었던 함선 하나가 어마어마한 금을 싣고 카리브 해를 떠났다가 콘월에서 악명 높은 서펀트 암초에 걸려 난파되었습니다. 이후로 몇 년 동안 인양 작업이 벌어졌지만 수포로 돌아갔죠. 이런 종류의 보물선 이야기는 여러분도 종종 들으셨을 겁니다. 사실 무근인 경우가 훨씬 더 많지만 말입니다. 어쨌거나 인양 작업을 위한 회사가 설립되었다가 파산했고 뉴먼이 헐값으로 인양권인가 뭔가를 사들였습니다. 그는 이 일에 대해서 상당한 열의를 보였습니다. 최첨단 기계만 있으면 인양 작업쯤은 식은 죽 먹기라는 거죠. 아무튼 그는 바다 속에 묻힌 금을 캐내기만 하면 된다고 철석같이 믿고 있었습니다.

그의 이야기를 듣고 있다 보니 인생은 늘 그런 식이라는 생각이 들더군요. 뉴먼처럼 돈이 많은 사람들은 별다른 노력 없이 성공을 거두고, 이번 인양 작업도 돈을 노리고 뛰어든 일은 아닐 테고……. 그의 열정은 저에게까지 전염되었습니다. 폭풍 때문에 해안으로 떠밀려 온 갈레온 선(15~19세기 스페인에서 무역용으로 쓰였던 대형 범선―옮긴이)들이 시커먼 암초에 부딪쳐 부서지는 광경이 눈앞에 어른거릴 정도였으니까요. 갈레온 선이라니 낭만적이지 않습니까? '스페인 금괴'라니 어린아이뿐 아니라 어른이 들어도 짜릿하지 않겠습니까? 게다가 저는 그 당시 소설을 쓰는 중이었는데 16세기를 배경으로 하는 장면이 몇 군데 있었습니다. 따라서 이 친구를 통해 값진 정보를 얻을 수 있겠다 싶었죠.

저는 부푼 가슴을 안고 금요일 아침에 패딩턴을 출발했습니다. 어떤 여행이 될지 기대되더군요. 객차의 승객은 저와 맞은편 구석에 앉은 남자, 이렇게 두 사람뿐이었습니다. 맞은편의 남자는 키가 크고 군인 비슷한 분위기를 풍기는데 어디선가 본 듯한 얼굴이었습니다. 저는 한참 동안 머리를 쥐어짠 끝에 동행의 정체를 알아차릴 수 있었습니다. 에버슨 실종 사건을 취재할 때 마주쳤던 배지워스 경위였던 겁니다.

저는 예전에 만난 적이 있지 않느냐며 말을 걸었고 잠시 후 우리는 즐겁게 잡담을 나누는 사이가 되었습니다. 제가 행선지를 밝혔더니 경위는 마침 자기도 폴페란에 가는 길이라고 하더군요. 저는 참견 좋아하는 사람처럼 보일 것 같아서 무슨 일로 가는지 묻지 않았습니다. 대신에 제 목적을 밝히고 난파된 스페인 갈레온 선 이야기를 꺼냈죠.

그러자 경위는 이렇게 말했습니다.

'후안 페르난데스 호 말씀이로군요. 그 배를 끄집어내겠다고 가산을 탕진한 사람이 여럿 있었죠. 참 낭만적인 발상입니다.'

'어쩌면 헛소문일 수도 있겠죠. 애초에 난파선 따위는 없었을지도 모르니까요.'

'아, 후안 페르난데스 호 이야기는 헛소문이 아닙니다. 그 일대에 가라앉은 선박이 얼마나 많은지 들으면 깜짝 놀라실걸요? 사실 제가 폴페란에 가는 이유도 난파선 때문입니다. 6개월 전에 난파당한 오트란토 호 때문이죠.'

'저도 어디에선가 그 일에 관한 기사를 본 기억이 납니다. 인명 피해는 없었다죠?'

'인명 피해는 없었지만 물질적인 손실은 있었죠. 일반인들에게는

알려지지 않은 사실이지만 오트란토 호는 금괴를 싣고 항해하는 중이었거든요.'

'예?'

저는 순간 호기심이 동했습니다.

'두말 할 필요도 없이 저희는 잠수부들을 동원해 인양 작업을 벌였습니다. 그런데 금괴가 사라지고 없지 뭡니까!'

'사라졌다니요? 어떻게 사라질 수 있단 말입니까?'

저는 경위의 얼굴을 뚫어져라 쳐다보며 물었습니다.

'그 점이 의문입니다. 오트란토 호는 암초에 부딪치면서 귀중품 보관실에 구멍이 났습니다. 그런데 잠수부들이 구멍을 통해 안으로 들어갔더니 귀중품 보관실이 텅 비어 있더라는 겁니다. 여기서 의문점이 생깁니다. 금괴가 도난당한 시점은 난파 전일까요, 후일까요? 귀중품 보관실이 애초부터 비어 있었던 건 아닐까요?'

'정말 희한한 사건이로군요.'

'금괴의 특징을 생각해 보면 더욱 희한해집니다. 다이아몬드 목걸이처럼 주머니 속에 넣을 수 있는 물건도 아니고, 얼마나 부피가 크고 거추장스럽습니까? 그런 금괴가 사라지다니 귀신이 곡할 노릇이지요. 배가 출항하기 이전에 누군가 술수를 부리지 않은 한 지난 6개월 사이에 도난당했다는 이야기가 됩니다. 그래서 제가 진상을 조사하러 나선 겁니다.'

역에 도착했더니 뉴먼이 마중을 나와 있었습니다. 미안하지만 수리를 받으러 트루로에 보내는 바람에 차가 없다면서, 폴 하우스에

딸린 트럭을 끌고 왔더군요.

저는 얼른 옆자리에 올라탔고, 트럭은 어촌의 좁다란 길을 들락날락하며 조심스럽게 움직였습니다. 경사가 20도 정도 되는 가파른 오르막길을 따라서 구불구불 얼마쯤 갔더니 폴 하우스의 화강암 기둥이 등장했습니다.

폴 하우스는 낭떠러지 높이 자리 잡고 있어서 바다가 근사하게 내려다보이는 곳이었습니다. 삼사백 년의 역사를 자랑하는 본채에 새 건물을 추가시킨 모습이더군요. 뒤쪽으로는 팔구천 평 정도 되는 밭이 있었습니다.

뉴먼이 말했습니다.

'여기가 바로 폴 하우스입니다. 황금 갤리언 선의 상징이 있는 곳이기도 하죠.'

그는 이 말과 함께 현관 너머를 가리켰습니다. 돛을 활짝 편 스페인 갤리언 선의 완벽한 복제품이 놓여 있더군요.

첫날 밤에는 아주 재미있고 유익한 시간들이 이어졌습니다. 뉴먼은 후안 페르난데스 호와 관련 있는 고문서를 보여 주었고 도표를 펼쳐 놓고 점선으로 표시된 부분들을 가리켰습니다. 그가 설명한 잠수 기구들은 정말이지 듣기만 해도 입이 떡 벌어지더군요.

제가 배지워스 경위를 만났다고 했더니 그는 상당한 관심을 보였습니다.

그는 생각에 잠긴 표정으로 이렇게 중얼거렸습니다.

'이 근방에는 수상한 사람들이 있습니다. 밀수와 약탈에 혈안이 되어 있는 사람들이죠. 이곳 해안에서 배가 침몰했다고 하면 그들은 당연히 자기 몫이라고 생각합니다. 그중에서도 아주 재미있는 인물이 있는데 나중에 소개시켜 드리겠습니다.'

다음 날은 새벽부터 날씨가 맑고 화창했습니다. 저는 폴페란으로 가서 뉴먼의 잠수부인 히긴스를 소개받았습니다. 그는 무표정하고 무뚝뚝한 남자였습니다. 뭘 물으면 한 음절로 대답하는 게 고작이었죠. 두 사람은 상당히 전문적인 이야기를 나누더니 저와 함께 스리 앵커스로 자리를 옮겼습니다. 히긴스는 그곳에서 맥주 한 잔을 마신 뒤로 말수가 많아지더군요.

'런던에서 형사 나리가 찾아왔더군요. 작년 11월에 난파당한 배가 엄청난 금괴를 싣고 있었다나? 이 바닷가에서 배가 침몰당한 게 처음도 아니고 앞으로도 똑같은 일들이 계속 벌어질 텐데.'

스리 앵커스의 주인이 맞장구를 쳤습니다.

'암, 그렇고말고. 그 말이 정답일세, 빌 히긴스.'

'그렇다마다요, 켈빈 씨.'

히긴스가 대답했습니다.

저는 호기심이 동한 눈으로 스리 앵커스의 주인을 쳐다보았습니다. 까무잡잡하고 어깨가 유난히 넓더군요. 눈은 잔뜩 충혈돼 있었는데 상대방의 시선을 피하는 품이 왠지 수상하게 보였습니다. 뉴먼이 재미있는 인물이라고 표현한 사람이 아닐까 싶었습니다.

'외지인들은 이곳에 발을 들여놓지 않았으면 좋겠어.'

켈빈이 시비조로 이야기했습니다.

'경찰 말씀인가요?'

뉴먼이 웃으면서 물었습니다.

'경찰뿐만 아니라 다른 사람들도. 내 말을 명심하시게, 선생.'

켈빈은 의미심장한 표정을 지었습니다.

언덕을 올라 집으로 돌아가는 길에 저는 뉴먼을 보고 이렇게 말했습니다.

'제가 듣기에는 협박처럼 느껴지더군요.'

제 친구는 웃음을 터뜨렸습니다.

'그럴 리 있습니까? 저는 이곳 사람들에게 아무런 피해도 입히지 않는걸요.'

저는 미심쩍은 표정으로 고개를 저었습니다. 켈빈이라는 작자는 불길하고 막돼먹은 분위기였습니다. 아무래도 이상하고 알 수 없는 상상을 하는 것 같았습니다.

불안해지기 시작한 것은 그때부터가 아닌가 싶습니다. 첫날 밤에는 잘 잤는데 그 다음 날 밤부터 잠을 설쳤거든요. 낮게 깔린 하늘, 천둥을 예고하는 바람과 함께 잔뜩 찌푸린 일요일이 시작됐습니다. 저는 워낙 속마음을 숨기는 재주가 없는 사람입니다. 아니나 다를까, 뉴먼이 달라진 제 표정을 금세 알아차리더군요.

'어디 불편하신가요, 웨스트 씨? 오늘 아침은 안색이 아주 안 좋군요.'

저는 솔직하게 털어놓았습니다.

'왠지 나쁜 일이 닥칠 것 같은 불길한 예감이 듭니다.'

'날씨 때문이겠죠.'
'아마 그런가 봅니다.'

저는 더 이상 아무 말도 하지 않았습니다. 우리는 오후에 뉴먼의 모터 보트를 타고 바다로 나갔지만 어찌나 비가 세차게 내리는지 무사히 집으로 돌아와서 옷을 갈아입은 게 다행이다 싶을 정도였습니다.

저녁이 되면서 불안한 마음이 더욱 심란해지더군요. 창밖에서는 폭풍우가 사납게 으르렁거리더니 10시 무렵부터 잠잠해지기 시작했습니다. 뉴먼이 창밖을 내다보더니 이렇게 말했습니다.

'비가 개었네요. 앞으로 30분 동안은 맑을 것 같은데 산책이나 하렵니다.'

저는 하품을 했습니다.

'저는 어제 잠을 설쳐서 그런지 눈을 뜨고 있기가 힘들 만큼 졸리네요. 오늘 밤에는 일찌감치 자리에 눕겠습니다.'

저는 그 길로 침대에 누웠습니다. 잠을 설친 전날 밤에 비하면 단잠이었습니다. 하지만 잠자리가 편안하지는 않았습니다. 아직까지도 불길한 예감이 남아 있었기 때문이죠. 한 걸음만 잘못 내딛으면 목숨을 잃는다는 생각에 떨면서 무시무시한 심연과 거대한 틈 사이를 걸어가는 꿈에 시달리다 눈을 떴더니 시계 바늘이 8시를 가리키고 있었습니다. 머리가 깨질 듯이 아팠고 악몽으로 인한 공포가 아직까지 남아 있더군요.

악몽의 충격이 어찌나 컸던지 창가로 걸어가서 밖을 내다보는 순간, 새로운 공포에 몸서리치면서 저도 모르게 뒷걸음질을 치게 되더군요. 무덤을 파는 남자의 모습이 첫눈에 들어온 때문이었습니다.

잠시 후에 정신을 차리고 다시 한 번 보았더니 무덤을 파는 남자는 다름 아니라 뉴먼의 정원사였습니다. 그리고 '무덤'은 잔디밭에 누워 있는 세 그루의 장미나무를 심을 자리였죠.

고개를 든 정원사는 저를 보더니 모자를 살짝 들어 올렸습니다.

'안녕히 주무셨습니까, 선생님. 상쾌한 아침이죠?'

'그런 것 같군요.'

저는 애매하게 얼버무렸습니다. 우울한 마음을 떨쳐 버릴 수가 없었던 거죠.

하지만 정원사의 말처럼 정말 상쾌한 아침이었습니다. 햇살은 눈이 부셨고 옅은 파란색 하늘을 보면 하루 종일 날씨가 좋을 것 같더군요. 저는 휘파람을 불면서 아침 식사를 위해 아래층으로 내려갔습니다. 뉴먼은 가정부를 두지 않았습니다. 근처 농가에 사는 아주머니 두 분이 날마다 들러서 간단한 집안일을 해 주는 정도였죠. 식당으로 들어갔더니 아주머니 한 분이 식탁 위에 커피 주전자를 내려놓는 중이었습니다.

'좋은 아침입니다. 뉴먼 씨는 아직 주무시는 모양이죠?'

'새벽에 나가신 것 같던데요? 저희가 도착했을 때 집 안에 안 계셨거든요.'

저는 다시 불안해지기 시작했습니다. 전날도 그렇고 그 전날도 그렇고, 뉴먼은 아침을 먹는 시간이 남들에 비해 늦었습니다. 결코 새벽에 일어나는 스타일이 아니었죠. 저는 불길한 예감을 떠올리면서 그의 침실로 달려갔습니다. 아무도 없었습니다. 뿐만 아니라 침대에서 잠을 잔 흔적도 없더군요. 침실을 간단하게 살폈더니 정장이 보이지 않았습니다. 뉴먼이 정장을 입고 산책을 나갔다는 뜻이었죠.

저의 불길한 예감이 맞아떨어진 셈이었습니다. 뉴먼은 자기 말대로 산책을 나갔다가 그 길로 자취를 감추었습니다. 이유가 뭘까요? 사고라도 당한 걸까요? 낭떠러지에서 떨어진 걸까요? 당장 수색 작업을 펼쳐야겠다는 생각이 들었습니다.

저는 몇 시간 만에 대규모의 수색단을 모아서 낭떠러지며 그 밑의 바위까지 구석구석 훑었습니다. 하지만 뉴먼의 모습은 보이지 않았습니다.

저는 결국 다급한 마음에 배지워스 경위를 찾아갔습니다. 저의 이야기를 듣는 동안 그의 표정은 점점 어두워졌습니다.

'지저분한 사건의 냄새가 나는군요. 아무래도 수상한 작자들의 소행인 것 같습니다. 스리 앵커스의 주인으로 있는 켈빈을 만나 보신 적 있습니까?'

저는 만난 적이 있다고 대답했습니다.

'폭행 구타로 4년 전에 감옥 신세를 진 적이 있는 작자입니다.'

'그럴 만한 사람이겠다 싶더군요.'

'이 지역 사람들의 의견을 종합해 보면 선생님의 친구분은 상관없는 일에 참견이 조금 심했던 것 같더군요. 부디 아무 일 없어야

할 텐데…….'

저는 이 말을 듣고 더욱 열심히 수색을 펼쳤습니다. 그러다 늦은 오후 무렵에 노력의 결실을 맺을 수 있었습니다. 폴 하우스 땅 한쪽 귀퉁이의 깊은 도랑에서 뉴먼을 발견한 겁니다. 그의 손과 발은 밧줄로 단단히 묶여 있었고, 고함을 지르지 못하도록 입에는 재갈이 물려 있었습니다.

그는 기진맥진한 얼굴로 신음을 내뱉었습니다. 하지만 손목과 발목을 몇 번 움직이고 위스키를 길게 한 모금 들이키더니 간밤에 있었던 일을 이야기할 수 있을 만큼 기운을 되찾더군요.

그는 날이 갠 것을 보고 11시 무렵 산책을 나섰답니다. 낭떠러지를 따라서 제법 걷다 보니까 동굴이 하도 많아서 '밀수업자의 만'이라고 불리는 곳에 어느새 도착했더랍니다. 그런데 몇몇 남자들이 작은 배에서 짐을 부리는 것을 보고 무슨 일인가 싶어 다가갔대요. 내려놓은 물건은 뭔지 몰라도 상당히 무거워 보였고 멀찌감치 떨어진 동굴로 옮기는 중이었다고 합니다.

뉴먼은 의심을 품었다기보다는 단순한 호기심에 다가갔습니다. 사람들 눈에 띄지 않은 채 제법 가까워졌을 무렵 어디에선가 경고의 고함 소리가 들렸고, 그는 덩치 좋은 뱃사람 둘이 휘두른 주먹에 맞고 의식을 잃었습니다. 잠시 후에 정신을 차렸더니 움직이는 트럭 위에 누워 있더랍니다. 여기저기 부딪히면서 덜컹거리는 소리로 볼 때 해변에서 마을로 향하는 길인 것 같았다는군요. 놀랍게도 트럭은 그의 집 대문 앞에서 멈추었습니다. 잠시 후 사람들은 나지막이 대화를 주고받더니 그를 끌어내 도랑으로 내동댕이쳤습니다. 도랑이 깊어서 찾는 데 시간이 걸릴 거라고 생각한 모양입니다. 이윽고 트럭이 사라졌습니다. 그의 말에 따르면 다른 문을 통해서 마을 쪽으로 400미터 정도 들어가는 것 같더랍니다. 그는 뱃사람이었고 콘월 지방의 말투를 썼다는 사실 말고는 범인들에 대해서 생각나는 게 없다고 했습니다.

배지워스 경위는 이 말을 듣고 상당한 관심을 보였습니다.

'은닉 장소로 볼 때 난파선에서 건진 물건을 외딴 동굴에 숨겨 두려는 수작이 분명합니다. 밀수업자의 만에 있는 동굴들을 모두 조사한 경찰이 내륙 쪽으로 수사의 초점을 바꾸었다는 소문을 듣고, 야밤을 틈타 이미 수색이 끝난 곳으로 장물을 옮기려 했던 것이겠지요. 안타깝게도 최소한 열여덟 시간이 지난 상황이라 처분이 끝났을 가능성이 큽니다. 뉴먼 씨가 어젯밤에 습격을 당했으니 지금은 동굴을 뒤져도 소득이 없을 것 같군요.'

경위는 황급히 조사를 시작했습니다. 하지만 동굴 속에 한때 머물렀던 흔적만 남아 있을 뿐 금괴는 이미 사라져 버린 뒤였고, 새로운 은닉처는 알 길이 없었습니다.

하지만 경위는 다음 날 아침 저에게 한 가지 단서를 잡았다고 알려 왔습니다.

'그 길은 차가 거의 다니지 않는 곳입니다. 그런데 타이어 자국이 한두 군데 선명하게 남아 있더군요. 타이어 한 개에 삼각형 모양으로 뜯긴 자국이 있는지, 아주 확실한 표시를 남기기도 했고요. 게다가 폴 하우스 안으로 들어왔다가 다른 문을 통해 나간 흔적이 희미하게나마 보이는 만큼 문제의 그 트럭이 분명합니다. 그런데 왜 멀찌감치 떨어진 문을 통해서 밖으로 나갔을까요? 마을에서 건너온 트럭이기 때문이었겠죠. 이 마을에는 트럭을 가지고 있는 사람이 몇 없습니다. 기껏해야 두세 명 정도 될까요? 그런데 스리 앵커스의 주인 켈빈이 여기에 포함됩니다.'

'켈빈은 원래 무얼 하던 사람입니까?'

뉴먼이 물었습니다.

'여기 살면서 그걸 아직 모르셨단 말씀입니까? 젊었을 적에 켈빈은 전문 잠수부였습니다.'

뉴먼과 저는 서로의 얼굴을 쳐다보았습니다. 퍼즐이 한 조각 한 조각 맞아떨어지는 기분이었습니다.

'해변에서 마주쳤다는 사람들 중에 켈빈은 없었습니까?'

경위의 질문에 뉴먼은 고개를 저었습니다.

'죄송하지만 잘 모르겠습니다.'

그의 목소리에는 아쉬움이 묻어 있었습니다.

'주변을 살필 만한 시간이 없었거든요.'

경위는 스리 앵커스를 향해 길을 나서면서 고맙게도 저의 동행을 허락했습니다. 스리 앵커스의 차고는 골목길에 붙어 있었습니다. 대문은 잠겨 있었지만 골목길 쪽으로 돌아갔더니 작은 문이 열려 있더군요. 경위는 타이어를 들여다보자마자 고함을 질렀습니다.

'만세! 드디어 놈을 잡았습니다! 왼쪽 뒷바퀴에 삼각형 모양으로 뜯긴 자국이 또렷이 남아 있지 않습니까? 켈빈, 제 아무리 날고 기어도 이번만큼은 빠져나가지 못할걸?'"

레이먼드 웨스트는 여기에서 이야기를 멈추었다.

조이스가 물었다.

"글쎄요? 지금까지는 아무 문제 없지 않은가요? 금괴를 찾지 못했다는 것 말고는."

레이먼드가 말했다.

"금괴는 끝내 찾지 못했습니다. 하지만 켈빈도 붙잡히지 않았습니다. 쉽게 붙잡힐 작자가 아닌 줄은 알았지만 무슨 수로 미리 빠져나갈 구멍을 만들어 놓았는지 신기할 따름이죠. 경위는 타이어 자국을 증거로 켈빈을 체포했습니다. 그런데 뜻밖의 장애물이 나타났습니다. 차고의 대문 건너편에 자리 잡은 오두막을 여름 동안 빌려 쓰고 있던 여류 화가가 발단이었죠."

"여류 화가라니 그림이 그려지는군요!"

조이스가 웃음을 터뜨리며 외쳤다.

"그림이 그려진다고 말씀하신 것처럼 이 화가는 몇 주 동안 건강이 안 좋았던 터라 두 간호사의 보살핌을 받고 있었습니다. 그날 밤 담당이었던 간호사는 블라인드를 걷은 창가에 안락 의자를 놓고 앉아 있었다고 합니다. 그러니까 건너편 차고에서 트럭이 드나들면 그녀의 눈을 거칠 수밖에 없었다는 뜻인데, 간호사가 맹세하길 그날 밤 트럭은 차고를 떠난 적이 없었다는 겁니다."

조이스가 물었다.

"그거야 사소한 문제 아닌가요? 그 간호사도 잠을 잤을 거 아니겠어요? 간호사들은 늘 그러니까."

페서릭 씨는 신중한 입장을 보였다.

"어, 그런 경우들이 종종 있기도 합니다만, 여러분들 모두 충분한 조사도 거치지 않은 채 섣부른 판단을 내리고 계신 것 같습니다. 간호사의 증언을 인정하기에 앞서 얼마나 믿을 만한 사람인지 신중하게 검토해야 하는 것 아니겠습니까? 그런 식으로 기다렸다는 듯이 알리바이를 내놓다니 의심을 하지 않을 수가 없군요."

레이먼드가 말했다.

"여류 화가의 증언도 있었습니다. 몸이 너무 아파서 밤새도록 잠을 설쳤으니 트럭이 움직이는 요란한 소리가 나면 못 들었을 리가 없는데 그날 밤은 폭풍이 지나간 뒤답게 사방이 조용했다는 겁니다."

목사가 입을 열었다.

"흐음……. 그야말로 추가 정보인 셈이로군요. 켈빈은 알리바이가 있습니까?"

"10시부터 잠을 잤다고 하는데, 그의 주장을 뒷받침할 만한 증인은 없었습니다."

"간호사가 깜빡 졸았을 거예요. 여류 화가도 마찬가지였을 테고. 환자들은 항상 밤새도록 깨어 있었던 것처럼 착각하잖아요."

조이스가 말했다.

레이먼드 웨스트는 묻는 듯한 표정으로 펜더 박사를 쳐다보았다.

"저는 켈빈이라는 남자가 딱하다는 생각이 듭니다. 한번 낙인 찍히면 끝장인 세태를 반영하는 것 같아서 말입니다. 물론 켈빈이 교도소에 다녀온 것은 사실입니다. 타이어 자국을 우연의 일치로 간주하기에는 미심쩍은 부분이 있고요. 하지만 전과 기록과 타이어 자국 말고는 이렇다 할 혐의가 없지 않습니까?"

"헨리 경의 생각은 어떠십니까?"

헨리 경은 미소를 지으며 고개를 저었다.

"마침 제가 알고 있는 사건이기 때문에 입을 다물고 있어야겠습니다."

"그렇다면 어쩔 수 없지요. 제인 이모, 이모는 어떠세요, 하실 말씀 없으세요?"

"잠깐만, 레이먼드."

마플 양이 말했다.

"코를 잘못 센 것 같아. 안뜨기 두 코, 겉뜨기 세 코, 건너뛰기 한 코, 안뜨기 두 코, 맞구나. 그래, 좀 전에 뭐라고 그랬지?"

"어떻게 생각하시느냐고요."

"내 생각은 듣고 싶지 않을 텐데? 요즘 젊은 사람들은 늙은이 말에 귀를 기울이지 않잖니. 그냥 입 다물고 있는 게 낫겠어."

"무슨 말씀이세요, 이모. 어서 말씀해 보세요."

"글쎄다, 레이먼드."

마플 양은 뜨개질감을 내려놓고 조카의 얼굴을 쳐다보았다.

"앞으로는 친구를 사귈 때 신중했으면 좋겠구나. 너는 귀가 얇고 남의 말을 너무 쉽게 믿는 성격이야. 작가라 상상력이 풍부해서 그런 모양이다만. 스페인 갤리온 선이라니! 좀 더 나이를 먹고 인생 경험이 많아지면 그런 이야기를 듣자마자 경계하게 된단다. 게다가 몇 주 전에 만난 사람의 이야기잖니!"

헨리 경은 갑자기 껄껄 웃음을 터뜨리더니 무릎을 쳤다.

"이번에는 제대로 걸렸군, 레이먼드. 마플 양, 정말 대단하십니다. 레이먼드, 자네가 친구라고 소개한 뉴먼은 이름이 따로 있다네. 사실 이름이 한두 개가 아니라 여러 개였지. 지금은 콘월이 아니라 데번셔에 살고 있는데, 다트무어의 프린스타운 교도소에서 복역하고 있다는 게 좀 더 정확한 표현일 걸세. 도난당한 금괴 때문이 아니라 런던 한 은행의 금고를 털다 붙잡혔거든. 그런데 우리는 과거 뉴먼의 기록을 훑어보다 폴 하우스 정원에 상당량의 금괴가 묻혀 있다는 사실을 알게 되었지. 제법 교묘한 수법이었다고나 할까? 콘월의 해변에서는 금을 싣고 침몰한 갤리온 선에 대한 소문들이 예전부터 자자했다네. 뉴먼이 잠수부를 고용하고 결국에는 폴 하우스의 정원에 금괴를 묻어 놓을 수 있었던 것도 그 때문이었지. 하지만 사람들의 눈을 속이려면 희생양이 필요했고 이 역할에는 켈빈이 제격이었다네. 뉴먼은 연기가 그럴듯했던 셈이야. 작가로 유명한 자네를 의심의 여지가 없는 증인으로 둔갑시켰으니 말일세."

"하지만 타이어 자국은 어떻게 된 거죠?"

조이스가 묻자 마플 양이 말했다.

"그야 자동차에 대해서 전혀 모르는 나도 한눈에 알아차릴 수 있는 수법을 쓴 거랍니다. 자동차는 바퀴를 바꿔 끼울 수 있잖아요? 나만 하더라도 바퀴 갈아 끼우는 광경을 자주 본걸요. 그 사람들은 켈빈의 트럭에서 바퀴를 떼어다가 옆문으로 가지고 나가서 뉴먼 씨의 트럭에다 끼운 다음 트럭을 해변으로 몰고 나가서 금괴를 가득 채우고 다른 문으로 들어왔겠지요. 바퀴를 다시 켈빈 씨의 트럭으로 돌려놓는 동안 한 사람이 도랑 속에 남아서 뉴먼 씨의 손발을 묶었을 테고요. 찾는 데 생각보다 시간이 많이 걸렸으니 뉴먼 씨의 입장에서 생각하자면 몹시 불편했겠지요. 이 일은 정원사라고 한 남자가 맡지 않았을까 싶군요."

"이모, '정원사라고 한 남자'라니 무슨 말씀이세요?"

레이먼드가 궁금하다는 듯이 물었다.

"정말 정원사일 리가 없잖니. 아무나 붙잡고 물어보렴. 성신강림 대축일 바로 다음 날 일을 하는 정원사가 있는지."

그녀는 미소를 짓더니 뜨개질감을 접었다.

"아주 사소한 부분이지만, 나는 그 말을 듣는 순간 진상을 알아차렸단다."

그녀는 레이먼드를 쳐다보며 말을 이었다.

"너도 네 집에서 직접 정원을 가꾸면 이런 사소한 부분들을 알게 될 거야."

피로 물든 보도

조이스 랑프리에르는 "이상하게 들리실지 모르겠지만." 하는 말로 이야기를 시작했다.

"이 이야기는 꺼내고 싶지 않았어요. 오래전, 정확히 말하자면 5년 전에 겪은 일인데 지금도 생각하면 소름이 끼치거든요. 겉보기에는 밝고 화사한 그림 속에 오싹한 그림자가 숨어 있으니까요. 희한한 일이지만 그때 그린 그림도 비슷한 분위기를 풍긴답니다. 언뜻 보면 햇살이 눈부신 콘월의 가파른 도로를 간단하게 스케치한 작품이지만 자세히 보면 뭔가 으스스한 느낌이 들거든요. 그 작품은 팔지도 않았고 이후로 쳐다보지도 않았어요. 그림이 있는 면을 벽 쪽으로 돌리고 작업실에 세워 놓았죠.

사건이 벌어진 곳은 래트홀이에요. 콘월에 있는 작은 어촌인데 너무 그림 같다 싶을 만큼 경치가 좋답니다. 마을은 전체적으로 '콘월 다방'이라는 촌스러운 간판이 어울릴 만큼 고풍스러운 분위기가 물씬해요. 작업복 차림의 단발머리 소녀들이 양피지에다 글을 옮겨 쓰는 상점들이 있을 정도죠. 아무튼 아름답고 예스럽기는 하지만 가식적인 느낌이 많이 나는 곳이랍니다."

레이먼드 웨스트가 투덜거리며 입을 열었다.

"저는 샤라방(대형 유람버스―옮긴이)의 저주를 너무나 잘 알고 있습니다. 아무리 좁은 길이라도 일단 뚫리기만 하면 경치 좋은 마을치고 살아남는 곳이 없죠."

조이스는 고개를 끄덕였다.

"래트홀에도 여러 갈래의 좁은 길이 연결돼 있는데 경사가 아주 가파르죠. 아무튼 원래 이야기로 돌아가자면 저는 2주 동안 그림을 그릴 목적으로 콘월을 찾았어요. 래트홀에는 폴하위스 암스라고, 낡은 여관이 하나 있답니다. 1500년대인가 언젠가 스페인 군이 이 마을에 폭격을 퍼부었는데 그때 유일하게 살아남은 건물이라고 하더군요."

레이먼드 웨스트가 눈살을 찌푸리며 말했다.

"1500년대에 폭격이라니! 역사에 비추어 정확한 표현을 써 주시기 바랍니다, 조이스 양."

"아무튼 스페인 군이 해변에 총을 늘어놓고 쏘아 대는 바람에 집들이 죄다 무너졌다더라고요. 어쨌거나 중요한 문제는 아니잖아요? 여관은 앞쪽에 기둥이 네 개 달린 현관도 있고 제법 근사한 곳이었어요. 그런데 제가 짐 정리를 마치고 작업을 시작하려는데, 언덕을 구불구불 기어 내려오는 자동차 한 대가 보이더군요. 두말 할 것도 없이 자동차는 여관 앞에 멈추어 섰고, 덕분에 저는 그림을 그리기가 난감하게 됐죠. 차에서 남녀 한 쌍이 내렸지만 특별히 눈여겨보지는 않았어요. 여자는 옅은 자주색 리넨 원피스에 옅은 자주색 모자를 쓰고 있었던 걸로 기억해요.

잠시 후 남자가 여관 밖으로 나오더니 고맙게도 차를 부두 쪽으로 옮기고는 제가 있는 곳을 지나서 여관 쪽으로 걸어가더군요. 그런데 바로 그때 심보 고약한 자동차 한 대가 구불구불 언덕을 내려오는 거예요. 차에 탄 여자는 진홍색 포인세티아 꽃 무늬가 어지러울 만큼 화려한 사라사 원피스에 밝은 진홍색의 커다란 밀짚 모자를(아무래도 쿠바 산 모자겠죠?) 쓰고 있었답니다.

이 여자는 여관을 그대로 지나쳐서 조금 멀리 있는 길가에 차를 세웠어요. 그런데 차에서 내린 여자를 보더니 남자가 깜짝 놀란 목소리로 이렇게 외치는 거예요.

'캐럴! 이런 우연의 일치가 있나! 이런 데서 당신을 만나다니. 이게 몇 년 만이야? 저쪽에 마지가 있어. 우리 집사람 알지? 가서 인사하자고.'

두 사람은 여관을 향해 나란히 걸어갔습니다. 잠시 후 마지라는 여자가 문 밖으로 나와서 두 사람 쪽으로 다가갔죠. 저는 캐럴이라는 여자가 제 앞을 지나갈 때 흘긋 쳐다봤답니다. 새하얗게 분칠한 얼굴과 새빨간 입술을 보는 순간, 남자의 부인이 이 여자를 달가워할까 싶더군요. 부인이라는 여자의 얼굴은 자세히 보지 못했지만 멀리서 추측하건대 촌스럽고 아주 단정한 스타일인 것 같았거든요. 물론 제가 참견할 일은 아니었지만 가끔 다른 사람들의 인생과 희한하게 마주치면 관심을 갖게 되잖아요.

멀리서 세 사람이 나누는 이야기가 제 귀에까지 흘러 들어오더군요. 수영하러 나가자고 하는 것 같았어요. 이름이 데니스라는 남편은 보트를 빌리겠다고 하더라고요. 1600미터쯤 가면 유명한 동굴이 있다면서. 캐럴은 어떤 동굴인지 보고 싶지만 절벽을 따라 걸어간 다음 뭍에서 구경하겠다고 하더군요. 배를 싫어한다나 뭐라나. 결국 세 사람은 이렇게 결론을 내렸죠. 캐럴은 동굴까지 절벽 길을 걸어서 가고 데니스와 마지는 보트를 타고 가기로.

수영 이야기를 들으니까 저도 바다에 몸을 담그고 싶더라고요. 찌는 듯이 더운 아침이었고, 작업에 별 진척이 없었거든요. 게다가 오후 햇살이 더욱 근사한 풍경을 선물해 줄 것 같기도 했고요. 그래서 저는 물건을 챙기고 저만 아는 조그만 해변으로 향했죠. 동굴이 있는 곳과는 정반대 방향이었답니다. 저는 그곳에서 신나게 수영을 즐기고 혓바닥 요리 통조림과 토마토 두 개로 점심을 때운 다음 오후 무렵에 돌아왔죠. 당장 작업을 시작할 수 있을 만큼 기운이 샘솟더군요.

래트홀은 마을 전체가 잠든 것 같았어요. 짐작했던 대로 오후가 되니까 그림자의 효과가 더욱 탁월해지더군요. 작품의 주된 소재가 폴하위스 암스였는데, 비스듬히 내려온 한 줄기 햇살이 여관 앞 지면과 부딪치면서 묘한 효과를 연출하더라고요. 저는 진홍색과 감색 수영복 두 벌이 여관 발코니에 걸려 있는 것을 보고 수영 나간 사람들이 무사히 돌아왔나 보다 생각했죠.

그런데 그림을 그리던 도중에 한 부분이 잘못돼서 수정 작업을 하고 고개를 들었더니 폴하위스 암스의 기둥에 한 사람이 기대고 서 있더군요. 난데없이 등장한 인물이었죠. 선원 비슷한 옷차림으로 볼 때 어부인 것 같았어요. 하지만 수염이 어찌나 까맣고 길던지 사악한 스페인 선장의 모델이 필요하면 그보다 더 적임자가 없겠다 싶더라고요. 저는 남자가 사라지면 어쩌나 싶어서 열심히 손을 놀렸죠. 평생 동안이라도 기둥에 기대 서 있을 것 같은 분위기이기는 했지만.

잠시 후에 남자가 제 쪽으로 다가와서 말을 걸더군요. 스케치가 끝난 뒤라 다행이기는 했지만 어찌나 말이 많던지.

'래트홀은 아주 흥미진진한 곳이지요.'

저는 들었다고 이야기했지만 그렇다고 상황이 달라지지는 않더군요. 마을 폭격이며(아니 함락이라고 해야 하나요?) 폴하위스 암스의 주인이 제일 마지막으로 살해당한 경위를 처음부터 끝까지 들어야 했으니까요. 자기 집 문지방에서 스페인 선장의 칼에 맞았는데 보도로 피가 튀어서 백 년 동안 지워지지 않았다는 둥…….

나른하고 졸린 오후와 정말 잘 어울리는 이야기였지 뭐예요? 그 남자의 목소리는 감미로우면서도 약간 무시무시한 기미가 있더라고요. 겉보기에는 넉살스럽지만 본성은 잔인할 것 같더군요. 아무튼 저는 남자의 이야기를 들으면서 종교 재판의 실체와 스페인 군이 벌인 잔인한 만행들을 확실히 알게 되었답니다.

저는 남자의 말을 듣는 동안 계속 그림을 그렸는데 저도 모르게 흥분을 했는지 없는 걸 그려 놓았더라고요. 햇살이 쏟아지는 폴하위스 암스 대문 앞의 하얀 보도 위에 핏자국을 그린 거죠. 무의식이 이런 식으로 육체에 영향을 미칠 수도 있다니 희한하다고 생각하면서 고개를 드는 순간, 저는 두 번째 충격에 휩싸였답니다. 제 손은 없는 걸 그린 게 아니었어요. 하얀 보도 위에 정말로 핏자국이 있었던 거죠.

저는 한참 동안 멍하니 쳐다보다 눈을 감고 중얼거렸습니다.

'내가 왜 이럴까? 핏자국이 있을 리 없잖아.'

그리고 눈을 떴는데 핏자국이 그대로 남아 있는 거예요.

결국 저는 도저히 못 참겠다는 심정이 되어서 어부의 말허리를 잘랐죠.

'제가 눈이 좀 안 좋거든요? 저기 보도 위에 핏자국이 있나요?'

남자는 마음씨 좋은 할머니 같은 눈빛으로 저를 쳐다보더군요.

'요즘까지 핏자국이 남아 있을 리 있나요? 거의 500년 전 이야기인데.'

'그러게 말이죠. 그런데 지금 저 보도 위에······.'

더 이상 말을 잇지 못하겠더군요. 이 남자는······ 이 남자의 눈에는 핏자국이 보일 리 없다는 생각이 들었던 거죠. 저는 벌떡 일어나서 덜덜 떨리는 손으로 주섬주섬 도구를 챙기기 시작했어요. 그러는 동안 오늘 아침에 차를 타고 나타난 남자가 여관 밖으로 나오더니 어리둥절한 표정으로 길거리를 이리저리 둘러보더군요. 그의 머리 위로 보이는 발코니에서는 부인이 수영복을 걸고 있었죠. 남자는 차를 세워 놓은 곳으로 걸어가다가 갑자기 방향을 돌려서 어부에게 다가왔어요.

'저희 말고 다른 차를 타고 온 여자는 아직 안 돌아왔나요?'

'꽃무늬 원피스를 입고 온 여자분 말씀인가요? 못 봤는데요. 오늘 아침에 절벽을 따라서 걷고 있던데…….'

'예, 그건 압니다. 저쪽에서 함께 수영을 하다가 혼자 걸어오겠다고 한 뒤로 보지 못했거든요. 이렇게 오래 걸릴 리가 없는데……. 이 주변 절벽은 별로 위험하지 않죠?'

'그야 어떤 절벽이냐에 따라 다르죠. 제일 안전한 길로 따지자면 이 근방을 잘 아는 사람을 따라 나서는 걸 테고.'

그는 이 근방을 잘 아는 사람이 바로 자기라는 요지로 이야기를 시작하려고 했지만 젊은 남자는 단박에 말허리를 자르고 여관 쪽으로 달려가더니 베란다에 있는 아내를 불렀어요.

'마지, 캐럴이 아직 안 돌아왔대. 이상하지 않아?'

마지의 대답은 들리지 않았지만 잠시 후에 남자가 다시 말을 하더라고요.

'어쨌든 더 이상은 기다릴 수 없을 것 같아. 펜리다로 출발해야 하니까. 준비 다 됐어? 시동 건다?'

남자는 자동차의 시동을 걸었고 아내와 함께 길을 떠났습니다. 그 동안 저는 흥분을 가라앉히면서 터무니없는 환상을 떨쳐 버리려고 애를 썼죠. 자동차가 사라진 뒤에 여관 앞으로 가서 보도를 자세히 살펴봤어요. 아니나다를까, 핏자국 같은 건 없더라고요. 잘못된 상상의 결과였던 거죠. 하지만 핏자국이 없다는 걸 확인하고 났더니 더욱 소름이 끼치더군요. 그렇게 한참을 서 있는데 어부의 목소리가 들렸어요.

'확실히 핏자국을 보았다고 생각하시는 거로군요?'

고개를 돌렸더니 어부가 호기심 어린 눈초리로 저를 쳐다보고 있었어요. 저는 고개를 끄덕였죠.

'그것 참 희한한 일입니다. 희한한 일이에요. 이 마을에는 미신이 있답니다. 핏자국을 보았다는 사람이 나타나면……'

어부는 말을 멈추고 머뭇거리더라고요.

'나타나면요?'

어부는 듣기 좋은 목소리로 설명을 계속 이었어요. 콘월 억양은 여전한데 이상하게 발음이 좀 전보다 세련되고 부드럽게 변한 데다 콘월 식 표현을 전혀 쓰지 않더라고요.

'핏자국을 보았다는 사람이 나타나면 24시간 안으로 시신이 등장한다는 말이 있지요.'

어찌나 소름이 끼치던지 등줄기가 오싹하더군요.

그 남자는 이야기를 계속했어요.

'교회에 가면 죽음을 다룬 아주 독특한 서판이 있는데……'

'말씀은 고맙지만 사양할게요.'

저는 딱 부러지게 말하고 홱 고개를 돌려서 제가 머무는 오두막집으로 걸어갔죠. 오두막집에 도착했을 무렵, 절벽 길을 따라서 부랴부랴 걸어오는 캐럴의 모습이 보이더라고요. 회색 낭떠러지에 핀 진홍색 독꽃 같더군요. 모자는 핏빛으로 보이고…….

저는 얼른 고개를 저었어요. 머릿속이 온통 핏자국 생각뿐이었던 거죠.

잠시 후에 그녀가 시동을 거는 소리가 들렸어요. 앞 사람들처럼 펜리다로 가는가 싶었더니 반대 방향인 왼쪽 길로 접어들더군요. 저는 그녀의 자동차가 꾸물꾸물 언덕을 기어 올라가 사라진 뒤에야 비로소 편안하게 숨을 쉴 수 있었어요. 래트홀은 다시 예전처럼 조용하고 나른한 분위기로 돌아갔죠."

조이스가 이야기를 멈추자 레이먼드 웨스트가 물었다.

"그게 전부인가요? 제가 지금 당장 판정을 내려 드리죠. 소화 불량으로 인한 착시 현상이었다고."

"기다려 봐요, 후속편이 남아 있으니까. 그로부터 이틀 뒤 신문에 '해변의 참사'라는 제목으로 기사가 실렸더군요. 데니스 데이커 대령의 부인이 이곳에서 조금 떨어진 랜디어 동굴 근처에서 익사했다는 소식이었어요. 기사에 따르면 그 부부는 근처 호텔에 묵고 있다가 수영을 나서려는데 찬바람이 불었대요. 데이커 대령은 너무 춥다면서 호텔의 다른 손님들과 함께 근처 골프장으로 향했는데, 부인은 괜찮다고 동굴로 혼자 수영을 떠났다는 거예요. 그런데 한참을 기다려도 돌아오지 않기에 걱정이 된 남편이 친구들과 함께 해변으로 찾아 나섰답니다. 바위 근처에 벗어 놓은 옷이 있을 뿐 가엾은 부인의 모습은 보이지 않았다는군요. 그녀의 시신은 거의 1주일이 지난 뒤에야 조금 떨어진 해변으로 떠밀려 왔죠. 죽기 전에 머리를 세게 얻어맞은 상처가 있는 것으로 볼 때 잠수하다 암초에 머리를 부딪친 것 같다고들 하더라고요. 아무튼 제가 핏자국을 본 뒤로 거의 24시간 만에 벌어진 사건이었어요."

"잠깐!"

헨리 경이 이야기를 가로막았다.

"이건 수수께끼가 아니라 괴담 수준이로군요. 랑프리에르 양은 무당인 게 틀림없습니다."

페서릭 씨가 습관적으로 기침을 했다.

"저는 머리에 난 상처를 주목하고 싶습니다. 타살의 가능성을 배제하지 말아야 할 텐데 추리의 근거로 삼을 만한 자료가 없군요. 랑프리에르 양의 환영 또는 환상 이야기는 재미있었습니다만 어떤 의도로 그런 이야기를 꺼내셨는지 궁금할 따름입니다."

레이먼드가 말했다.

"소화 불량에 우연의 일치가 겹친 거라니까요. 게다가 두 쌍의 부부가 동일 인물이라는 보장도 없지 않습니까? 저주인가 뭔가 하는 것도 래트홀의 주민들에게만 해당되는 것일 테고요."

헨리 경이 그의 말을 받았다.

"제가 생각하기에는 분위기 음산한 어부가 이 사건과 관련이 있는 것 같습니다. 하지만 기본적으로 페서릭 씨의 말씀에 동의합니다. 랑프리에르 양이 내놓은 자료가 너무 적군요."

조이스는 미소를 지으며 고개를 젓고 있는 펜더 박사 쪽으로 고개를 돌렸다.

"정말 재미있는 이야기로군요. 하지만 저도 자료가 너무 적다는 헨리 경과 페서릭 씨의 말씀에 동의합니다."

조이스는 묻는 듯한 표정으로 마플 양을 쳐다보았다. 그녀는 조이스에게 미소를 지어 보였다.

"제가 보기에도 조금 너무하다 싶네요, 조이스 양. 물론 나는 세 분의 신사들과 생각이 다르기는 하지요. 우리 여자들은 옷차림이 얼마나 중요한지 알고 있으니까요. 다만 이 문제는 남자들이 해결하기에 약간 버겁다는 점에서 너무하다는 거예요. 세상이 너무 빠르게 변해 가는군요. 나쁜 여자 같으니라고! 여자보다 더 나쁜 남자 같으니라고!"

조이스는 그녀를 뚫어져라 쳐다보다 입을 열었다.

"제인 이모님, 아니 마플 양. 수수께끼를 해결하셨군요. 그렇죠?"

"나 같은 사람이야 여기 계신 다른 분들보다 이 자리에 가만히 앉아 있기가 훨씬 편하답니다. 그리고 조이스 양은 화가인 만큼 분위기에 민감하지요. 안 그런가요? 뜨개질을 하면서 가만히 앉아 있다 보면 진실이 보인답니다. 보도 위의 핏자국은 베란다에 걸려 있던 수영복 때문에 생긴 거겠죠. 그런데 진홍색 수영복이다 보니 범인들은 피가 묻은 줄도 몰랐을 테고요. 불쌍해서 어떡하나, 불쌍해서 어떡해!"

"죄송합니다만……."

헨리 경이 끼어들었다.

"저는 무슨 말씀인지 도무지 모르겠습니다. 마플 양과 랑프리에르 양은 사건의 내막을 알고 있을지 몰라도 우리 남자들은 지금 오리무중입니다."

조이스가 말했다.

"이야기의 나머지 부분을 들려드릴게요. 1년 전이었어요. 동부 해안의 작은 리조트에서 그림을 그리고 있는데 문득 예전과 똑같은 광경이 펼쳐지는 듯한 묘한 기분이 들더라고요. 제 앞 보도에서는 남녀 한 쌍이 진홍색 포인세티아 무늬의 화려한 사라사 원피스를 입은 여자와 이야기를 나누고 있었죠.

'캐럴! 이런 우연의 일치가 있나! 몇 년 만에 이런 데서 당신을 만나다니. 우리 집사람 만난 적 있던가? 조앤, 이쪽은 오래전부터 알고 지내던 친구, 하딩 양이야.'

저는 한눈에 남자의 얼굴을 알아보았죠. 래트홀에서 만난 적 있는 데니스였거든요. 부인은 달랐어요. 이번에는 마지가 아니라 조앤이었으니까. 하지만 생김새는 똑같더군요. 어리고 약간 촌스럽고 수수하고⋯⋯. 어찌나 기가 막히던지 제 머리가 잠깐 어떻게 된 줄 알았다니까요? 세 사람이 수영 이야기를 시작하는 걸 보고 제가 어떻게 했는지 아세요? 당장 경찰서로 달려갔죠. 정신병자 취급을 당하더라도 어쩔 수 없다는 심정으로. 그런데 다행스럽게도 일이 술술 풀렸답니다. 이 사건을 조사하기 위해 런던 경시청에서 파견 나온 인물이 있었거든요. 정말이지 생각만 해도 끔찍한데, 경찰에서는 예전부터 데니스 데이커를 의심하고 있었던 모양이더라고요. 사실 데니스 데이커도 본명이 아니었죠. 상황에 따라서 계속 이름을 바꿨으니까. 그 사람은 친척이나 친구가 별로 없는 평범한 여자를 꼬여서 결혼한 다음 어마어마한 금액의 보험을 들어놓고…… 그 다음은 생각하기도 싫어요! 캐럴이라는 여자가 그 사람의 실제 부인인데 둘이서 똑같은 범행을 연거푸 저지르고 다녔답니다. 여기서 탄로가 난 거죠. 보험 회사가 의심을 하기 시작했으니까요. 두 사람의 수법을 말씀드리자면, 남자가 새로운 아내를 데리고 조용한 해변으로 여행을 떠나고 여기에서 만난 여자와 함께 셋이 수영을 나섭니다. 수영을 하다 아내를 살해하는 데 성공하면 캐럴은 아내의 옷으로 갈아입고 남자와 함께 보트를 타고 돌아옵니다. 두 사람은 캐럴을 찾는 척하다 호텔을 출발하고, 마을을 벗어나면 화려한 옷차림과 화장으로 다시 변신한 캐럴이 잽싸게 마을로 돌아가서 자기 차를 가지고 떠납니다. 이후에 두 사람은 조류의 방향에 따라서 익사 소동을 벌일 장소를 정합니다. 이제 아내 역할을 맡게 된 캐럴은 외딴 해변으로 가서 바위에 옷을 벗어 놓고 화려한 사라사 원피스로 갈아입은 다음 얌전하게 남편을 기다리는 거죠.

두 사람이 마지를 죽였을 때 캐럴의 수영복에 피가 튀었는데, 마플 양이 말씀하신 것처럼 빨간 수영복이라 알아차리지 못한 모양이더라고요. 그런데 베란다에 널어 놓는 바람에 피가 보도 위로 떨어진 거죠. 으웩!"

그녀는 몸을 부르르 떨었다.

"지금도 핏자국이 눈에 선해요."

헨리 경이 입을 열었다.

"듣고 보니 이제 기억이 나는군요. 남자의 본명은 데이비스였습니다. 그가 동원한 가명 중에 데이커가 있었다는 걸 깜빡했습니다. 정말 악랄한 부부였죠. 도중에 부인이 바뀐 걸 아무도 눈치 채지 못했다니 이상하다고 생각했는데, 마플 양의 말씀을 듣고 보니 얼굴보다는 옷차림이 먼저 눈에 들어왔겠군요. 어쨌거나 상당히 교묘한 수법이었습니다. 예전부터 데이비스를 의심하면서도 든든한 알리바이 때문에 체포를 할 수 없었으니까요."

"제인 이모. 정말 신기하다는 생각이 들어요. 지금까지 줄곧 조용하게 살아오신 분이 웬만한 일에는 눈 하나 꿈쩍하지 않으시다니."

레이먼드가 호기심 가득한 표정으로 그녀를 쳐다보았다.

마플 양이 말했다.

"세상만사가 비슷하다는 걸 알고 있거든. 예를 들어 그린 부인 같은 경우에는 다섯 명의 아이를 먼저 보냈단다. 하나같이 보험에 들어 놓은 뒤에 말이다. 그러다 보니까 자연스럽게 의심을 하는 사람이 나타나지 않겠니?"

그녀는 고개를 저었다.

"시골에도 끔찍한 일들이 얼마나 많은지 몰라. 너희처럼 젊은 사람들은 부디 이 세상이 얼마나 끔찍한 곳인지 모르고 살아야 할 텐데 말이다."

동기 대(對) 기회

페서릭 씨는 평소보다 조금 강하게 헛기침을 했다. 그는 미안하다는 듯한 말투로 이야기를 시작했다.

"충격적이었던 여러분들의 사건에 비하면 제 사건은 조금 시시하게 들릴지도 모르겠습니다. 유혈 살인은 등장하지도 않으니 말입니다. 하지만 나름대로 재미있고 독특한 수수께끼이고, 다행스럽게도 저는 해답을 알고 있습니다."

조이스 랑프리에르가 물었다.

"설마하니 지루한 법정 이야기는 아니겠죠? 법률적인 해석이 등장하거나 1881년에 있었던 바너비 대 스키너 비슷한 종류는 아니겠죠?"

페서릭 씨는 고맙다는 듯이 안경 너머로 그녀를 쳐다보았다.

"아닙니다. 그런 걱정은 하지 않으셔도 됩니다. 어떤 일반인이라도 이해할 수 있을 만큼 단순하고 쉬운 이야기이니까요."

"변호사 특유의 얼버무림은 안 통해요."

마플 양이 그를 향해 뜨개질 바늘을 흔들며 말했다.

"물론이죠."

페서릭 씨가 말했다.

"그럼 좋아요. 안심은 안 되지만 어디 한번 이야기를 들어 보죠."

"저의 예전 고객과 얽힌 이야기인데 이름은 클로드, 사이먼 클로드라고 하겠습니다. 그는 이곳에서 멀지 않은 지방의 대저택에 사는 상당한 재력가이고 아들이 하나 있었습니다. 그런데 이 아들이 어린 딸 하나를 남겨 둔 채 전쟁터에서 목숨을 잃고 말았습니다. 며느리는 아이를 낳다 숨을 거두었고 이제 아들마저 저세상으로 떠났으니 할아버지가 손녀딸을 맡게 되었는데, 그는 손녀딸에게 푹 빠졌습니다. 손녀딸 크리스의 말이라면 사족을 못 썼고, 그렇게 아이를 좋아하는 남자는 처음 본다 싶을 정도였죠. 그러니 손녀딸이 열한 살 되던 해에 폐렴에 걸려 죽었을 때 그의 상심이 얼마나 컸겠습니까.

사이먼 클로드의 슬픔은 위로받을 수 없을 만큼 깊었습니다. 그로부터 얼마 후 동생이 딱한 상황에서 숨을 거두자 사이먼 클로드는 그레이스, 메리, 조지, 이렇게 1남 2녀인 조카들을 집으로 불러들였습니다. 그는 인자하고 너그러운 삼촌이었지만 조카들을 손녀딸만큼 아끼거나 사랑하지는 않았습니다. 조지 클로드는 근처 은행에 취직했고 그레이스는 필립 개러드라는 똑똑한 화학 연구원과 결혼식을 올렸습니다. 말수 없고 조용한 메리만 남아서 삼촌의 시중을 들었죠. 제가 보기에 메리는 마음속으로 삼촌을 많이 따르는 것 같았습니다. 이렇게 해서 겉으로는 평온한 생활이 자리를 잡았지요. 사이먼 클로드는 손녀딸 크리스토벨이 죽은 뒤에 저를 찾아와서 유언장을 다시 썼습니다. 상당히 많은 그의 재산을 세 명의 조카들에게 3분의 1씩 공평하게 나누어 주겠다고 말입니다.

시간이 흘러갔습니다. 저는 어느 날 우연히 조지를 만난 자리에서 오랫동안 보지 못한 사이먼 클로드의 소식을 물었습니다. 그런데 뜻밖에도 조지의 표정이 어두워지더군요.

'삼촌이 제발 정신을 차려 주셨으면 좋겠습니다.'

그의 목소리는 침울하기 짝이 없었습니다. 잘생기지는 않았지만 정직해 보이는 얼굴은 걱정스럽고 난처한 표정을 지었죠.

'심령술인가 뭔가 하는 일이 날이 갈수록 심각해지고 있습니다.'

'심령술이라니요?'

저는 깜짝 놀라 이렇게 물었습니다.

이윽고 조지는 저에게 전말을 털어놓았습니다. 심령술에 빠진 클로드 씨가 유리디체 스프래그라는 미국 영매를 만났는데, 조지가 보기에는 뻔한 사기꾼에 불과한 그녀에게 홀딱 빠졌다는 겁니다. 유리디체 스프래그는 수시로 집을 들락날락하면서 크리스토벨의 혼령을 부르는 강신술을 벌인다고 하더군요.

분명히 말씀드리지만 저는 심령술이라고 하면 콧방귀를 뀌면서 우습게 여기는 부류는 아닙니다. 다만 확실한 사실만 믿을 따름입니다. 편견을 없애고 심령술보다 확실한 사실에 무게를 두면 사기에 걸려들거나 농락당할 여지가 많이 줄어든다고 생각하는 쪽이죠. 따라서 저는 심령술을 믿는다고 할 수도 없고, 안 믿는다고 할 수도 없습니다. 때로는 심령술을 믿을 수밖에 없는 증거가 나타나기도 하니까요.

하지만 심령술은 사기와 협잡으로 이어질 가능성이 큽니다. 저는 조지의 말을 들으면 들을수록 사이먼 클로드가 단단히 잘못 걸려들었다는 인상을 지울 수가 없었습니다. 사리에 밝은 노인인데 죽은 손녀딸에 대한 사랑 때문에 눈이 먼 거죠.

생각할수록 점점 더 불안해지더군요. 메리와 조지를 좋아하는 사람으로서 스프래그 부인의 입김이 거세지면 두 사람의 미래에 먹구름이 드리워질지 모른다는 불길한 예감이 들었습니다.

저는 핑계를 만들어서 사이먼 클로드를 찾아갔습니다. 그 자리에서 귀한 손님이라는 스프래그 부인과 인사를 나누는 순간, 저는 걱정했던 사태가 현실로 나타나는 기분을 느꼈습니다. 그녀는 살집이 두둑하고 현란한 옷차림을 즐기는 중년 여성이었습니다. 입만 열었다 하면 "저세상으로 건너간 우리 혼령님들." 어쩌고 하는 말을 꺼내더군요.

압살롬 스프래그라는 그녀의 남편도 사이먼 클로드의 집에서 산다는데 빼빼 마른 몸매와 우울한 표정, 수상쩍은 눈빛이 특징인 남자였습니다. 저는 기회가 닿자마자 사이먼 클로드를 한편으로 불러서 조심스럽게 이야기를 꺼냈습니다. 그는 입에 침이 마르도록 칭찬을 늘어놓더군요. 유리디체 스프래그는 정말 놀라워! 하늘에서 내 기도를 듣고 보낸 사람이라니까! 돈에는 관심 없고 상처받은 영혼을 달래는 기쁨으로 사는 인물이지. 우리 크리스를 딸자식처럼 생각한다네. 그는 유리디체 스프래그가 딸이나 다름없다고 하면서 자세한 설명을 시작했습니다. 엄마 아빠와 함께 행복하게 잘 살고 있다는 크리스의 목소리를 직접 들었다나요? 그 밖에도 손녀딸이 했다는 이야기를 들려주는데, 크리스토벨을 잘 아는 저로서는 이상하다 싶은 구석이 많았습니다. 게다가 크리스가 '엄마 아빠도 스프래그 아주머니를 좋아한다.'고 했다는 겁니다.

'하지만 페서릭, 자네는 내 말을 안 믿겠지?'

'아닙니다. 믿지 않다니요. 오히려 정반대에 가깝습니다. 저는 이 방면의 몇몇 전문가들이 내놓은 증언이라면 법정에서도 언제든지 받아들일 생각이 있습니다. 그리고 그들이 추천한 영매라면 믿을 만하다고 생각하고요. 스프래그 부인도 신원이 확실하겠지요?'

사이먼은 스프래그 부인을 찬양하느라 정신이 없었습니다. 하늘에서 보낸 선물이라고 표현하더군요. 여름에 두 달 동안 머문 해수욕장에서 우연히 만났는데 그렇게 고마울 수가 없다고 하더군요.

저는 씁쓸한 마음을 달래며 사이먼의 집을 나섰습니다. 걱정했던 사태가 현실로 나타났지만 저로서는 어쩔 도리가 없었습니다. 저는 한참 동안 고민한 끝에 사이먼의 큰 조카 사위인 필립 개러드에게 편지를 썼습니다. 최대한 신중한 표현으로 상황을 전하면서 이러저러한 여자가 노인을 제멋대로 주무르고 있다고 알린 거죠. 그리고 믿을 만한 전문가를 알고 있으면 클로드 씨에게 소개시켜 달라고 부탁했습니다. 필립 개러드라면 이런 만남을 쉽게 주선할 수 있지 않을까 싶었으니까요.

개러드는 즉시 발 벗고 나섰습니다. 그는 저하고 다르게 사이먼 클로드의 건강 상태가 매우 안 좋다는 사실을 알고 있었고, 실리에 밝은 사람답게 자기 부인이나 처제, 처남의 몫이 되어야 마땅한 유산이 남의 손에 넘어가는 상황을 가만히 보고 있을 수는 없다고 생각했습니다. 개러드는 그 유명한 롱맨 교수를 데리고 다음 주에 사이먼 클로드를 찾아갔습니다. 저명한 과학자이자 심령술에도 조예가 깊은 롱맨 교수는 학계에서 쌓은 업적이 상당할 뿐 아니라 성품이 대쪽 같기로도 유명한 인물이었습니다.

결과는 참담했습니다. 롱맨은 사이먼 클로드를 만난 자리에서 말이 거의 없었다고 하더군요. 강신술이 두 번 벌어졌을 때도(어떤 식이었는지는 저도 잘 모르겠습니다.) 애매한 태도를 보이더니 나중에서야 필립 개러드에게 편지를 보냈답니다. 스프래그 부인을 사기꾼으로 단정지을 수는 없지만 개인적인 의견을 밝히자면 정말로 크리스토벨의 영혼을 부른 것 같지는 않다고 말입니다. 그는 클로드 씨에게 편지를 보여 주어도 상관없다고 밝혔고, 원한다면 신원이 확실한 영매를 소개시켜 주겠다고 했습니다.

필립 개러드는 당장에 편지를 들고 처삼촌을 찾아갔지만 뜻밖의 상황에 맞닥뜨렸습니다. 성인(聖人)이나 다름없는 스프래그 부인을 모함하려는 거냐면서 클로드 씨가 불같이 화를 낸 거죠. 스프래그 부인은 자신이 이 나라에서 얼마나 지독한 시샘에 시달리는지 이미 털어놓은 적이 있답니다. 클로드 씨는 롱맨의 편지 중에서 스프래그 부인을 사기꾼으로 단정지을 수 없다는 부분에만 초점을 맞추었습니다. 유리디체 스프래그는 자신이 가장 힘들 때 찾아와서 위로와 도움을 준 사람이니 만큼 집안 식구들 모두를 등지는 한이 있더라도 끝까지 곁에 둘 거라고 했습니다.

필립 개러드는 쫓겨나다시피 자기 집으로 돌아갔습니다. 그런데 클로드 씨는 불같이 성을 낸 뒤로 갑작스럽게 건강이 악화됐습니다. 마지막 달에는 자리에서 일어나지 못했고, 저승사자의 부름을 받을 때까지 침대 신세를 면치 못할 가능성이 커 보일 정도였습니다. 필립 사건이 벌어지고 이틀 뒤에 저는 급한 전갈을 받고 클로드 씨 댁으로 달려갔습니다. 침대에 누운 클로드 씨는 문외한인 제가 보기에도 상황이 매우 안 좋게 느껴졌습니다. 가쁜 숨을 몰아쉬는 정도였으니까요.

'이제 떠날 때가 된 것이 느껴져. 아니라고 위로할 생각은 말게, 페서릭. 하지만 눈을 감기 전에 이 세상 어느 누구보다도 많은 도움을 준 사람에게 나의 마지막 도리를 다하고 싶네. 유언장을 다시 쓰고 싶어.'

'알겠습니다. 원하는 내용을 말씀해 주시면 새 유언장을 작성해서 보내 드리겠습니다.'

'아니야. 오늘 밤을 넘기지 못할 수도 있지 않겠나. 새 유언장을 이미 만들어 놓았어.'

그는 베개 밑으로 손을 넣었습니다.

'보고 제대로 썼는지 알려 주게나.'

그는 연필로 짤막하게 적은 종이를 제게 내밀었습니다. 내용은 단순하고 간단했습니다. 조카들에게 5000파운드씩 나누어 주고 남은 재산은 '감사와 존경의 뜻에서' 유리디체 스프래그에게 선물하겠다고 적혀 있더군요.

내키지 않는 내용이었지만 어쩔 수 없었습니다. 정신 이상을 이유로 무효 소송을 제기할 수도 없는 것이, 클로드 씨는 어느 누가 보아도 정신이 또렷했습니다.

그는 벨을 울려 두 명의 하녀를 불렀습니다. 가정부 에마 곤트는 키가 큰 중년 여성으로 클로드 씨를 아주 오랫동안 성심 성의껏 보살핀 인물이었습니다. 방으로 들어선 또 다른 여자는 건강하고 싹싹한 서른 살의 요리사였습니다.

'유언장의 증인 역할을 맡기려고 두 사람을 불렀어. 에마, 내 만년필 좀 갖다줘.'

에마는 순순히 책상 쪽으로 걸어갔습니다.

'아니, 왼쪽 서랍 말고.'

클로드 씨가 짜증이 난 목소리로 외쳤습니다.

'만년필은 항상 오른쪽 서랍에 둔다는 걸 몰라?'

'아니요, 이쪽 서랍에 있습니다.'

에마가 만년필을 꺼내면서 말했습니다.

'그럼 지난번에 쓰고 잘못 넣어 둔 모양이로군. 물건을 아무 데나

치우는 습관은 질색이야.'

 그는 이렇게 투덜거리면서 제가 다듬은 내용대로 새 종이에 유언장을 옮겨 적고 서명했습니다. 에마 곤트와 요리사 루시 데이비드도 서명했습니다. 저는 유언장을 접어서 기다란 파란색 봉투에 넣었습니다. 들어서 아시겠지만 유언장 작성은 부득이하게도 평범한 일반 종이로 만족하는 수밖에 없었죠.

 클로드 씨는 하녀들이 방을 나가자마자 고통스러운 표정을 지으면서 헉 하는 신음과 함께 침대 위로 드러누웠습니다. 저는 걱정스러운 마음에 안색을 살폈고 에마 곤트가 황급히 달려왔죠. 하지만 클로드 씨는 잠시 후 기운을 차리고 희미하게 미소를 지었습니다.

 '괜찮으니까 걱정할 것 없어, 페서릭. 이제 숙제를 해결했으니까 마음 편하게 죽을 수 있겠군.'

 에마 곤트가 이제 그만 나가 보아도 되겠느냐고 묻는 표정으로 저를 쳐다보았습니다. 저는 고개를 끄덕였습니다. 문 쪽으로 걸어가던 그녀는 제가 침대 곁으로 달려갈 때 떨어뜨렸던 파란색 봉투를 집어서 건네주었습니다. 저는 봉투를 받아서 외투 주머니에 넣었고 그녀는 밖으로 나갔습니다.

 사이먼 클로드가 말했습니다.

 '화가 난 모양이로군, 페서릭. 자네도 다른 사람들처럼 편견을 가지고 있는 게야.'

 '이건 편견의 문제가 아닙니다. 스프래그 부인은 정말로 뛰어난 영매일지 모릅니다. 클로드 씨가 감사의 표시로 재산의 일부를 떼어 주신다면 저는 반대할 생각이 없습니다. 하지만 솔직히 말씀드리자면 혈육을 외면하고 생판 모르는 사람에게 전 재산을 물려주시겠다는 판단은 잘못된 겁니다.'

저는 이 말을 끝으로 방을 나왔습니다. 제가 할 수 있는 이의 제기는 그 정도였습니다.

현관에 도착했을 무렵 응접실에 있던 메리 클로드가 밖으로 나왔습니다.

'차 한 잔 하고 가시지 않겠어요? 이쪽으로 오세요.'

그녀는 저를 응접실로 안내했습니다.

벽난로에서 장작이 타고 있었고 응접실은 아늑하고 기분 좋은 분위기였습니다. 메리에게 외투를 건넬 무렵 조지가 들어왔습니다. 조지는 외투를 달라고 하더니 한쪽 구석의 의자에 걸고는 우리가 앉은 벽난로 앞쪽으로 걸어왔습니다. 함께 차를 마시는 동안 저택에 대한 이야기가 나왔습니다. 사이먼 클로드가 신경 쓰기 귀찮다고 조지한테 맡겼다는데, 조지는 자신의 판단을 믿어도 될지 불안한 모양이더군요. 저는 차를 다 마신 뒤에 서재로 건너가서 문제의 서류를 검토했습니다. 조지와 메리가 저의 뒤를 따라왔죠.

30분 뒤에 저는 떠날 차비를 하다가 응접실에 걸어 둔 외투가 생각이 나서 가지러 갔습니다. 응접실로 들어갔더니 스프래그 부인이 외투를 걸어둔 의자 옆에 쪼그리고 앉아 있더군요. 의자 덮개를 만지작거리는 눈치였습니다. 그녀는 응접실로 들어선 우리를 보더니 시뻘게진 얼굴로 일어섰습니다.

'저 덮개는 아무리 만져도 제대로 씌워지지 않는군요. 이런! 제 꼴이 말이 아니겠어요.'

외투를 입으려는데, 유언장을 담은 봉투가 바닥에 떨어져 있는 게 아니겠습니까? 저는 봉투를 주워서 다시 주머니에 넣고 작별 인사를 한 다음 현관을 나섰습니다.

사무실에 도착한 뒤로 벌어진 일들은 자세하게 설명해 드리겠습니다. 외투를 벗은 제가 주머니에서 유언장을 꺼내 들고 테이블 옆에 서 있을 무렵 비서가 들어왔습니다. 저하고 통화를 하고 싶다는 사람이 있는데 제 책상 위에 놓인 전화기가 고장이 났다는 겁니다. 저는 비서를 따라 밖으로 건너갔고 약 5분 동안 전화로 이야기를 나누었습니다.

통화를 마치고 고개를 돌렸더니 비서가 기다리고 있었습니다.

'스프래그 씨가 변호사님을 만나 뵙고 싶다고 하셔서 사무실로 안내했습니다.'

사무실로 들어갔더니 스프래그 씨가 테이블 옆에 앉아 있었습니다. 그는 저를 보자마자 일어나더니 유들유들하게 인사를 건넸고 잠시 후 장광설을 시작했습니다. 주된 내용은 그들 부부에 대한 어색한 변호였습니다. 사람들이 뒤에서 이러쿵저러쿵하는 것 같아서 불안하다는 둥, 자기 부인은 어렸을 때부터 영혼이 맑고 순수하기로 유명했다는 둥……. 저는 형식적인 태도로 일관했습니다. 그는 달가워하지 않는 저의 반응을 알아차렸는지 조금 뜬금없이 일어서더군요. 저는 스프래그 씨와 작별 인사를 나누자마자 테이블 위에 놓아 둔 유언장을 떠올렸습니다. 그 길로 얼른 봉투를 봉하고 서명을 한 다음 금고에 넣었죠.

이제 이 사건의 하이라이트를 소개할 때가 된 것 같군요. 사이먼 클로드 씨는 그로부터 두 달 뒤에 숨을 거두었습니다. 장황하게 설명할 필요 없이 단도직입적으로 이야기하자면 봉투를 열고 유언장을 꺼냈더니 하얀 백지 한 장이 저를 맞이하더란 말씀입니다."

그는 이야기를 멈추고 흥미진진해하는 사람들의 얼굴을 둘러보더니 만족스럽다는 듯이 미소를 지었다.

"모두들 제 말뜻을 이해하셨겠지요? 봉투는 두 달 동안 사무실 금고에 얌전히 들어 있었습니다. 유언장에 서명을 하고 금고에 넣기까지 걸린 시간은 무척 짧았고요. 그렇다면 유언장을 노릴 기회가 있었던 사람은 누구이며, 어떤 의도로 그런 일을 저질렀을까요?

사건의 요점을 간단하게 다시 짚어 드리겠습니다. 저는 클로드 씨가 서명한 유언장을 받아서 봉투에 넣었습니다. 여기까지는 아무 문제 없었습니다. 그러고 나서 봉투를 외투 주머니에 넣었는데, 이 외투는 메리의 손을 거쳐 조지에게 넘어가는 동안 저의 시선을 벗어난 적이 없습니다. 유리디체 스프래그 부인은 제가 서재에 있는 사이 주머니에 들어 있던 유언장을 꺼내 읽을 만한 시간이 충분했습니다. 사실 봉투가 바닥에 떨어져 있었던 점으로 볼 때 꺼내 읽었을 가능성이 크지요. 하지만 여기서 우리는 흥미로운 부분에 맞닥뜨리게 됩니다. 그녀는 유언장을 백지로 바꿔치기 할 기회는 있었지만 그럴 동기가 없었다는 겁니다. 그녀에게 좋은 쪽으로 작성된 유언장을 백지로 바꾸다니, 받고 싶어 안달이던 유산을 한순간에 날려 버리는 꼴이 아니겠습니까? 스프래그 씨의 경우도 마찬가지입니다. 그 역시 기회는 있었죠. 제 사무실에서 문제의 서류를 옆에 두고 이삼 분 동안 혼자 있었으니까요. 하지만 바꿔치기 할 이유가 전혀 없었습니다. 이렇게 해서 재미있는 수수께끼가 등장합니다. 유언장을 백지로 바꿀 기회가 있었던 두 사람은 동기가 없고, 동기가 있던 두 사람은 기회가 없었고. 가정부인 에마 곤트가 범인일 가능성도 배제하지 않겠습니다. 젊은 도련님과 아가씨를 따랐고 스프래그 부부라면 질색했으니까요. 만약 마음만 먹었더라면 유언장을 바꿔치기 하고도 남았을 겁니다. 하지만 에마 곤트의 경우 바닥에 떨어진 봉투를 주워서 제게 건넨 것은 사실이지만 다른 유언장, 다른 봉투로 슬쩍 바꿀 만한 기회가 없었습니다. 문제의 봉투는 제가 가지고 간 것이었고 집 안에 똑같은 봉투가 마침 준비되어 있었을 리 만무하니까요."

그는 환한 표정으로 청중을 둘러보았다.

"자, 이것이 제가 준비한 수수께끼입니다. 정황을 자세히 설명했다고 생각이 되는데, 이제는 여러분의 의견을 듣고 싶습니다."

뜻밖에도 마플 양이 혼자서 한참을 웃었다. 무언가 상당히 재미있는 생각이 떠오른 모양이었다.

"왜 그러세요, 제인 이모? 저희도 같이 웃으면 안 될까요?"

레이먼드가 물었다.

"토미 사이먼스 생각이 나지 뭐니. 지독한 말썽꾸러기인데 아주 재미있는 녀석이야. 어린아이처럼 순진한 얼굴을 하고서는 온갖 장난을 벌인단다. 지난 주 주일 학교에서는 이런 질문을 던지더란다.

'선생님, 계란 노른자는 하얗다가 맞아요, 아니면 하얀색이다가 맞아요?'

더스턴 양은 '하얗다'도 맞고 '하얀색이다'도 맞다고 대답했겠지? 그랬더니 토미가 뭐라고 했는지 아니?

'그런데 선생님, 계란 노른자는 노란색인데요?'

정말 못 말리는 꼬마 아니니? 물론 오래된 농담이기는 하지. 나도 어렸을 때부터 알던 거니까."

레이먼드가 다정한 목소리로 말했다.

"재미있네요, 제인 이모. 하지만 그 이야기가 페서릭 씨의 사건과 무슨 상관이 있는지 모르겠군요."

"무슨 상관이라니? 토미 이야기도 그렇고, 페서릭 씨의 사건도 그렇고 똑같이 함정이 숨어 있잖니! 누가 변호사 아니랄까 봐! 이 능구렁이 같은 양반!"

그녀는 페서릭 씨를 보면서 나무라는 듯이 고개를 저었다.

"정말로 수수께끼를 해결하신 건가요?"

변호사가 눈을 반짝이며 물었다.

마플 양은 쪽지에 글씨를 쓰고 접어서 그에게 전했다.

페서릭 씨는 쪽지에 적힌 내용을 읽더니 감탄하는 표정으로 그녀를 쳐다보았다.

"마플 양, 마플 양께서 모르는 문제도 있을까요?"

"어렸을 때부터 알던 거랍니다. 그걸 가지고 장난도 했고."

"따돌림을 당하는 기분입니다그려. 아무튼 페서릭 씨가 변호사들 사이에서만 통하는 교묘한 속임수를 쓴 모양이로군요?"

헨리 경이 말했다.

"아닙니다. 절대 아닙니다. 이 수수께끼에 속임수는 절대 없습니다. 마플 양의 이야기에 연연하지 마십시오. 마플 양은 마플 양이고, 여러분은 여러분이니까요."

페서릭 씨가 말했다.

레이먼드 웨스트가 약간 짜증난 목소리로 입을 열었다.

"우리도 문제를 해결해 보아야 하지 않겠습니까? 사건 자체는 단순합니다. 봉투에 손을 댄 사람은 다섯 명이었죠. 스프래그 부부의 경우에는 유언장을 어떻게 할 수도 있었지만 그럴 이유가 없었습니다. 그렇다면 세 사람이 남습니다. 그런데 수많은 관객들 앞에서 묘기를 선보이는 마술사들도 있다시피, 제 생각에는 조지 클로드가 코트를 응접실 한쪽 구석으로 가지고 가는 동안 유언장을 바꿔치기 하지 않았을까 싶습니다."

조이스가 말했다.

"저는 그 여자가 범인이라고 생각해요. 하녀의 이야기를 듣고 파란색 봉투를 미리 준비해 놓았다가 바꿔치기 한 거죠."

헨리 경은 고개를 저었다.

"나는 두 사람의 생각에 동의하지 않습니다. 마술사들이야 무대 위나 소설 속에서 묘기를 선보일 수 있을지 몰라도 실생활 속에서,

그것도 여기 이 페서릭 씨처럼 눈매가 날카로운 사람 앞에서 그게 과연 가능할까요? 나는 한 가지 가설을 세워 보았습니다. 가설에 불과하지만 한번 들어 보십시오. 페서릭 씨가 이야기했다시피 롱맨 교수는 그 집을 방문했을 때 별 말이 없었습니다. 따라서 스프래그 부부는 그가 어떤 판결을 내릴지 매우 불안했을 겁니다. 사이먼 클로드 역시 어떤 이야기를 들었는지 말하지 않았을 가능성이 크지요. 결국 두 사람은 페서릭 씨가 불려온 이유를 정반대로 해석했습니다. 클로드 씨가 유리디체 스프래그에게 유리한 쪽으로 유언장을 만들어 놓았다가 롱맨 교수의 폭로나 혈육을 강조한 필립 개러드의 말을 듣고 상속인에서 그녀를 제외시키기로 생각을 바꾸었다고 오해한 거죠. 스프래그 부인은 가짜 유언장을 미리 준비해 놓았습니다. 그런데 페서릭 씨가 난데없이 들이닥치는 바람에 진짜 유언장을 읽어 보지도 못한 채 잽싸게 벽난로 속으로 던질 수밖에 없었습니다. 페서릭 씨가 유언장이 없어진 걸 눈치 채면 큰일날 테니까요."

조이스는 세차게 고개를 저었다.

"읽어 보지도 않고 태웠을 리가 없어요."

헨리 경이 솔직하게 인정했다.

"사실 논리가 부족한 가설이기는 합니다. 어, 그런데 설마 페서릭 씨가 신의 섭리를 대신해서 유언장을 조작하신 건 아니겠지요?"

웃자고 한 이야기였지만 변호사는 발끈 성을 내며 단호하게 잘라 말했다.

"터무니없는 말씀이십니다."

헨리 경이 물었다.

"펜더 박사님의 생각은 어떠십니까?"

"잘 모르겠습니다. 헨리 경께서 말씀하신 이유 때문에 스프래그 부인이나 그녀의 남편이 유언장을 바꿔치기 한 게 분명하다고는 생각합니다만……. 만약 스프래그 부인이 페서릭 씨가 떠난 뒤에야 유언장을 읽었다면 고민에 빠졌겠지요. 자신이 한 짓을 솔직하게 털어놓을 수는 없는 노릇이니까요. 클로드 씨가 세상을 떠난 뒤 보일 만한 곳에 유언장을 놓아두지 않았을까요? 그런데 왜 아직까지 발견되지 않았는지는 모르겠습니다. 젊은 주인들을 잘 따랐다는 에마 곤트가 보고 없애 버렸을 수도 있지요."

"제가 보기에는 펜더 박사님의 의견이 제일 그럴듯한 것 같군요. 맞았나요, 페서릭 씨?"

조이스의 말에 변호사는 고개를 저었다.

"이야기의 뒷부분을 마저 들려드리죠. 저도 처음에는 여러분처럼 어이가 없었고 어떻게 된 노릇인지 전혀 짐작하지 못했습니다. 이대로 영영 진실을 밝히지 못하는 게 아닌가 싶었지요. 그러다 어느 순간 퍼뜩 알게 되었습니다. 정말 교묘한 수법이더군요.

저는 한 달쯤 뒤에 필립 개러드와 저녁 식사를 함께 했습니다. 식사를 마치고 대화를 나누는데 그가 최근에 접한 재미있는 사건을 들려주었습니다.

'지금 드리는 말씀은 비밀에 부쳐 주십시오, 페서릭 씨.'

'그러지요.'

'제가 아는 사람 중에 유산을 기대하던 친구가 있었습니다. 그런데 친척이 전혀 엉뚱한 사람을 상속인으로 점찍어 놓은 것을 알고 크게 실망한 나머지 약간 비양심적인 방법을 동원하기로 마음을 먹었습니다. 자기를 잘 따르는 친척집 하녀를 이용하기로 말입니다. 친구는 하녀에게 아주 간단한 지시 사항을 내렸습니다. 잉크를 충분히 채운 만년필을 줄 테니까 주인님 침실의 책상 서랍 속에 넣어 달라고, 단, 원래 만년필을 보관하는 곳이 아니라 다른 서랍에 넣어 달라고 말입니다. 그리고 주인님이 어떤 서류에 서명을 할 테니 만년필을 가져오라고 하면 진짜가 아니라 똑같이 만든 가짜를 드리라고 했죠. 친구는 더 이상 부연 설명을 하지 않았습니다. 하녀는 워낙 의리 있는 사람이라 친구의 지시를 그대로 따랐습니다.'

그는 이 시점에서 말을 멈추더니 저에게 물었습니다.

'제 이야기가 지루하지나 않은가 모르겠네요.'

'아닙니다. 전혀 그렇지 않습니다. 아주 열심히 듣고 있는걸요.'

우리 두 사람의 시선이 마주쳤습니다.

'제 친구는 페서릭 씨가 전혀 모르는 사람입니다.'

'물론 그렇겠죠.'

'그럼 됐습니다.'

필립 개러드는 이렇게 말하더니 잠시 후 미소를 지으면서 다시 입을 열었습니다.

'아시겠죠? 만년필 속에는 휘발성 잉크가 들어 있었습니다. 물에 녹인 녹말에다 요오드 몇 방울을 넣으면 짙은 감색 액체가 되는데,

이것으로 글씨를 쓰면 사 오 일 만에 날아가 버린답니다.'"

마플 양이 쿡쿡 하고 웃었다.

"없어지는 잉크라고도 부르지요. 그럴 줄 알았어요. 어렸을 때 많이 가지고 놀았는데."

그녀는 환한 표정으로 사람들을 둘러보더니 다시 한 번 페서릭 씨를 향해 손가락을 흔들었다.

"어쨌거나 함정이었잖아요, 페서릭 씨. 정말, 누가 변호사가 아니랄까 봐."

성 베드로의 엄지손가락

"자, 이제 제인 이모의 차례입니다."
레이먼드 웨스트가 말했다.
"맞아요, 제인 이모님. 아주 재미있는 걸로 기대할게요."
조이스 랑프리에르가 옆에서 거들었다.
마플 양이 싱글거리면서 물었다.
"두 사람, 지금 날 놀리는 거지요? 이렇게 한적한 시골에서 평생을 살았으니까 재미있는 경험담이 없을 줄 알고."
레이먼드가 힘을 주어 말했다.
"전 하늘에 맹세코 시골 생활이 무사 태평하다고 생각해 본 적 없는걸요! 이모한테 들은 끔찍한 이야기들이 있는데 어떻게 그런 생각을 할 수 있겠어요? 세인트 메리 미드에 비하면 대도시가 훨씬 더 조용하고 평화로운 것 같아요."

마플 양이 말했다.

"글쎄다. 인간의 본성이야 어딜 가든 비슷하지. 물론 시골에 살면 자세히 관찰할 수 있는 기회가 많기는 하지만."

조이스가 큰소리로 외쳤다.

"제인 이모님은 정말 독특하세요. 제인 이모님이라고 불러도 되죠? 왜 자꾸 이모님이라는 호칭이 튀어나오는지 모르겠네요."

"설마 하니 정말 몰라서 묻는 건 아니겠지요?"

마플 양은 고개를 들고 호기심 어린 표정으로 조이스를 잠시 쳐다보았다. 그녀의 두 뺨이 발그스름하게 물들었다. 레이먼드 웨스트는 안절부절못하며 당황한 사람처럼 헛기침을 했다. 마플 양은 두 사람을 보며 미소를 짓더니 다시 뜨개질에 열중했다.

"내가 사실 평화로운 생활을 반복하기는 해도 여러 가지 문제들을 해결한 경험은 많답니다. 상당히 감쪽같은 경우도 있었지만 여러분들이 관심을 보일 만큼 중요한 사건은 못 되니까 이 자리에서 들먹일 필요는 없겠지요. 예를 들자면 이런 것들이었거든요. 존스 부인의 가방 끈을 자른 사람은 누구일까? 심스 부인은 왜 모피 코트를 한 번밖에 입지 않았을까? 인간의 본성을 연구하는 사람이 보기에는 재미있는 수수께끼이지만, 여러분들이 관심을 가질 만한 사건이라고는 가엾은 우리 조카 메이벨의 남편에 얽힌 이야기밖에 없겠네요.

지금으로부터 10년인가, 15년 전에 벌어졌던 일인데, 원만하게 해결이 된 뒤로 사람들의 기억 속에 잊혀진 것 같아서 얼마나 다행인지 모른답니다. 늘 생각하는 거지만 인간은 기억력이 짧은 게 축복이지요."

마플 양은 잠시 말을 멈추더니 혼잣말을 중얼거렸다.

"이 단을 다시 세어 봐야겠네. 코를 줄여야 하는데 이상하게 됐어. 하나, 둘, 셋, 넷, 다섯, 그 다음 안뜨기 세 코. 맞구나. 어디까지 이야기했더라? 아, 맞다. 가엾은 우리 조카 메이벨 이야기를 하던 중이었죠?

메이벨은 아주 정이 많은 아이였어요. 바보 같다 싶을 만큼 정이 많았지요. 여기에 감상적인 구석이 있었고 화가 나면 속에 없는 말을 하는 성격이기도 했고요. 메이벨은 스물두 살 때 제프리 던맨과 결혼식을 올렸는데 결혼 생활이 행복하지는 않았답니다. 나는 사실 두 사람의 관계가 결혼으로 이어지지 않길 바랐지요. 제프리는 성격이 불같아서 메이벨의 단점을 감싸 줄 만한 인물이 못 됐고 식구 중에 정신이 좀 이상한 사람도 있었거든요. 하지만 예나 지금이나 여자들은 고집이 세기로 유명하지 않겠어요? 메이벨은 결국 그 남자하고 결혼식을 올렸지요.

결혼 이후에는 메이벨을 거의 만나지 못했답니다. 한두 번인가 메이벨이 내가 사는 곳으로 찾아왔고 자기네 집으로 놀러 오라는 이야기도 몇 번 꺼냈지만 나는 워낙 남의 신세지기를 좋아하지 않는 성격이라 항상 핑계를 댔지요. 그런데 결혼 생활이 10년째로 접어들었을 때 제프리가 갑자기 숨을 거두었어요. 두 사람 사이에 아이는 없었고 전 재산은 메이벨에게 넘어갔지요. 나는 기댈 사람이 필요하면 찾아가겠다고 편지를 썼어요. 그런데 메이벨이 아주 차분한 답장을 보냈기에 상심이 크지는 않은가 보다 생각했지요. 두 사람이 삐걱거릴 때도 많았으니 당연한 일이겠다 싶기도 했고요. 그런데 석 달 뒤에 메이벨이 편지를 보내왔답니다. 상황이 날이 갈수록 심해져서 이젠 더 이상 못 참겠으니 제발 와서 도와 달라는 것이었어요.

나는 클라라에게 집을 봐 달라고 돈을 좀 주고, 접시와 찰스 왕 맥주 잔을 저장고에 넣어 둔 다음 단숨에 달려갔지요. 머틀 딘이라고 불리는 집 자체는 널찍하고 분위기가 아주 편안하더군요. 요리사와 가정부, 여기에 메이벨의 시아버지를 돌보는 간병인까지 있었는데 시아버지는 소위 말하는 '넋이 반쯤 나간' 노인이었답니다. 평소에는 예의바르고 점잖다가도 가끔 엉뚱한 행동을 하곤 했지요. 식구 중에 정신이 좀 이상한 사람이 있다고 좀 전에 말씀드렸지요?

나는 메이벨의 달라진 모습을 보고 깜짝 놀랐답니다. 신경이 잔뜩 곤두서 가지고는 안절부절못하는 거예요. 그런데 무슨 일로 그러는지 도통 입을 열지 않기에 조심스럽게 접근했지요. 먼저 편지에서 항상 이야기하던 갤러거 부부가 잘 지내느냐고 물었더니 뜻밖에도 요즘 거의 만난 적이 없다더군요. 다른 친구들 이야기를 물어도 마찬가지 대답이었고요. 마음의 문을 닫고 혼자 끙끙대는 게, 특히 친구들과 연락을 끊고 지내는 게 얼마나 어리석은 짓인지 아느냐고 했더니 그제야 속사정을 털어놓더군요.

'제가 아니라 저쪽에서 연락을 끊은 거예요. 이 마을 사람들은 이

제 저하고 말도 하지 않으려고 해요. 번화가를 걸어가면 사람들이 길을 비킬 정도라고요. 저하고 마주치거나 말을 섞고 싶지 않다 이 거죠. 제가 무슨 나병 환자도 아니고……. 너무 끔찍해서 더 이상 못 참겠어요. 이 집을 팔고 외국으로 나갈까 생각도 했어요. 하지만 전 이렇게 근사한 집을 쫓겨나듯이 떠나기는 싫어요. 아무 잘못도 없는데…….'

이야기를 듣고 얼마나 가슴이 아팠는지 모른답니다. 그때 헤이 부인에게 선물하려고 목도리를 짜는 중이었는데 두 코 빠뜨린 걸 한참 뒤에야 알 정도였죠.

'메이벨, 그런 줄은 몰랐구나. 하지만 이유가 있을 것 아니겠니?

메이벨은 어렸을 때부터 말을 잘 안 듣기로 유명했지만 그때처럼 나를 힘들게 한 적은 없었답니다. 터무니없는 소문이 들린다는 둥, 남의 험담 말고는 아무것도 할 줄 모르는 한심한 사람이나 괜히 남을 부추기는 사람들이 있다는 둥 그저 애매한 대답만 늘어놓을 뿐이었어요.

'알겠다. 너를 두고 무슨 이야기가 오가는 모양이로구나? 하지만 어떤 이야기가 오가는지 네가 제일 잘 알 것 아니야? 말을 해 보렴.'

'생각만 해도 끔찍해요.'

'당연히 끔찍하겠지. 소문이라는 게 원래 그런 거니까. 자, 이제 사람들이 너를 도마 위에 올려놓고 뭐라고들 쑥덕거리는지 솔직히 이야기해 보려무나.'

이윽고 내막이 밝혀졌지요.

제프리 던맨이 워낙 갑작스럽게 숨을 거두는 바람에 온갖 추측이 난무했던 모양이더군요. 간단하게 설명하자면 주변 사람들 모두 메이벨이 남편을 독살했다고 생각한 겁니다.

여러분도 아시겠지만 이 세상에서 소문만큼 잔인하고 대처하기 어려운 것도 없지요. 사람들이 뒤에서 쑥덕거리면 반론을 펴거나 부인할 수 없기 때문에 소문이 눈덩이처럼 불어나서 나중에는 손쓸 방법이 없게 된답니다. 메이벨이 누군가를 독살할 인물이 못 된다는 사실만큼은 분명했지요. 메이벨의 성격을 놓고 볼 때 지금까지 실수가 있다고 해 보아야 조금 어리석고 생각이 모자란 짓을 저지른 정도가 고작일 텐데, 왜 이렇게 견딜 수 없을 만큼 괴로워하며 살아야 하는지 이해가 되질 않더군요.

'아니 땐 굴뚝에 연기 나느냐는 속담도 있지 않니? 사람들이 그런 의심을 시작한 이유가 있겠지. 분명 있을 거야.'

메이벨은 횡설수설하면서 그럴 만한 이유가 없다고 못을 박았지요. 제프리가 갑작스럽게 죽은 것 말고는 의심을 살 만한 여지가 없다는 거예요. 메이벨이 말하길 제프리는 저녁을 먹을 때까지만 해도 멀쩡했는데 한밤중에 갑자기 심한 발작을 일으켰다고 하더군요. 급히 의사를 불렀지만 의사가 도착한 지 몇 분 만에 숨을 거두었다지요. 사인은 독버섯을 잘못 먹은 때문이라고 밝혀졌고요.

'그런 식으로 갑자기 숨을 거둔 것 하나만 가지고 여기저기서 수군댈 리 없지. 제프리하고 싸우거나 그런 일은 없었니?'

메이벨은 그날 아침 식사 시간에 남편과 싸운 적이 있다고 털어놓더군요.

'집안일을 돕는 사람들이 당연히 들었겠지?'

'그 사람들은 멀리 있었어요.'

'그럴 리 없지. 식당 문 바로 앞에 있었을걸?'

높고 날카로운 메이벨의 목소리가 얼마나 멀리까지 잘 들리는지 내가 모를 리 있겠어요? 제프리 던맨도 화가 나면 고함을 지르는 성격이었죠.

'무슨 일로 싸웠니?'

'늘 똑같죠, 뭐. 사소한 일이 번져서 싸움이 되면 제프리는 별의별 험한 말을 퍼붓고 저는 또 저대로 그 동안 쌓였던 걸 터뜨리고.'

'예전부터 자주 싸웠던 모양이로구나?'

'제가 잘못해서가 아니라⋯⋯.'

'메이벨, 지금 잘잘못을 따지자는 게 아니잖니. 이곳은 사생활이 거의 공개되어 있다시피 한 마을이야. 너희 부부는 늘 옥신각신하다가 어느 날 아침 크게 다투었고, 그날 밤 제프리가 이유 없이 갑작스럽게 죽었어. 그렇지? 또 다른 일이 있었던 건 아니지?'

'다른 일이라니 무슨 뜻이세요?'

메이벨은 뽀로통한 얼굴로 묻더군요.

'이것 말고도 생각이 짧았다 싶은 일이 있으면 솔직히 이야기해 달라는 뜻이지 뭐겠니. 그래야 널 도울 수 있으니까.'

그러자 메이벨은 화가 난 말투로 이렇게 말하더군요.

'절 도울 수 있는 방법은 없어요. 이 고통에서 벗어나려면 죽어

버리는 수밖에 없다고요.'

'신의 섭리를 믿으려무나, 메이벨. 듣고 보니 아직도 말하지 않은 게 남은 모양이로구나?'

메이벨은 어렸을 때부터 숨기는 게 있으면 나한테 항상 들통이 나곤 했지요. 시간이 걸리기는 했지만 결국 메이벨은 솔직하게 털어놓았답니다. 그날 아침 약국에서 비소를 샀다고 말이에요. 장부에 이름까지 적었으니 약사가 입을 다물고 있었을 리 없지요.

'의사 이름이 뭐지?'

'롤린슨 선생님이에요.'

롤린슨이라면 나도 얼굴을 아는 인물이었답니다. 예전에 지나가다가 메이벨이 가르쳐 준 사람이었으니까요. 간단하게 표현하자면 중풍에 걸린 것 같은 늙은이였지요. 나는 그 동안 겪은 일들이 있다 보니 의사를 전지전능한 신이라고 생각하지 않는답니다. 똑똑한 의사도 있고 그렇지 않은 의사도 있지만 환자의 병명조차 잘 모르는 경우가 절반 정도 되지요. 그래서 나는 의사나 약을 믿지 않아요.

나는 상황을 곰곰이 정리한 다음 보닛(턱 밑에서 끈으로 묶는 여성용 모자—옮긴이)을 쓰고 롤린슨 선생을 만나러 갔답니다. 짐작했던 대로 멍하고 딱하다 싶을 만큼 앞을 잘 못 보고 가는귀가 먹고, 게다가 아주 예민하고 까다롭기까지 한 노인이더군요. 제프리 던맨 이야기가 나오자마자 쩌렁쩌렁한 목소리로 다양한 균과 식용버섯, 기타 등등에 대해서 장황한 설명을 늘어놓지 뭐예요. 그의 말로는 요리사를 심문했다는데 버섯 요리를 만들 때 한두 개가 '이상하게'

보이기는 했지만 상점에서 보낸 거니까 괜찮겠거니 하고 마음을 놓았답니다. 그런데 생각하면 할수록 버섯이 수상했다나요?

'그랬겠지요. 처음에는 버섯이었던 물건이 나중에는 자주색 점박이 오렌지로 둔갑하기가 다반사이니까요. 그런 부류의 사람들은 제대로 기억하는 게 아무것도 없지요.'

의사가 불려왔을 무렵 던맨은 말도 제대로 못하는 상태였다고 하더군요. 그러다 침을 삼키지도 못하더니 몇 분 만에 죽었답니다. 롤린슨 선생은 자기가 내린 판단이 확실하다고 주장했어요. 하지만 어디까지가 아집이고 어디까지가 확신인지 구분이 되질 않더군요.

나는 집으로 돌아가서 메이벨에게 비소를 산 이유가 뭐냐고 단도직입적으로 물었지요.

'뭔가 생각이 있으니까 샀을 게 아니니?'

메이벨은 울음을 터뜨렸습니다.

'그냥 죽어 버리고 싶었어요. 지긋지긋한 이 생활을 끝내고 싶었다고요.'

'비소는 아직도 가지고 있니?'

'아니요. 버렸어요.'

나는 한참 동안 앉아서 생각을 하고 또 했답니다.

'제프리가 발작을 일으켰을 때 상황을 듣고 싶구나. 널 부르던?'

메이벨은 고개를 저었지요.

'아니요. 그이가 미친 듯이 종을 울려 댔어요. 아마 몇 번은 울렸을 거예요. 한참 만에 가정부 도로시가 그 소리를 듣고 요리사를 깨워서 함께 내려갔는데 무서워서 혼이 났다고 하더라고요. 헛소리만 꺽꺽거리더래요. 도로시는 요리사를 그 방에 남겨 둔 채로 달려와서 저를 불렀죠. 일어나서 가 봤더니 상태가 심각하다는 걸 한눈에 알겠더라고요. 하필 아버님 간병을 맡은 브루스터가 자리를 비운 날이라 어떻게 하면 좋을지 물어볼 사람도 없었어요. 저는 도로시한테 의사를 불러오라고 하고 요리사와 함께 제프리의 옆에 있었어요. 그런데 너무 끔찍해서 몇 분 만에 제 방으로 도망치고는 문을 잠가 버렸죠.'

'정말 피도 눈물도 없는 애로구나. 그러니 사람들이 뒤에서 수군댈 수밖에. 요리사가 얼마나 떠들고 다녔겠어. 상황이 복잡하게 꼬이고 꼬였다.'

다음은 요리사와 가정부의 차례였는데, 요리사가 버섯 이야기를 꺼내기에 됐다고 했지요. 버섯이라면 이제 지긋지긋했고 내가 듣고 싶은 건 그날 밤 제프리의 상태였으니까요. 두 사람 모두 제프리가 무척 고통스러워했고 침도 삼키지 못했고 무슨 뜻인지 모를 단어만 꺽꺽거렸다고 입을 모으더군요.

'어떤 단어였는지 생각은 안 나고요?'

제프리가 무슨 말을 하려고 했는지 궁금하더군요.

'생선 어쩌고 하는 것 같았는데……. 그렇지?'

요리사의 말에 도로시가 고개를 끄덕였죠.

'생선 더미, 뭐 그 비슷한 말이었어요. 이미 제정신이 아니신 것 같더라고요.'

생선 더미라니 도무지 감을 잡을 수 있어야지요. 결국 나는 최후의 수단으로 브루스터를 찾아갔답니다. 브루스터는 쉰 살 정도 되어 보이는 깡마른 여자였죠.

'그날 밤에 제가 있었더라면 좋았을 텐데……. 의사 선생님이 오실 때까지 모두들 손을 놓고 있었던 것 같더군요.'

'제정신이 아닌 것 같았다는데 식중독에 걸렸을 때 그런 증상을 보이지는 않지요?'

'상황에 따라서 다르죠.'

메이벨 시아버지의 상태를 물었더니 그녀는 고개를 절레절레 흔들더군요.

'상당히 안 좋으세요.'

'몸이 많이 약해지신 건가요?'

'아, 아니에요. 육체적으로는 건강하세요. 시력이 아주 나빠지신 게 걱정이기는 하지만 어쩌면 우리보다 오래 사실지도 모를 정도랍니다. 하지만 정신이 많이 오락가락하세요. 특수 시설로 보내야 한다고 예전부터 몇 번씩이나 이야기했는데 던맨 부인이 들은 척도 하지 않더라고요.'

메이벨이 얼마나 정이 많은 아이인지 이제 다들 아시겠지요?

조사는 이렇게 끝이 났답니다. 나는 모든 각도에서 궁리에 궁리를 거듭하다가 마지막 남은 방법은 하나뿐이라는 결론을 내렸지요. 시신을 다시 꺼내서 확실하게 부검을 해야 소문을 잠재울 수 있다고 말이에요. 당연히 메이벨은 난리법석을 떨었지요. 무덤 속에 평화롭게 잠든 사람을 깨워서는 안 된다는 둥, 어쩌고저쩌고……. 하지만 나는 강하게 밀어붙였답니다.

이 부분은 간단하게 넘어가도록 할게요. 우리는 적당한 절차를 밟아서 부검을 실시했지만 기대했던 성과를 거두지는 못했답니다. 다행스럽게도 비소는 나오지 않았지만 '정확한 사인을 밝힐 수 없다.'는 이야기를 들었으니까요.

그러니까 부검으로도 문제를 해결하지 못한 셈이었답니다. 검출이 불가능한 희귀한 독약을 썼을 거라는 둥, 소문은 끊이질 않았지요. 나는 부검을 담당한 병리학자를 찾아가서 이런저런 점들을 물어보았답니다. 그 사람은 이리저리 대답을 피했지만 결국 독버섯이 사인일 가능성은 희박하다고 털어놓더군요. 그때 퍼뜩 생각나는 게 한 가지 있었어요. 나는 어떤 독극물을 먹으면 그런 증상이 나타나느냐고 물었지요. 그 사람은 장황하게 설명을 늘어놓았는데, 솔직하게 고백하면 대부분 알아들을 수 없는 내용이었지만 요약하면 강한 알칼로이드가 사인일 수 있다는 뜻이었답니다.

이 얘기를 듣고 퍼뜩 떠오른 생각을 설명하자면 대강 이런 거예요. 정신병이 유전되는 집안에 태어난 사람이라면 자살을 생각하지 않았을까? 제프리 던맨은 한때 의학 공부를 했던 사람이니 만큼 극약의 효과에 대해서 잘 알지 않았을까?

그럴듯한 추측은 아니었지만 마지막 희망이었지요. 그야말로 포기하기 직전이었으니까. 이런 말을 하면 요즘 젊은 사람들은 웃겠지만 나는 심각한 고민이 있을 때마다 기도를 중얼거린답니다. 길을 걸을 때건 시장에 있을 때건. 그러면 해결책이 떠오르거든요. 엉뚱하고 시시한 거라도 아무튼 생각이 나거든요. 나는 어렸을 때 침대 머리맡에다 성경 한 구절을 써서 붙여 놓았어요. '구하라, 그러면 얻으리라.' 나는 그날 아침에도 번화가를 걸어가면서 열심히 기도를 드렸지요. 그런데 눈을 감았다 떴더니 제일 먼저 뭐가 보였는지 아세요?"

표정이 제각각인 다섯 개의 얼굴이 마플 양에게 향했다. 하지만 분명 정답을 아는 사람은 없었다.

"바로……."

마플 양은 한 자 한 자 또박또박 말했다.

"생선 가게 유리창이었답니다. 그리고 가게 안에는 싱싱한 해덕대구뿐이었죠."

그녀는 의기양양한 얼굴로 청중을 둘러보았다.

"아이구, 하느님! 기도에 대한 응답이 싱싱한 해덕대구라니!"

레이먼드 웨스트가 외쳤다.

마플 양이 나무라는 듯이 말했다.

"그렇단다, 레이먼드. 그걸 가지고 하느님을 모독하면 되겠니? 하느님의 손길은 미치지 않는 곳이 없는 법인데. 내 눈에 띈 건 해덕대구의 검은 반점이었단다. 성 베드로의 엄지손가락이라고 부르는 검은 반점. 예전부터 뱃사람들은 성 베드로의 엄지손가락이 찍혀 있다고 해서 해덕대구를 신성하게 여겼던 거 알지? 그걸 보니까 상황이 한순간에 정리되더구나. 나는 믿음이 필요했던 거야. 성 베드로에 대한 독실한 믿음이. 나는 믿음과 생선, 이 두 가지를 하나로 연결시켰지."

헨리 경이 황급히 코를 풀었다. 조이스는 입술을 깨물었다.

"그러고 나니까 어떤 생각이 떠올랐는지 아니? 요리사하고 가정부는 제프리가 죽어 가면서 생선 어쩌고 하는 말을 꺽꺽거렸다고 했지? 이 안에 수수께끼의 해답이 들어 있다는 확신이 들더구나. 나는 문제를 반드시 해결하고야 말겠다는 다짐을 하면서 집으로 돌아갔단다."

그녀는 잠깐 말을 멈추었다 다시 이었다.

"여러분은 문맥의 힘에 대해서 생각해 보신 적이 있나요? 다트무어에는 그레이 웨더스라는 곳이 있지요. 다트무어의 농부들 앞에서 그레이 웨더스라는 단어를 꺼내면 다들 여러 개 바위가 동그랗게 놓여 있는 그곳을 가리키는 줄 알 거예요. 사실은 궂은 날씨 이야기인지도 모르는데 말이지요.(Grey Wethers라는 지명이 궂은 날씨를 뜻하는 grey weathers와 발음이 같은 데서 비롯되는 혼란이다—옮긴이) 거꾸로, 바위들이 놓인 그곳을 가리키는 뜻에서 '그레이 웨더스'라고 하더라도 대화의 일부분만 들은 외지인들은 날씨 이야기를 하는 것으로 받아들이지 않겠어요? 생각해 보면 우리는 대화를 할 때 똑같은 단어를 반복하지 않아요. 비슷한 뜻이라고 생각하는 다른 표현을 동원하지.

나는 요리사와 도로시를 한 사람씩 따로 만났답니다. 먼저 요리사에게 생선 더미라고 들은 게 확실하냐고 물었지요. 확실하다고 대답하더군요.

'생선이라고 하던가요, 아니면 어떤 생선 이름을 대던가요?'

'맞아요! 생선 이름을 대셨어요. 그런데 뭐였는지 생각이 나질 않네요. 뭐뭐 더미였는데. 흔히 먹는 생선도 아니었고……. 농어(perch)였던가? 곤들매기(pike)였던가? 아니야. 'P'로 시작하지는 않았는데…….'

도로시도 생선 이름이었다고 하더군요.

'좀 특이한 생선이었어요. 뭐뭐 무더기라고 하셨는데…….'

'더미(heap)라고 하던가요, 무더기(pile)라고 하던가요?'

'무더기라고 하셨던 것 같아요. 그런데 장담은 못하겠어요. 무슨 말씀을 하시는지 알아들을 수가 없어서 정확한 단어를 모르겠거든요. 그런데 지금 생각해 보니까 무더기라고 하셨던 것 같아요. 그리고 생선은 'C'로 시작하는 거였어요. 하지만 대구(cod)나 가재(crayfish)는 아니었어요.'

앞으로 이야기할 부분은 내가 생각해도 상당히 으쓱하답니다. 나는 사실 약에 대해서 아는 게 전혀 없거든요. 위험하고 고약한 것으로만 알고 있었고, 할머니한테 비법을 전수 받은 쑥국차보다 좋은 약은 없다고 생각해 왔으니까요. 하지만 그 집에 보관된 의학 서적들을 찾아보았더니 색인이 달린 게 한 권 있더군요. 그러니까 나는 제프리가 어떤 극약을 먹었는데 그게 무엇인지 말하려고 했다고 추측을 내린 거지요.

나는 먼저 H 항목의 헬륨부터 찾기 시작했답니다. 이거다 싶은 게 없더군요. 그런데 P로 건너간 순간, 한눈에 들어오는 단어가 있었지요. 무엇인지 아시겠어요?"

그녀는 성공의 기쁨을 잠시 뒤로 늦추면서 청중들을 둘러보았다.

"필로카르핀(무색 또는 노란색의 유독 혼합물. 발한제, 타액 분비 촉진제, 동공 축소제, 녹내장 치료제로 쓰이며 영어에서는 '파일로카파인'으로 읽힌다 — 옮긴이)이었답니다. 제프리가 말을 제대로 하지 못했다는 것을 기억하시지요? 필로카르핀에 대해서 전혀 모르는 요리사의 귀에는 이 단어가 어떻게 들렸을까요? 잉어 무더기(pile of carp)라고 들리지 않았을까요?"

헨리 경이 말했다.

"세상에! 저라면 꿈에도 그런 생각을 못했을 겁니다."

펜더 박사가 말했다.

"정말 재미있습니다."

페서릭 씨가 말했다.

"정말 흥미롭군요."

"나는 색인에 나온 페이지를 찾아갔지요. 필로카르핀이 눈이며 다른 곳에 미치는 영향들이 죽 적혀 있었지만 그 사건하고는 상관이 없더군요. 그러다 드디어 가장 의미심장한 구절과 맞닥뜨렸지요. 아트로핀(경련을 가라앉히거나 동공을 확대시킬 때 쓰이는 약 — 옮긴이) 중독의 해독제로 쓰인 바 있다.

순간, 눈앞이 어찌나 환하게 밝아오던지! 제프리 던맨은 분명 자살할 만한 성격이 아니었지요. 그러니까 필로카르핀이야말로 유일한 해답일 뿐 아니라 논리적으로 따지더라도 아무 문제가 없는 정답 아니겠어요?"

레이먼드가 말했다.

"저는 더 이상 추측 따위는 하지 않으렵니다. 말씀 계속하세요, 제인 이모. 왜 이렇게 눈앞이 밝아왔는지 알려 주세요."

"나야 약에 대해서 전혀 모르지만 이 부분에 대해서는 우연히 아는 게 조금 있었단다. 시력이 나빠지기 시작했을 때 의사가 황산아트로핀이 들어간 안약을 처방했거든. 나는 당장 메이벨의 시아버지 방으로 쳐들어가서 다짜고짜 물었지.

'던맨 씨, 다 알고 있으니까 솔직하게 말씀하세요. 아드님을 독살하신 이유가 뭔가요?'

던맨 씨는 내 얼굴을 일이 분 정도 쳐다보더니(나름대로 잘생긴 노인이었단다.) 웃음을 터뜨리더구나. 그때까지 살면서 그렇게 사악한 웃음소리는 처음이었어. 오죽하면 소름이 다 돋았겠니? 그런 웃음소리를 들은 건 가엾은 존스 부인이 실성했을 때 한 번뿐이었는데.

'맞아. 내가 제프리한테 복수를 했지. 제프리 따위가 내 머리를 따라올 수 있겠어? 날 멀리 치워 버리려고 했겠다? 정신병원에 가두려고 했겠다? 나도 귀가 있다고. 메이벨은 착한 아이야. 나를 끝까지 모시려고 했지. 하지만 제프리를 이길 성격이 못 되거든. 결국 제프리는 자기 고집대로 밀고 나갔겠지. 지금까지 계속 그래왔던 것처럼. 하지만 내가 처치했단 말씀이지. 내가 마음씨 곱고 사랑스러운 우리 아들을 처치했단 말씀이야. 하! 하! 밤에 몰래 침실을 빠져

나갔어. 식은 죽 먹기더라고. 브루스터도 없겠다, 사랑하는 우리 아들은 잠들어 있겠다. 녀석 방으로 들어갔더니 침대 옆에 물이 한 잔 놓여 있지 않겠어? 한밤중에 일어나서 물을 마시는 게 습관이거든. 그래서 그걸 넣었지. 하! 하! 안약 한 병을 다 부었단 말씀이야. 한밤중에 일어나서 뭐가 들었는지 모르고 벌컥벌컥 물을 마실 테니까. 한 숟가락 정도의 분량이었지만 그걸로도 충분했지, 충분하고말고. 내 짐작은 그대로 들어맞았어! 다음 날 아침에 사람들이 와서 조심스럽게 아들이 죽었다고 알려 주더군. 내가 충격받을 줄 알고. 하! 하! 하! 하! 하!'

이게 이 사건의 끝이랍니다. 물론 가엾은 노인은 정신병원에 입원했지요. 범행의 책임을 질 만한 상태가 아니었으니까요. 진실이 밝혀진 뒤에는 너도나도 메이벨을 찾아와서 미안하다고 그렇게 잘해 줄 수가 없었답니다. 하지만 제프리가 무얼 마셨는지 알아차리고 해독제를 찾지 않았더라면 사건은 영영 수수께끼로 남을 뻔했지요. 아트로핀에 중독되면 동공이 확대되는 등 아주 확실한 증상이 나타난답니다. 그런데 말씀드렸다시피 롤린슨 선생은 앞이 잘 안 보이는 노인이었지요. 그런데 필로카르핀을 찾은 의학 서적을 계속 읽어 보았더니(어떤 부분은 정말 재미있더군요.) 식중독하고 아트로핀 중독은 증상이 비슷하다고 하더라고요. 그 뒤로 나는 싱싱한 해먹대구 무더기를 볼 때마다 성 베드로의 엄지손가락을 떠올린답니다."

한참 동안 침묵이 이어졌다.

페서릭 씨가 입을 열었다.

"이렇게 놀라울 수가, 이렇게 놀라울 수가요. 마플 양, 정말 대단하십니다."

헨리 경이 말했다.

"런던 경시청에 마플 양을 추천해야겠군요."

레이먼드가 말했다.

"하지만 제인 이모, 이모도 모르는 게 한 가지 있지요."

"모르긴! 저녁 식사 직전에 그렇게 된 거지? 네가 조이스 양을 데리고 저녁놀을 감상하러 나갔을 때 말이다. 거기 참 경치 좋지. 재스민 울타리 옆 말이야. 우유 배달부가 애니에게 청혼한 장소도 바로 거기란다."

"원 세상에! 이모! 분위기 좀 깨지 말아 주세요. 저하고 조이스를 우유 배달부하고 애니에 비교하다니!"

"그건 네 착각이야. 사람들은 다 거기서 거기란다. 하지만 다행스럽게도 다들 그런 줄 모르고 살지."

파란색 제라늄

"작년에 여기 놀러왔을 때……."

헨리 클리서링 경이 이야기를 하다 말고 입을 다물었다.

오늘 모임의 안주인 격인 밴트리 부인은 호기심 어린 눈초리로 그를 쳐다보았다.

전직 런던 경시청장인 헨리 경은 오랜 친구이자 세인트 메리 미드 근처에 사는 밴트리 대령의 집에 머물고 있었다.

밴트리 부인은 한 손에 펜을 들고 그날 저녁에 있을 모임의 여섯 번째 손님으로 누굴 초대했으면 좋겠느냐고 의견을 물은 참이었다.

벤트리 부인이 이야기해 보라는 듯이 물었다.

"예? 작년에 여기 놀러 오신 적이 있어요?"

"마플 양이라고 혹시 아십니까?"

밴트리 부인의 얼굴이 깜짝 놀라는 표정으로 바뀌었다. 전혀 뜻밖의 인물이었던 것이다.

"마플 양을 아느냐고요? 모르는 사람이 없죠! 소설 속에 나오는 독신 할머니를 그대로 빼닮은 인물이잖아요. 상냥하기는 하지만 가망 없다 싶을 만큼 시대에 뒤떨어진. 그분을 저녁 모임에 초대하고 싶단 말씀이신가요?"

"놀라셨습니까?"

"솔직히 조금 의외네요. 전혀 안 어울리는······. 하지만 이유가 있겠죠?"

"이유는 간단합니다. 작년에 여기 놀러 왔을 때 풀리지 않은 수수께끼를 놓고 이야기를 나누는 모임이 있었습니다. 모인 인원이 다섯인가 여섯 명이었는데 소설가인 레이먼드 웨스트가 초대한 사람들이었지요. 아무튼 그때 한 사람씩 돌아가면서 자기만 정답을 알고 있는 수수께끼를 하나씩 내는 게임을 했어요. 추리력을 동원해서 누가 제일 정답과 비슷하게 맞히는지 겨루는 게임이었지요."

"그런데요?"

"흔한 말로 마플 양은 있어도 그만, 없어도 그만인 어른이었지만 혹시라도 섭섭해하실까 싶어서 게임에 끼워 드렸지요. 그런데 우리의 예상을 비웃기라도 하듯이 마플 양이 매번 수수께끼를 척척 해결하지 뭡니까?"

"뭐라고요?"

"정말이에요. 하늘을 우러러 한 점 부끄러움 없는 사실이랍니다."

"하지만 말도 안 돼요! 마플 양은 세인트 메리 미드를 거의 벗어난 적이 없는 분인걸요."

"그렇지요! 하지만 마플 양 말로는 덕분에 인간의 본성을 무한정 관찰할 수 있었답니다. 마치 현미경으로 들여다보듯이 자세히 말입니다."

밴트리 부인이 인정했다.

"그 말도 일리가 있군요. 인간의 사소한 부분들을 알 수 있을 테니까요. 하지만 우리들 중에 흥미진진한 범인이 있겠어요? 아무튼 저녁 식사를 끝낸 뒤에 아서의 귀신 이야기나 꺼내야겠군요. 해결해 주면 고맙다고 인사하게."

"아서가 귀신을 다 믿나요?"

"아! 아서가 귀신을 믿는 게 아니라 귀신 때문에 요즘 걱정거리가 하나 생겼거든요. 아서의 친구이자 상상력이라고는 약에 쓰려도 없는 조지 프리처드가 겪은 일인데, 사실 조지로서는 가슴 아픈 사건이죠. 실제로 귀신의 장난이거나 아니면……."

"아니면?"

밴트리 부인은 대답을 피하고 있다가 잠시 뒤에 불쑥 다른 이야기를 꺼냈다.

"나는 조지가 좋아요. 조지를 싫어하는 사람은 없을걸요? 그런데 조지가……. 아무튼 사람들은 가끔 어이없는 짓을 할 때가 있죠."

헨리 경은 고개를 끄덕였다. 사람들이 벌이는 어이없는 짓에 대해서 밴트리 부인보다 훨씬 많이 아는 사람이 바로 헨리 경이었다.

이렇게 해서 밴트리 부인은 그날 저녁 식탁에 앉아서 살짝 몸을 떨며 손님들을 둘러보았다.(몸을 살짝 떤 이유는 영국 주택의 식당들이 대부분 그렇듯 식당의 한기가 하늘을 찔렀기 때문이다.) 이윽고 그녀는 남편의 오른쪽에 꼿꼿하게 앉아 있는 나이 많은 숙녀를 주목하게 되었다. 마플 양은 검은색 레이스 장갑을 끼고 있었다. 그리고 어깨 위에는 낡은 레이스 덮개가, 흰머리 위에는 레이스가 얹혀 있었다. 그녀는 나이 지긋한 의사 로이드 박사와 함께 빈민 수용 시설과 지역 간호사의 한계를 주제로 열띤 대화를 나누고 있었다.

밴트리 부인은 다시 한 번 놀라움을 금치 못했다. 처음에는 헨리 경이 농담을 하는 게 아닌가 싶었는데 그게 아니었다. 오히려 헨리 경의 이야기가 사실일지 모른다는 생각이 들었다.

그녀의 시선은 혈색 좋고 어깨 넓은 남편 위에 다정하게 머물렀다. 그는 아름다운 유명 배우 제인 헬리어에게 말 이야기를 하는 중이었다. 무대 위에서보다 훨씬 아름다운(그게 과연 가능한 일인지 모르겠지만) 제인은 커다란 파란색 눈을 동그랗게 뜨고 가끔씩 "정말요?", "어머, 근사해라!", "정말 대단하네요!" 등등의 감탄사를 내뱉었다. 말에 대해 아는 것도 없고 관심도 없다는 뜻이었다.

밴트리 부인이 남편을 불렀다.

"아서, 당신 지금 제인 양을 고문하고 있는 거 알아요? 말은 그만두고 귀신 이야기나 꺼내 봐요. 그 왜…… 조지 프리처드 사건 말이에요."

"뭐라고? 아! 하지만……."

"헨리 경도 듣고 싶으시대요. 오늘 아침에 슬쩍 이야기를 꺼냈거든요. 다른 분들은 어떻게 생각하실지 궁금하기도 하고."

"듣고 싶어요! 저 귀신 이야기 좋아해요."

제인이 말했다.

"그게……."

밴트리 대령은 잠시 머뭇거렸다.

"나는 원래 초자연적인 현상 따위를 믿지 않지만 이 사건은……. 조지 프리처드라는 친구를 모르실 테니까 먼저 설명부터 드리자면 그야말로 사나이 중의 사나이입니다. 그리고 이 친구의 부인으로 말씀드릴 것 같으면…… 지금은 고인이 된 가엾은 사람이니까 살아 생전에 내조를 잘하지는 못했다는 정도만 말씀드리겠습니다. 그녀는 환자였습니다. 분명 꾀병은 아니었지만 환자라는 지위를 아주 철저하게 이용했지요. 변덕스럽고 까다롭고 말이 안 통하고……. 아무튼 아침부터 밤까지 입만 열면 불평이었습니다. 남편을 노예처럼 부려먹었고 남편이 하는 일이라면 무엇이든 트집을 잡고 악담을 퍼부었지요. 다른 남자였다면 이미 오래전에 도끼로 머리를 내려치고도 남았을 겁니다. 안 그래, 돌리? 그렇지?"

밴트리 부인이 딱 잘라 말했다.

"정말 끔찍한 여자였죠. 조지 프리처드가 정말 도끼를 휘둘렀더라도 배심원 중에 여자가 한 명만 있으면 당당하게 무죄 판결을 받았을걸요?"

"이 일이 어떻게 시작됐는지는 잘 모르겠습니다. 조지한테 확실히 듣질 못해서 말이죠. 아무튼 프리처드 부인은 예전부터 점이나 손금, 예언, 이런 데 약했다고 하더군요. 조지는 신경 쓰지 않았습니다. 부인이 재미있어 하면 그만이라고 생각했지요. 하지만 자기까지 나서서 관심을 보이지는 않았는데 부인은 이게 또 불만이었습니다.

그 집을 거쳐 간 간병인은 수도 없이 많았습니다. 프리처드 부인이 몇 주만 지나면 마음에 안 든다고 트집을 잡았기 때문이지요. 점에 관심이 많았던 어느 젊은 간호사를 예로 들 것 같으면 처음에는 무척 마음에 들어 했습니다. 그런데 갑자기 싫증이 났는지 내치고는 예전에 쓰던 간병인을 다시 부르더군요. 신경증 환자를 돌본 경험이 많고 요령 좋은 중년의 부인이었지요. 조지의 말에 따르면 코플링 간호사는 나무랄 데 없고 똑똑한 여자라고 하더군요. 프리처드 부인이 아무리 신경질을 내고 짜증을 부려도 아주 초연하게 대처하더랍니다.

프리처드 부인은 항상 2층에서 점심 식사를 했고, 조지와 코플링 간호사는 보통 점심 시간마다 오후의 일정을 의논했습니다. 엄밀히 말하면 간호사의 휴식 시간은 2시부터 4시까지인데, 조지가 오후에 좀 쉬고 싶다고 하면 차를 마시는 시간까지 부인의 시중을 드는 '배려'를 보이기도 했지요. 그러던 어느 날, 코플링 간호사가 골더스 그린에 사는 여동생네 집에 다녀오느라 좀 늦겠다고 했습니다. 조지는 이 말을 듣고 가슴이 철렁 내려앉았습니다. 그날 골프 약속을 잡아 놓았거든요. 그런데 코플링 간호사가 눈을 반짝이면서 걱정 말라고 하더랍니다.

'부인께서는 저희를 찾지 않으실 거예요. 저희보다 훨씬 재미있

는 친구를 만나실 예정이거든요.'

'그게 누군데요?'

코플링 간호사는 한층 더 눈을 반짝였지요.

'잠시만요. 정확한 호칭을 알려 드릴게요. 미래를 읽는 심령술사, 재리다.'

'이런! 또다시 새로운 인물의 등장이군요!'

'전혀 새로운 인물이죠. 전에 있었던 카스테어스 간호사가 추천한 사람인데 부인하고는 오늘이 첫 만남이에요. 제가 부인 대신 편지를 써서 오늘 오후로 약속을 잡았죠.'

'아무튼 잘됐네요. 오늘 골프를 칠 수 있다는 말이니까.'

조지로서는 미래를 읽는 심령술사 재리다가 그보다 더 고마울 수 없었지요.

골프를 마치고 집으로 돌아왔더니 부인이 이상하게 안절부절못하더랍니다. 여느 때처럼 환자용 침대에 누워서 탄산암모늄과 향료를 섞은 방향 각성제를 킁킁거리고 있다가 조지가 들어서자마자 소리를 질렀다는군요.

'조지, 그러게 내가 뭐랬어요? 이 집에 들어서는 순간부터 뭔가 꺼림칙하다고 했잖아요! 그랬어요, 안 그랬어요?'

조지는 '당신이야 늘 그런 말을 입에 달고 살잖아.' 하고 대꾸하고 싶은 걸 꾹 참으면서 대답했습니다.

'글쎄, 기억이 잘 안 나는데?'

'내가 한 말은 뭐든 기억이 안 난다고 하죠. 하여간 남자들은 하

나같이 무신경하다니까? 하지만 당신은 다른 남자들보다 한참 더 둔한 것 같아.'

'자자, 진정해, 메리. 그런 식으로 몰아붙이는 건 너무하잖아.'

'내가 그랬던 것처럼 이 여자도 한눈에 알아차렸다고요! 문지방에 들어서자마자 움찔하더니(왜 움찔했는지는 설명 안 해도 알겠죠?) 이렇게 말했단 말이에요, *이 집엔 사악한 기운이 있어, 사악하고 위험한 기운이 느껴져.*'

어리석게도 조지는 이 말을 듣고 웃음을 터뜨렸지요.

'오늘 오후에는 돈을 들인 보람이 있었던 모양이로군.'

프리처드 부인은 눈을 감더니 방향 각성제를 한참 동안 들이마셨습니다.

'당신은 내가 꼴도 보기 싫은 거죠? 내가 곧 죽을 목숨이라 해도 콧방귀 뀌면서 비웃기나 할 거야.'

조지가 말도 안 되는 소리라고 몇 분 동안 달랜 뒤에야 부인은 다시 입을 열었습니다.

'당신이야 웃어 넘기겠지만 오늘 내가 무슨 소리를 들은 줄 알아요? 그 여자가 이 집이 나한테 안 좋다고 했단 말이에요.'

조지는 재리다를 고맙게 생각했던 마음이 순식간에 사라지고 말았습니다. 그의 부인으로 말할 것 같으면 한순간에 변덕을 부려 다른 집으로 이사를 가자고 고집을 피우고도 남을 여자였으니까요.

'그리고 또 무슨 말을 했는데?'

'하도 심기가 불편한지 거의 아무 말도 못하더라고요. 그러더니 내가 꽃병에 담아 놓은 제비꽃을 가리키면서 소리를 질렀어요.

'저 꽃 치워. 파란 꽃은 안 돼. 파란 꽃은 절대 안 돼. 파란 꽃은 당신한테 독이라고, 명심하라고 했어.'

그렇게 말한 프리처드 부인이 덧붙였답니다.

'그러게 파란색은 싫다고 내가 예전부터 몇 번씩이나 이야기했죠? 나한테 안 좋은 색인 줄 직감으로 알고 있었던 거라고요.'

바보가 아닌 이상 그 상황에서 어느 누가 그런 이야기는 들은 적 없다고 대꾸하겠습니까? 대신에 조지는 재리다라는 인물에 대해서 물었습니다. 프리처드 부인은 자못 즐거운 듯이 설명을 늘어놓았습니다.

'까만 머리를 땋은 다음 돌돌 말아서 양쪽 귀를 덮었고, 눈은 반쯤 감았고, 눈가는 시커먼 색이었고, 입하고 턱은 까만 베일로 가렸고, 노래를 부르는 것처럼 말을 했는데 외국 억양이 아무래도 스페인 쪽인 것 같았고……'

'온갖 장사 수단을 다 갖추고 있군.'

조지의 농담을 듣자마자 부인은 눈을 감았습니다.

'몸이 너무 안 좋으니까 간호사 불러 줘요. 매정한 말을 들을 때마다 내 속이 얼마나 뒤집히는지 잘 알죠?'

그로부터 이틀 뒤에 코플링 간호사가 어두운 표정으로 조지에게 다가왔습니다.

'부인이 누워 계신 방으로 와 주시겠어요? 아주 심란한 편지를 받으셨어요.'

방으로 갔더니 부인이 들고 있던 편지를 건네주더랍니다.
'읽어 봐요.'
짙은 향이 밴 편지지에 까만 잉크로 커다랗게 쓴 편지였죠.

    미래가 보이는구나. 너무 늦기 전에 삼갈지어다. 보름달을 조심하라. 파란색 달맞이꽃은 경고를, 파란색 접시꽃은 위험을, 파란색 제라늄은 죽음을 뜻한다.

조지가 웃음을 터뜨리려는 찰나에 코플링 간호사와 눈이 마주쳤는데, 말을 가려서 하라는 표정이더랍니다. 결국 조지는 우물쭈물 입을 열었습니다.
'괜히 당신을 겁주려는 거야. 파란색 달맞이꽃이나 파란색 제라늄이 있을 리 없잖아.'
하지만 프리처드 부인은 울음을 터뜨리더니 살날이 얼마 안 남았다고 통곡을 하기 시작했습니다. 코플링 간호사와 조지는 밖으로 나왔습니다.
'말도 안 되는 협박인데.'
'아마 그렇겠죠.'
그런데 코플링 간호사의 말투가 아주 묘하지 뭡니까? 조지는 눈을 휘둥그레 뜨고 간호사를 쳐다보았습니다.
'당신도 설마……'
'아닙니다, 프리처드 선생님. 저는 예지력 따위는 믿지 않아요. 그런데 편지의 내용이 이상하지 않은가요? 점쟁이들은 보통 돈을 뜯어내려고 기를 쓰는데, 이 여자는 아무 이유 없이 부인을 협박하고 있으니 말이죠. 이해가 안 돼요. 게다가…….'

'게다가?'

'부인 말씀이 재리다를 어디선가 본 것 같다고 하셨거든요.'

'그래서요?'

'왠지 꺼림칙해서요.'

'당신도 미신을 믿는 사람인 줄은 몰랐는걸요?'

'미신을 믿어서 그런 게 아니라 수상한 구석이 있다는 말씀이죠.'

편지가 배달되고 나흘 뒤에 첫 번째 사건이 벌어졌습니다. 사건을 말씀드리려면 먼저 프리처드 부인의 침실을 설명해야 하는데…….'

"그 부분은 내가 할게요."

밴트리 부인이 말허리를 잘랐다.

"부인의 침실 벽지는 꽃 뭉치를 붙여서 초원 같은 분위기를 내는 신제품이었어요. 정원에 앉아 있는 기분을 느낄 수 있도록 만든 제품이었죠. 하지만 꽃 선택이 잘못됐어요. 그런 식으로 동시에 필 수 있는 품종들이 아닌데……."

"여보, 원예학 설명하느라 옆길로 새지 좀 마요. 당신이 정원 일에 얼마나 열심인지 모르는 사람은 없으니까."

밴트리 대령이 말했지만 밴트리 부인은 고집을 꺾지 않았다.

"하지만 말이 안 되잖아요. 히아신스, 나팔수선화, 층층이부채꽃,

접시꽃, 애스터를 한데 모아놓다니."

헨리 경이 말했다.

"비과학적인 발상인 것만큼은 분명하군요. 이제 설명을 계속 들어 볼까요?"

"아무튼 뭉치로 모여 있는 꽃 중에 노란색과 분홍색 달맞이꽃도 있었죠. 아서, 이제 당신이 해요. 당신이 꺼낸 이야기이니까."

밴트리 대령이 역할을 넘겨받았다.

"어느 날 아침, 프리처드 부인이 미친 듯이 종을 울려 댔습니다. 무슨 큰일이 났나 싶어서 온 집안 사람들이 달려갔지요. 그런데 웬걸, 부인이 몹시 흥분한 얼굴로 벽지를 가리키더랍니다. 파란색 달맞이꽃 한 송이가 등장했던 겁니다……."

헬리어 양이 말했다.

"어머나! 소름 끼쳐라!"

"문제는 이겁니다. 원래부터 그 자리에 파란색 달맞이꽃이 있지 않았을까? 조지와 코플링 간호사는 그렇게 생각했습니다. 하지만 프리처드 부인은 말도 안 되는 소리라고 펄쩍 뛰었습니다. 어젯밤에 보름달이 뜬 뒤로 오늘 아침에야 나타난 꽃이라는 거죠. 그 일로 부인은 난리가 났습니다."

밴트리 부인이 말했다.

"그날 조지 프리처드를 만났더니 그 이야기를 하더라고요. 그래서 프리처드 부인을 찾아가서 신경 쓰지 말라고 했지만 소용이 없더군요. 무거운 마음을 안고 집으로 돌아오다가 진 인스토를 만난 김에 이 이야기를 꺼냈죠. 진은 좀 별난 구석이 있는 여자인데 이렇게 묻는 거예요.

'그래서 정말 어쩔 줄 모르던가요?'

저는 저러다 겁에 질려서 죽는 게 아닐까 싶을 정도라고 대답했죠. 프리처드 부인은 미신을 잘 믿거든요.

그랬더니 진이 뭐라 그랬는지 아세요?

'그럼 오히려 잘된 거 아닌가요?'

이러는 거예요! 게다가 말투는 또 얼마나 싸늘하고 태연한지 솔직히 좀 충격적이었어요. 요즘이야 저 정도로 냉정하고 솔직한 건 아무것도 아니라지만 그래도 전 적응이 안 되더라고요. 진은 저를 보고 묘한 미소를 짓더니 이렇게 말했어요.

'제 말이 귀에 거슬리는 모양이지만 사실이잖아요. 프리처드 부인이 살아서 뭐하겠어요? 아무 짝에도 쓸모 없는 사람인걸. 게다가 조지 프리처드를 생각하면 얼마나 불쌍해요? 부인이 겁에 질려서 죽어 준다면 그만한 선물도 없을 텐데.'

'그래도 조지가 부인한테 얼마나 잘한다고요.'

'맞아요. 상을 주어도 아깝지 않을 위인이죠. 게다가 인물은 좀 좋아요? 지난번 간호사도 그렇게 생각하더라고요. 그 예쁘장한 간호사 이름이 뭐였더라? 맞다. 카스테어스. 그 때문에 카스테어스하고 프리처드 부인의 사이가 벌어진 것 아니겠어요?'

진의 이야기를 듣고 있으려니까 마음이 불편하더군요. 물론 의심의 소지가……."

밴트리 부인은 넌지시 암시를 주려는 듯 갑자기 말을 멈추었다.

마플 양이 차분한 목소리로 입을 열었다.

"맞아요. 그런 상황에서는 누구나 의심을 하겠지요. 인스토 양이 예쁜가요? 골프야 당연히 칠 테고."

"예. 운동이라면 뭐든 잘해요. 그리고 피부가 아주 하얗고 고운 데다 파란 눈이 크고 예뻐서 매력적인 얼굴이죠. 사람들은 모두 인스토 양하고 조지 프리처드가, 그러니까 지금하고는 다른 상황에서 만났다면 잘 어울리겠다 생각했죠."

"두 사람은 친한 사이인가요?"

마플 양이 물었다.

"그럼요. 아주 친하게 지내죠."

밴트리 대령이 애처로운 목소리로 부인을 불렀다.

"돌리, 이제 이야기 계속해도 될까?"

"아서가 귀신 이야기를 계속하고 싶다는군요."

밴트리 부인은 이 말과 함께 순순히 물러났다.

"뒷부분은 조지한테 직접 들었습니다. 다음 달 말이 다가오자 프리처드 부인의 불안은 극에 달했습니다. 그녀는 보름달이 뜨는 날을 달력에 표시하고는 그날 밤에 간호사와 조지를 방으로 불러서 벽지를 샅샅이 뜯어보게 했습니다. 분홍색이나 빨간색 접시꽃은 있어도 파란색은 분명 없었지요. 조지가 방을 나가자마자 부인은 문을 잠갔습니다."

"그런데 다음 날 아침에 파란색 접시꽃이 등장했겠죠?"

헬리어 양이 들뜬 목소리로 물었다.

"그렇습니다. 침대 머리맡에 있던 접시꽃이 파랗게 변한 겁니다. 이번에는 조지도 충격을 받았지요. 당연한 노릇이겠지만 상황을 대수롭지 않게 넘기려고 하면 할수록 충격의 파장은 커져만 갔습니다. 조지는 누군가의 못된 장난일 뿐이라고 주장했습니다. 부인이 방문을 잠그고 코플링 간호사의 접근조차 막은 상황에서 접시꽃이 파란색으로 변했다는 사실마저 무시했습니다.

조지는 충격으로 이성을 잃었습니다. 부인이 집을 옮기자고 애원해도 꿈쩍하지 않았습니다. 난생 처음 초자연적인 힘의 실체를 경험하고 났더니 인정하고 싶지 않았던 것이지요. 평소의 조지 같았으면 부인한테 지고 말았을 텐데 이번만큼은 들은 척도 하지 않았습니다. 부인이 멍청한 짓을 하도록 내버려 둘 수 없다나요? 이 세상에서 제일 잔인한 장난일 뿐이라고 하더군요.

이렇게 해서 다음 달이 지나갔습니다. 이상하게도 프리처드 부인은 생각만큼 고집을 부리지 않았습니다. 아무래도 운명을 피할 수 없다는 생각에 사로잡힌 것 같더군요. 그녀는 침대에 누운 채로 같은 말을 하고 또 했습니다.

'파란색 달맞이꽃은 경고를, 파란색 접시꽃은 위험을, 파란색 제라늄은 죽음을 뜻한다.'

그러면서 가장 가까이 있는 진분홍색 제라늄을 물끄러미 쳐다보곤 했습니다.

이후로 긴장감이 감도는 날들이 이어졌습니다. 심지어는 코플링 간호사마저 분위기에 전염이 되었는지 보름달이 뜨기 이틀 전에 조지를 찾아오더니 부인을 데리고 멀리 떠나라고 통사정을 했다더군요. 조지는 이 말을 듣고 벌컥 화를 냈습니다.

'벽지의 꽃들이 모두 파란색 악마로 변하더라도 사람의 목숨을 앗아 갈 수는 없지 않습니까!'

'그럴 수도 있으니까 드리는 말씀이에요. 충격으로 숨을 거둔 사람들 이야기도 있잖아요.'

'말도 안 되는 소리!'

조지는 예전부터 고집불통이었습니다. 한번 아니라고 하면 어느 누구의 말도 듣지 않았지요. 게다가 부인이 꽃의 색깔을 바꾸어 놓았을 거라고, 처음부터 끝까지 부인이 꾸민 으스스한 음모일 거라고 속으로 의심했을 게 분명합니다.

아무튼 운명의 날 밤이 찾아왔고 프리처드 부인은 여느 때와 마찬가지로 방문을 잠갔습니다. 마음을 깨끗이 비운 사람처럼 아주 침착했다고 하더군요. 이 모습을 보고 걱정이 된 간호사가 흥분제로 쓰이는 스트리크닌 주사를 놓으려고 했지만 프리처드 부인은 고개를 저었습니다. 제가 생각하기에는 상황을 즐기고 있었던 게 아닐까 싶습니다. 조지도 부인이 상황을 즐기는 게 분명하다고 말했지요."

"그럴 수도 있었을 것 같아요. 묘하고 황홀한 분위기가 감돌잖아요."

밴트리 부인이 말했다.

"다음 날 아침이 되어도 종소리가 들리지 않았습니다. 8시면 일어나는 프리처드 부인인데 8시 30분까지 아무 기척이 없었습니다. 간호사는 문을 두드려도 대답이 없는 것을 보고 조지를 불렀습니다. 두 사람은 끌을 동원해서 문을 열었습니다.

코플링 간호사는 침대 위에 석고처럼 누워 있는 프리처드 부인을 보고 상황을 한눈에 알아차렸습니다. 조지는 그녀의 말을 듣고 의사에게 전화를 걸었지만 이미 늦은 뒤였죠. 의사가 말하길 숨을 거둔 지 최소한 여덟 시간이 지났다는 겁니다. 그녀의 손 옆에는 방향각성제가 놓여 있었고, 침대 옆 진분홍색 제라늄 하나가 짙은 파란색으로 변해 있었습니다."

"끔찍해라."

헬리어 양이 부르르 떨며 말했다.

헨리 경은 이맛살을 찌푸렸다.

"그걸로 끝인가?"

밴트리 대령은 고개를 끄덕였지만 밴트리 부인이 잽싸게 덧붙였다.

"가스 이야기도 있잖아요."

"가스라니요?"

헨리 경이 물었다.

"의사가 방문을 열고 들어갔더니 희미하게 가스 냄새가 나더래요. 아니나 다를까, 벽난로의 가스 풍로가 열려 있다더라고요. 하지만 아주 살짝 열린 거라 문제가 될 정도는 아니었다고 들었어요."

"프리처드 씨하고 간호사는 냄새를 못 느꼈답니까?"

"간호사는 냄새가 났다고 했지만 조지는 못 느꼈다고 했어요. 그 대신 속이 메스껍고 다리에서 힘이 빠졌다고 하더군요. 하지만 충격 때문에 그렇겠거니 생각했답니다. 그 말이 정답일 수도 있죠. 아무튼 가스로 인한 질식사는 분명 아니었어요. 거의 못 느낄 정도로 냄새가 희미했으니까."

"그리고 이것으로 사건은 끝이 난 겁니까?"

"아니요. 이러쿵저러쿵 얼마나 말들이 많았는지 몰라요. 그 집에서 일하는 사람들이 엿들은, 아니 들은 이야기가 많을 게 아니겠어요? 예를 들면 프리처드 부인이 남편한테 내가 꼴도 보기 싫은 거 아니냐고, 내가 곧 죽을 목숨이라 해도 콧방귀 뀌면서 비웃기나 할 게 아니냐고 한 소리도 그렇고. 여기에 새로운 이야기도 추가됐어요. 어느 날인가 부인이 이사를 하지 않겠다는 남편더러 이렇게 말했다는 거예요.

'좋아요. 내가 죽으면 당신이 범인인 걸 세상 사람들 모두 알아주기만 바랄게요.'

게다가 일이 꼬이려고 그랬는지 조지가 그 전날 정원에 뿌릴 제초제를 만들었다지 뭐예요? 이것뿐만 아니라 나중에 따뜻한 우유를 가지고 부인 방으로 걸어가는 걸 일하는 아이 하나가 보았다는 거예요.

날이 갈수록 소문이 눈덩이처럼 불어났죠. 의사는 쇼크, 실신, 심장마비, 기타 잡다한 의학 용어들을 적어서 사망 진단서를 발부했지만, 가엾은 그 여자는 묻힌 지 한 달도 못 돼서 결국 부검을 받았답니다."

"제가 기억하기로는 부검 결과 아무것도 나오지 않았습니다. 그야말로 아니 땐 굴뚝에 연기 난 경우였지요."

헨리 경이 진지한 표정으로 말했다.

"아무튼 정말 신기한 사건이었죠. 점쟁이라는 그 재리다만 해도 그래요. 편지에 적힌 주소로 찾아갔더니 그런 사람은 없다고 하더래요!"

밴트리 부인이 말했다.

"어디선가 난데없이 등장했다 사라진 겁니다. 파란 안개와 함께 사라졌다고나 할까요?"

그녀의 남편이 말하자 밴트리 부인이 말을 이었다.

"그것뿐만이 아니에요. 카스테어스 간호사가 보낸 점쟁이라는데, 정작 카스테어스는 그런 이름을 들어 본 적도 없다는 거예요."

사람들은 서로의 얼굴을 쳐다보았다.

로이드 박사가 말했다.

"정말 신기한 일이로군요. 이런저런 추측이야 할 수 있겠지만 추측을 가지고서는……."

그는 이 말과 함께 고개를 저었다.

"프리처드 씨는 인스토 양하고 결혼을 했나요?"

마플 양이 부드러운 목소리로 물었다.

"그걸 궁금해하시는 이유를 물어도 될까요?"

헨리 경이 캐물었다.

마플 양은 다정하게 보이는 파란색 눈을 떴다.

"중요한 문제니까요. 두 사람이 결혼을 했나요?"

밴트리 대령은 고개를 저었다.

"결혼을 할 줄 알았더니 18개월이 지난 지금까지 아무런 소식이 없군요. 요즘은 잘 만나지도 않는 것 같습니다."

"그게 중요한 부분이에요. 그게 바로 아주 중요한 부분이에요."

마플 양의 말에 밴트리 부인이 물었다.

"그럼 마플 양도 저하고 같은 생각이시로군요? 그러니까……."

밴트리 대령이 말허리를 자르고 나섰다.

"여보, 터무니없는 억측이야. 증거도 없이 남을 함부로 의심하면 안 되지."

"누가 남자 아니랄까 봐. 하여간 남자들은 이것저것 따지느라 아무 말도 못한다니까. 우리끼리 하는 이야기인데 뭐 어때요? 진 인스토가 점쟁이였을지도 모른다고 나 혼자 추측하는 것도 죄가 되겠어요? 분명히 말하지만 진은 장난으로 그랬을 거예요. 그걸로 협박할 생각은 절대 없었을 거라고요. 진이 설령 그런 장난을 쳤다 하더라도 겁에 질려서 죽은 프리처드 부인만 바보지. 안 그래요, 마플 양? 당신도 그렇게 생각한 거죠?"

마플 양이 말했다.

"아니요. 그렇지는 않답니다. 내가 만약 사람을 죽일 생각이라면, 물론 실제로는 그런 생각을 단 1초도 해 본 적이 없답니다. 상상만 해도 끔찍하고 말벌 한 마리라도 살생은 싫으니까요. 꼭 죽여야 할 상황이면 정원사한테 가능한 한 자비롭게 처치해 달라고 신신당부를 하지요. 가만, 어디까지 이야기했더라?"

"'만약 사람을 죽일 생각이라면'까지 말씀하셨죠."

헨리 경이 대답했다.

"아, 맞아요. 내가 만약 사람을 죽일 생각이라면 협박이라는 수단은 절대 동원하지 않을 거예요. 겁에 질려서 죽는 사람도 있다고는 하지만 장담할 수 없고 신경이 예민해 보이는 사람도 실제로는 대담한 경우가 많으니까요. 나라면 철저한 계획을 세워서 확실하고 분명한 방법을 동원할 거예요."

"마플 양, 듣고 있자니 무섭습니다. 앞으로 절 없애야겠다 생각하실 일은 없겠지요? 마플 양이 세운 살인 계획이라면 아무도 눈치 채지 못할 게 아닙니까."

헨리 경의 말에 마플 양은 나무라는 듯한 눈빛으로 그를 쳐다보았다.

"상상만 해도 끔찍하다고 분명히 말씀드렸지요? 그러니까 제가 그 사람이라면 어떻게 했을까 생각해 본 것뿐이랍니다."

밴트리 대령이 물었다.

"조지 프리처드 말씀입니까? 저는 조지의 짓이 아닐 거라고 믿습니다. 하지만 간호사는 그를 못 믿는 모양이었습니다. 사건이 있고 한 달 뒤에, 그러니까 부검이 실시되었을 때 간호사를 만났는데, 아무 말도 하지 않았지만 조지가 어떤 식으로든 연루되어 있다고 확신하는 눈치이더군요."

로이드 박사가 입을 열었다.

"글쎄요? 어쩌면 간호사의 짐작이 맞을지도 모릅니다. 간호사들은 직감이라는 게 있으니까요. 증거가 없어서 말은 못하지만 직감으로 아는 겁니다."

헨리 경은 몸을 앞으로 숙였다. 그는 재촉하는 말투로 이야기했다.

"자, 자, 마플 양. 그렇게 멍한 얼굴로 앉아 계시지 말고 진실을 밝혀 주시지요."

마플 양은 흠칫 놀라면서 얼굴을 붉혔다.

"죄송합니다. 우리 지역의 간호사 생각을 하고 있었네요. 아주 어려운 문제지요."

"파란색 제라늄보다 어려운 문제인가요?"

"사실 관건은 달맞이꽃이에요. 밴트리 부인 말씀이 노란색과 분홍색이었다고 하셨으니까요. 분홍색 달맞이꽃이 파랗게 변했다면 완벽하게 들어맞을 텐데. 하지만 노란색이었다면……."

"분홍색이 변했어요."

밴트리 부인이 이렇게 말하고는 눈을 휘둥그레 떴다. 사람들 모두 마플 양을 주목했다.

마플 양은 안타깝다는 듯이 고개를 저었다.

"그렇다면 해결이 되는군요. 말벌이 날아다니는 계절 하며 모든 게 말이에요. 가스 문제도 그렇고."

"세인트 메리 미드에서 있었던 끔찍한 사건이 생각나십니까?"

헨리 경이 물었다.

"끔찍한 사건이나 범죄가 아니라 지역 간호사에 얽힌 문제가 생각나는군요. 간호사도 사람인데, 한치의 오차도 있어서는 안 되고 항상 불편한 소매 깃이 달린 옷을 입어야 하는 데다 한 가족과 감정적으로 얽히다 보면 가끔 불미스러운 일들이 생길 수밖에 없지 않겠어요?"

한 줄기 빛이 헨리 경의 뇌리를 스치고 지나갔다.

"카스테어스 간호사 말씀이신가요?"

"아, 아니요. 카스테어스가 아니라 코플링 간호사 말씀이에요. 예전에도 프리처드 부인의 시중을 든 적이 있다고 하셨지요? 말씀을 들어 보니까 프리처드 씨가 잘생기신 모양인데 그러니 마음을 홈뻑 빼앗길 수밖에요. 그래서 가엾게도 그런 생각을……. 이 부분은 굳이 말씀을 안 드려도 될 것 같군요. 처음에는 인스토 양의 존재를 모르다가 알아차린 뒤로 프리처드 씨에게 악감정을 품고 어떻게든 누명을 뒤집어씌우려고 애를 썼겠지요. 하지만 편지를 보면 정체가 뻔하게 드러나잖아요."

"편지라니요?"

"프리처드 부인의 부탁으로 편지를 써서 점쟁이를 불렀다는데 편지에 적힌 주소로 찾아가니까 그런 사람이 없었다면서요. 그러니까 코플링 간호사가 연루되어 있을 수밖에 없지요. 코플링 간호사는 편지를 쓰는 척만 했을 거예요. 점쟁이는 바로 코플링 간호사였을 테고요."

"편지까지는 미처 생각을 못했습니다. 아주 중요한 부분인데 놓치고 말았군요."

헨리 경이 말했다.

"조금 대담한 작전이기는 하네요. 프리처드 부인이 눈치 챌 가능성도 있었으니까요. 하지만 들통이 나더라도 장난친 거라고 하면 그만이었겠지요."

마플 양이 말했다.

"좀 전에 그 사람이라면 협박이라는 수단을 동원하지 않겠다는 건 무슨 뜻에서 하신 말씀입니까?"

헨리 경이 물었다.

"그 방법으로는 확실히 죽일 수가 없다는 뜻이었어요. 경고라든지 파란색 꽃은 군사 용어로 설명하자면……."

그녀는 어색하게 웃음을 터뜨렸다.

"위장 전술이었던 셈이지요."

"그럼 실질적인 방법은 뭡니까?"

마플 양은 미안하다는 듯한 표정으로 입을 열었다.

"계속 말벌 생각을 하고 있었어요. 화창한 여름날 수천 마리씩 죽어 나가니 참 불쌍하기도 하지……. 그런데 문득 예전에 정원사가 청산가리하고 물을 병에 넣고 흔드는 걸 보고 방향 각성제 비슷하구나 생각했던 기억이 나더군요. 그런데 만약 그걸 각성제 병에 넣으면……. 프리처드 부인은 각성제를 들이마시는 습관이 있었지요. 죽은 날 아침에도 침대 위에 놓여 있었고요. 프리처드 씨가 의사에게 전화를 걸러 나간 사이에 간호사는 병의 내용물을 바꾸어 놓고 아몬드 냄새를 눈치 채거나 이상하게 속이 메스껍다고 하는 사람이 없도록 가스 등을 살짝 열어 놓았답니다. 청산가리는 시간이 오래 지나면 흔적이 전혀 남지 않거든요. 하지만 제 짐작이 틀렸을 수도 있지요. 병 속에 전혀 다른 게 들어 있었을지도 모르고요. 어쨌거나 그게 중요한 문제는 아닌 것 같군요."

마플 양은 말을 멈추고 숨을 조금 가쁘게 몰아쉬었다.

제인 헬리어는 몸을 앞으로 내밀고 물었다.

"하지만 제라늄이나 다른 꽃들이 파란색으로 변한 건요?"

"간호사들은 항상 리트머스 종이를 가지고 다니거든요. 그러니까 음, 검사용으로 말이지요. 거북한 주제이니까 이 부분은 건너뛸게요. 나도 잠깐 간호사로 일한 경험이 있답니다."

마플 양의 얼굴이 살짝 붉어졌다.

"파란색 리트머스 종이는 산과 만나면 붉은색이 되고, 붉은색 리트머스 종이는 염기와 만나면 파란색이 되지요. 빨간색 꽃 위에 붉은색 리트머스 종이를 붙이는 것쯤 식은 죽 먹기 아니었겠어요? 물론 침대에서 가까운 꽃을 골라서 말이지요. 그런데 이 가엾은 부인이 방향 각성제를 들이마실 때마다 독한 암모니아 연기가 흘러나와서 붉은색 리트머스 종이를 파랗게 만든 거랍니다. 정말 교묘한 수법이었지요. 물론 제라늄이 처음부터 파랗게 변해 있지는 않았을 거예요. 방문을 열고 잠시 뒤까지 아무도 제라늄 색깔에는 신경을 쓰지 않았겠죠. 간호사가 각성제의 내용물을 바꾸면서 염화암모늄을 벽지 근처에 대고 있지 않았을까 싶군요."

"마플 양, 마치 그 자리에 계셨던 것 같습니다."

헨리 경이 말했다.

"그런데 걱정이 되는 건 프리처드 씨와 인스토 양이랍니다. 서로를 의심하다가 멀어졌을 테니까요. 인생이 길지도 않은데……."

마플 양은 이 말과 함께 고개를 저었다.

그러자 헨리 경이 말했다.

"걱정하지 마십시오. 사실 제가 오늘 몰래 준비한 게 있습니다. 어느 간호사가 유산을 노리고 나이 많은 환자를 살해한 혐의로 체포가 되었다고 하더군요. 방향 각성제를 청산가리로 바꿔치기 했답니다. 코플링 간호사가 똑같은 수법을 쓴 거죠. 인스토 양과 프리처드 씨는 앞으로 서로의 결백을 의심할 필요가 없을 겁니다."

마플 양이 큰소리로 외쳤다.

"정말 잘됐군요! 물론 헨리 경이 들었다는 살인 사건이 정말 잘됐다는 게 아니랍니다. 그거야 가슴 아픈 일이지요. 이 세상이 얼마나 악에 물들어 있는가 하는 증거이니까요. 일단 악의 유혹에 넘어가면……. 그리고 보니 로이드 박사님과 나누던 지역 간호사 이야기를 마저 끝내야겠네요."

동행

"로이드 박사님."

헬리어 양이 불렀다.

"박사님은 섬뜩한 이야기 알고 계신 것 없으세요?"

그녀는 로이드 박사를 향해 미소를 지었다. 밤마다 극장에서 관객들을 사로잡는 바로 그 미소였다. 제인 헬리어는 몇 번인가 영국에서 가장 눈부신 미인으로 뽑힌 적이 있었다. 그럴 때마다 질투심에 사로잡힌 여배우들은 자기들끼리 수군거렸다.

"하지만 제인은 배우가 아니잖아. 연기를 할 줄 모르니까. 제인이 인기 있는 이유는 다 그 눈 때문이라고!"

그런데 바로 그 '눈'이 지금은 독신으로 늙어 가는 반백의 노신사를 애원하듯 쳐다보고 있었다. 지난 5년 동안 세인트 메리 미드의 온갖 질병을 고쳐 왔던 의사를 말이다.

로이드 박사는 자기도 모르는 사이 조끼를 잡아당기고(요즘 들어 꼭 끼는 게 영 불편했다.) 머리카락을 잽싸게 매만졌다. 신뢰를 담뿍 담은 표정으로 그를 바라보는 사랑스런 여인을 실망시키지 않기 위해서였다.

"오늘 밤에는 범죄 사건에 푹 빠지고 싶어요."

제인이 꿈을 꾸는 듯한 목소리로 말했다.

"좋습니다. 좋습니다, 좋아요."

모임의 주인 격인 밴트리 대령이 말했다. 그는 군인 특유의 너털웃음을 터뜨렸다.

"당신도 좋지?"

밴트리 부인은 사회 생활에 따르는 의무를 재빨리 떠올리고는(그녀는 한참 봄 화단을 구상 중이었다.) 열심히 맞장구쳤다.

"그럼요, 좋다마다요. 저야 늘 좋죠."

그녀의 말투는 적극적이면서도 애매했다.

"진심이신가요, 밴트리 부인?"

마플 양이 눈을 반짝이며 물었다.

"세인트 메리 미드에는 섬뜩한 이야기가 별로 없답니다, 헬리어 양. 범죄 사건은 더 말할 나위가 없고요."

로이드 박사가 말하자 전직 런던 경시청장인 헨리 클리서링 경이 마플 양 쪽으로 고개를 돌리면서 말했다.

"무슨 소린가? 여기 이분 말씀을 들어 보면 세인트 메리 미드야말로 온갖 범죄와 악의 온상지인걸."

두 뺨이 홍조를 띠기 시작한 마플 양이 이의를 제기했다.

"헨리 경! 제가 언제 그런 말씀을 드렸던가요? 인간의 본성은 시골이나 다른 곳이나 똑같고, 누구든 가까이에서 관찰할 시간과 기회만 있으면 알 수 있다고 했지요."

"하지만 처음부터 여기 사셨던 건 아니잖아요."

제인 헬리어의 시선은 여전히 로이드 박사를 향해 있었다.

"전 세계의 온갖 특이한 지방들을 다녀 보셨을 것 아니겠어요? 신기한 일들이 벌어지는 곳을 말이에요!"

로이드 박사는 이야깃거리를 열심히 생각하면서 대답했다.

"그야 그렇지요. 예, 물론 그렇지요…… 그렇고말고요……. 아! 하나 있습니다!"

그는 안도의 한숨을 내쉬며 의자에 몸을 묻었다.

"오래전 일이라 잊어버리고 있었습니다. 하지만 정말 신기한 사건이었지요. 게다가 사건의 진상을 우연히 알게 된 계기도 신기했습니다."

헬리어 양은 의자를 박사 쪽으로 조금 당기고 립스틱을 고쳐 바른 뒤 기대된다는 듯이 다음 말을 기다렸다. 다른 사람들도 흥미진진한 표정으로 그를 쳐다보았다.

"카나리아 제도라는 곳을 아는 분이 계신지 모르겠습니다."

박사는 이 말과 함께 이야기를 시작했다.

"아주 근사한 곳이겠죠? 남태평양에 있나요, 아니면 지중해에 있나요?"

제인 헬리어가 물었다.

"남아프리카로 향하던 길에 들른 적이 있습니다. 테네리페 봉우리의 일몰이 인상적이었습니다."

밴트리 대령이 말했다.

"제가 이야기하려는 사건이 벌어진 곳은 테네리페 섬이 아니라 그란카나리아 섬이었습니다. 지금으로부터 한참 전에 있었던 일이지요. 저는 당시 건강에 문제가 있어서 영국에서의 의사 생활을 중단하고 해외로 떠났습니다. 그 뒤로 정착한 곳이 그란카나리아 섬의 주도인 라스팔마스였습니다. 저는 여러모로 그곳 생활이 마음에 들었습니다. 화창하고 따뜻한 기후, 수영하기에 더할 나위 없이 좋은 바다,(저는 수영이라면 사족을 못 쓴답니다.) 항구에서 마주치는 바다 생물……. 라스팔마스는 전 세계의 선박들이 모이는 곳이었습니다. 저는 매일 아침 방파제를 따라 걸으면서 모자 가게가 늘어선 거리를 볼 때마다 세상 어느 여자 못지않게 넋을 잃고는 했습니다.

말씀드렸다시피 라스팔마스는 전 세계의 선박들이 모이는 곳이었습니다. 몇 시간 머무는 배도 있고 하루나 이틀 정도 머무는 배도 있었지요. 그 도시에서 가장 큰 메트로폴 호텔에 가면 인종과 국적이 제각각인 사람들을 만날 수 있었습니다. 테네리페 섬을 찾은 사람들도 보통 라스팔마스에 며칠 머물다가 테네리페 섬으로 건너가고는 했습니다.

저의 이야기는 메트로폴 호텔에서 시작됩니다. 1월의 어느 목요일 저녁, 그곳에서 댄스 파티가 열렸고 저는 친구와 함께 탁자 하나를 차지하고 앉아서 파티를 구경했지요. 영국이나 다른 나라 사람들도 상당수 눈에 띄었지만 춤을 추는 사람들은 대부분 스페인 출신이었습니다. 오케스트라가 탱고를 연주하기 시작했을 때에는 스페인 출신 중에서도 대여섯 쌍만 무대를 수놓았지요. 어찌나 솜씨가 대단하던지 다들 넋을 놓고 감상했답니다. 그중에서도 유독 한 여자가 눈에 띄었습니다. 키가 크고 예쁘고 환상적인 곡선을 자랑하던 그녀는 절반쯤 길들인 표범처럼 우아한 몸놀림을 선보였습니다. 아슬아슬한 분위기가 느껴지기에 친구한테 이야기했더니 친구도 고개를 끄덕이더군요.

'저런 여자는 과거가 있기 마련이지. 세상사가 그냥 지나가지 못하거든.'

'미모가 위험한 재산일 수도 있어.'

'꼭 미모뿐만이 아니야. 다시 한 번 잘 봐. 저런 여자한테는 무슨 일이 벌어지게 마련이야. 아까도 말했다시피 세상사가 그냥 지나가지 못하거든. 이상하고 특이한 사건들이 항상 끊이지 않을걸? 척 보면 알 수 있잖아.'

친구는 말을 멈추고 미소를 짓더니 다시 입을 열었습니다.

"그런데 저쪽에 두 여자는 아무 일도 없을 것처럼 생겼잖아! 평범하고 태평한 삶을 위해 태어난 존재라고 할까?"

저는 친구의 시선을 따라갔습니다. 친구가 말한 두 여자는 방금 도착한 여행객이었습니다. 그날 저녁에 입항한 홀랜드 로이드 선의 승객들이 하선하는 중이었지요.

저는 두 여자를 보자마자 친구의 말뜻을 알아차렸습니다. 영국 출신인 두 여자는 외국에서도 얼마든지 볼 수 있는, 그런 여행객이 었습니다. 나이는 마흔 정도로 보였습니다. 한쪽은 금발에 조금, 아주 조금 통통했고, 다른 쪽은 까만 머리에 조금(이번에도 아주 조금입니다.) 날씬한 편이었습니다. 두 사람 모두 단정하고 차분하며 수수한 느낌에 잘 만든 트위드 옷 차림이었고 화장기가 전혀 없었습니다. 조용하지만 당당한 양갓집 규수 분위기였지요. 두 사람 모두 별다른 특징은 없었고 비슷한 부류들과 똑같았습니다. 여행서의 안내를 받으며 보고 싶은 곳만 골라서 보고, 나머지 부분은 모르는 채 지나치고. 어딜 가든 영국 도서관과 영국 교회를 찾고, 그림을 조금 그릴 줄 알고. 그리고 친구도 말했다시피 전 세계의 절반을 누비더라도 이상하거나 특이한 사건은 결코 일어나지 않을 테고. 저는 까만 눈을 반쯤 감은 육감적인 스페인 여자 쪽으로 고개를 돌리면서 미소를 지었습니다."

제인 헬리어가 한숨을 내쉬었다.

"가엾어라. 하지만 가꿀 줄 모르는 사람을 보면 답답해요. 본드 가에 발렌타인이라고 정말 솜씨 좋은 여자가 있어요. 오드리 던맨도 그 여자의 고객이랍니다. 그나저나 「추락」에서 오드리 보셨어요? 1막에서 여학생으로 등장하는데 정말 대단하지 않던가요? 적어도 쉰 살은 될 텐데 말이에요. 사실 제가 듣기로는 예순에 가깝다고 하더라고요."

밴트리 부인이 로이드 박사에게 말했다.

"계속해 보세요. 육감적인 스페인 미녀 이야기는 언제 들어도 기분 좋아요. 듣고 있다 보면 내 나이가 몇이고 얼마나 뚱뚱한지 잊게 되거든요."

그 말에 로이드 박사가 미안하다는 듯이 이야기했다.

"죄송합니다만, 제 이야기는 스페인 여자하고 전혀 상관없습니다."

"상관없다고요?"

"예. 친구와 저의 짐작이 틀렸던 겁니다. 스페인 미녀한테는 아무 일 없었습니다. 선박 회사 직원과 결혼했고 제가 그 섬을 떠날 무렵에는 아이 다섯을 낳아서 살이 많이 쪘더군요."

마플 양이 입을 열었다.

"이야기를 들으니까 이스라엘 피터스의 딸이 생각나네요. 배우가 된 딸인데 다리가 워낙 예뻐서 팬터마임의 주인공 소년 역할을 맡았지요. 다들 뭐가 되려느냐고 수군거렸지만 외판원하고 결혼해서 행복하게 잘 살고 있답니다."

"역시 이번에도 마을 사람의 예를 드시는군요."

헨리 경이 부드럽게 중얼거렸다.

"아무튼 제 이야기는 두 명의 영국 숙녀가 주인공입니다."

박사가 말을 이었다.

"두 사람한테 무슨 일이 생겼나요?"

헬리어 양이 조그맣게 속삭였다.

"두 사람한테 무슨 일이 생겼습니다. 그것도 바로 다음 날."

"어떤 일인데요?"

밴트리 부인이 재촉하듯 물었다.

"저는 그날 저녁 호기심에 호텔 숙박부를 뒤적였습니다. 이름이 한눈에 띄더군요. 메리 바턴과 에이미 듀란트, 주소는 버킹엄셔 코턴 위어의 리틀 패덕스. 그때만 하더라도 두 이름의 주인공을 조만간 참혹한 상황에서 다시 만나리라고는 상상도 못했습니다.

다음 날 저는 몇몇 친구들과 소풍을 떠났습니다. 섬 건너편으로 가서 점심을 먹고, 기분 내키면 라스니에베스라는(오래전 일이라 지명이 확실한지 모르겠습니다.) 아늑한 만에서 수영을 즐길 계획이었지요. 그런데 출발이 좀 늦었던 터라 중간에 점심을 먹고, 차를 마시기 전에 라스니에베스에서 수영을 하게 되었습니다.

그런데 해변으로 갔더니 온통 야단법석이었습니다. 온 마을 사람들이 해변으로 나온 게 아닐까 싶을 정도더군요. 사람들은 우리를 보자마자 차로 달려와서 흥분하며 상황을 설명하기 시작했습니다. 스페인 어 실력이 많이 달려서 금세 알아듣지는 못했지만 잠시 후 상황을 파악할 수 있었습니다.

정신 나간 영국 여자 두 명이 수영을 나왔는데 한 명이 너무 멀리까지 나가는 바람에 문제가 생겼다고 하더군요. 나머지 한 명이 구출하러 나섰지만 진이 빠졌고, 한 남자가 보트를 타고 다가가서 구조 작업을 펼치지 않았더라면 함께 익사할 뻔했다는 겁니다. 하지만 먼저 빠진 여자는 어쩔 방법이 없었다고 했습니다.

저는 상황을 파악하자마자 사람들을 헤치고 해변으로 달려갔습니다. 처음에는 두 여자의 얼굴을 알아차리지 못했습니다. 신축성 좋은 까만색 메리야스 원단의 수영복과 초록색 고무 수영모 차림의 통통한 여자가 걱정스러운 눈빛으로 저를 올려다보는데도 누구인지 몰랐던 거지요. 그녀는 친구의 옆에 무릎을 꿇고 앉아서 서투르게 인공 호흡을 하고 있었습니다. 제가 의사라고 밝혔더니 안도의 한숨을 내쉬더군요. 저는 그녀에게 아무 집으로나 달려가서 몸을 마사지하고 마른 옷으로 갈아입으라고 했습니다. 저희 일행 중에서 여자 한 명이 함께 갔지요. 저는 물에 빠진 여자를 살리기 위해 갖은 애를 썼지만 소용없었습니다. 이미 숨을 거둔 게 너무 분명한 상황이라 결국에는 포기하는 수밖에 없었습니다.

저는 사람들이 모여 있는 어느 어부의 오두막집으로 가서 슬픈 소식을 전했습니다. 자기 옷으로 갈아입은 생존자를 보니 어젯밤 도착한 여행객인 줄 한눈에 알겠더군요. 그녀는 슬픈 소식을 담담하게 받아들였습니다. 조금 전에 겪은 공포 때문에 아무런 감정도 느끼지 못하는 것 같았습니다.

'우리 에이미, 불쌍해서 어떡하나요. 불쌍해서 어떡하나요, 우리 에이미. 여기서 수영할 날만 손꼽아 기다렸는데. 수영을 그렇게 잘하는 에이미가 죽다니 이해가 안 돼요. 어떻게 이런 일이 있을 수 있죠, 선생님?'

'아마 쥐가 났을 겁니다. 상황을 자세히 설명해 주시겠습니까?'

'한 20분 정도 수영을 하다가 저는 들어왔고 에이미는 다시 바다로 들어갔어요. 그런데 비명 소리가 들리기에 보니까 에이미가 소리를 지르고 있더라고요. 그래서 있는 힘껏 헤엄쳐 갔어요. 제가 다가갔을 무렵만 하더라도 에이미는 아직 허우적대고 있었는데 미친 듯이 저한테 매달리는 바람에 둘 다 물 속으로 가라앉았어요. 어떤 남자분이 보트를 타고 구해 주지 않았더라면 아마 저도 빠져 죽었을 거예요.'

'물에 빠진 사람을 구하려다 함께 목숨을 잃는 경우가 종종 있죠.'

'너무 끔찍해요. 겨우 어제 도착했는데. 따뜻한 햇살을 누리며 조촐한 휴가를 즐길 생각에 들떠 있었는데. 그런데, 그런데 이렇게 무시무시한 사고가 벌어지다니⋯⋯.'

저는 사망자의 인적 사항을 물었습니다. 최선의 배려를 하고 싶지만 스페인 당국에서 철저한 정보를 요구할 테니 어쩔 수 없다는 설명을 곁들였지요. 그녀는 기꺼이 입을 열었습니다.

죽은 에이미 듀란트는 약 5개월 전에 고용된 그녀의 말동무였습니다. 두 사람은 사이가 좋았지만 듀란트 양은 자기 이야기를 한 적이 거의 없었습니다. 어렸을 때 부모님을 잃은 뒤로 삼촌 집에서 자랐고 스물한 살부터 혼자 생계를 꾸려 나갔다고 하더군요.

아무튼 이렇게 해서 상황은 끝이 났습니다."

박사는 잠시 말을 멈추었다가 좀 더 단호한 어조로 같은 말을 반복했다.

"아무튼 이렇게 해서 상황은 끝이 났습니다."

제인 헬리어가 입을 열었다.

"말도 안 돼요. 이게 다인가요? 아주 슬픈 사건이기는 하지만, 그렇지만⋯⋯ 섬뜩한 이야기는 아니잖아요."

헨리 경이 말했다.

"뒷이야기가 있지 않을까 싶습니다만."

로이드 박사가 말했다.

"예, 그렇습니다. 이제 뒷이야기를 드리지요. 이 사건에는 한 가지 수상한 부분이 있었습니다. 저는 증인이라 할 수 있는 어부들에게 목격담을 물었습니다. 그런데 한 여자가 희한한 이야기를 하더란 말씀입니다. 그 당시에는 별로 신경을 쓰지 않았는데 나중에 문득 생각이 나더군요. 그 여자의 주장인 즉, 듀란트 양이 비명을 질렀을 때 위급한 상황이 아니었다고 합니다. 그런데 한 여자가 헤엄을 쳐서 다가가더니 듀란트 양의 머리를 물 밑으로 누르더랍니다. 하지만 저는 이 말에 관심을 두지 않았습니다. 말도 안 되는 이야기인데다 해변에서 보면 착각을 할 수도 있으니까요. 겁에 질린 친구가 허겁지겁 달려들면 둘 다 목숨을 잃을 테니까 바턴 양이 친구를 기절시키려고 한 모습이 그렇게 비칠 수도 있었겠다 싶었습니다. 스페인 여자의 말대로라면 바턴 양이 말동무를 교묘하게 죽였다는 뜻이 되지 않겠습니까?

좀 전에도 말씀드렸다시피 당시에는 이 말에 신경을 쓰지 않았습니다. 나중에야 문득 생각이 난 것이지요. 사고를 조사하면서 가장 어려웠던 점은 에이미 듀란트에 대한 정보 수집이었습니다. 친척이라고는 아무도 없는 것 같았으니까요. 바턴 양과 저는 그녀의 가방을 뒤진 결과 알아낸 주소지로 편지를 보냈지만 그곳은 듀란트 양이 소지품을 보관하는 장소에 불과했습니다. 집주인은 그녀에 대해 아는 게 전혀 없었습니다. 방을 빌릴 때 한 번 만나고는 그만이었다고 하더군요. 그 당시 듀란트 양은 언제든지 찾아올 수 있는 곳, 집이라고 부를 만한 곳이 하나 있었으면 좋겠다고 하더랍니다. 방 안에는 낡은 가구 한두 점과 학생 시절에 찍은 사진첩, 염가 판매 때 산 물건들로 가득한 여행용 큰 가방이 하나 있을 뿐, 주인의 정보를 담은 소지품은 전혀 없었습니다. 그녀는 집주인에게 부모님이 인도에서 돌아가셨고 목사인 삼촌 밑에서 컸다고 했다는데, 아버지 쪽 삼촌인지 어머니 쪽 삼촌인지 말을 하지 않았기 때문에 듀란트라는 성도 아무 소용없었습니다.

수수께끼 같다기보다는 허탈했습니다. 자존심 강하고 과묵하고 외롭게 사는 여자들이 이렇게 많은가 싶더군요. 그녀의 소지품 중에는 라스팔마스에서 찍은 사진이 몇 장 있었습니다. 약간 낡고 빛이 바랜 사진이었는데 액자에 맞게 자르는 바람에 사진사의 이름이 보이지 않았습니다. 또 그녀의 어머니나 할머니를 찍은 오래된 은판 사진도 있었지요.

바턴 양은 두 사람의 소개로 듀란트 양을 고용했다고 했습니다. 한 사람은 기억이 나지 않는다고 했고, 나머지 한 사람도 한참 고민한 끝에 생각을 해내더군요. 그런데 그 한 사람마저 지금 오스트레일리아에 있다는 겁니다. 우리는 그녀에게 편지를 보냈습니다. 한참 뒤에야 도착한 답장에는 도움이 될 만한 정보가 전혀 없었습니다. 자신의 말동무이기도 했던 듀란트 양은 정말 유능하고 싹싹한 여자였지만 사생활이나 친척에 대해서는 아는 바가 없다는 겁니다.

여기까지만 놓고 보면 이상하다 싶은 게 전혀 없습니다. 하지만 저는 두 가지 사실 때문에 심기가 불편했습니다. 아무도 정체를 모르는 에이미 듀란트라는 여자, 스페인 여자에게 들은 이상한 이야기. 아, 여기다 하나를 더 추가해야겠군요. 제가 응급 처치를 시작할 무렵 바턴 양은 오두막집을 향해 걸어가다 말고 고개를 돌렸습니다. 그런데 잔뜩 불안해하는 표정이더란 말씀입니다. 번민에 휩싸인 사람처럼 안절부절못하는 표정이 어찌나 강렬하던지 제 머릿속에 오래도록 남아서 지워지지 않더군요.

그때는 이상하다고 생각하지 않았습니다. 친구가 죽게 생겼으니 얼마나 심란할까 싶었지요. 하지만 나중에 알고 보니까 두 사람은 그런 사이가 아니었습니다. 그토록 애처롭게 슬퍼할 만큼 절친한 사이가 아니었습니다. 에이미 듀란트를 좋아했던 사람으로서 충격이나 받으면 모를까.

그런데 잔뜩 불안해했던 이유가 무엇이었을까요? 저는 자꾸만 이 점이 의아했습니다. 바턴 양의 표정을 잘못 해석했을 리는 없을 텐데……. 제 의지하고는 상관없이 생각이 꼬리에 꼬리를 물고 이어졌습니다. 스페인 여자가 한 말이 사실이라면? 바턴 양이 정말 에이미 듀란트를 죽이려고 했다면? 그녀는 친구를 구하는 척하면서 물에 빠뜨리는 데 성공했다, 자신은 보트를 타고 온 남자의 손에 구출됐고, 외딴 해변에 단둘이 있었던 상황이니 만큼 완전 범죄가 성립될 수 있었다, 그런데 이때 내가 나타났다. 전혀 예상치도 못했던 의사가! 그것도 영국 출신의 의사가! 그녀는 에이미 듀란트보다 훨씬 오랫동안 물에 빠져 있던 사람도 인공 호흡을 하면 살릴 수 있다는 사실을 알고 있었다. 하지만 나한테 처리를 맡기고 자리를 떠날 수밖에 없었다. 그러니 마지막으로 고개를 돌린 순간 잔뜩 불안해하는 표정을 지을 수밖에 없었을 것이다. 에이미 듀란트가 깨어나서 사실을 폭로하면 큰일이라는 두려움 때문에!"

제인 헬리어가 감탄사를 내뱉었다.

"와! 이제 정말 오싹하네요."

"이렇게 놓고 보니까 사건 전체가 훨씬 사악하게 느껴졌고 에이미 듀란트라는 존재가 한층 수수께끼처럼 다가왔습니다. 에이미 듀란트는 어떤 인물이었을까? 보잘것없는 말동무인데 왜 주인한테 살해당했을까? 죽음으로 막을 내린 수영 사건 뒤에는 어떤 사연이 숨어 있었을까? 그녀가 메리 바턴의 말동무로 고용된 것은 불과 몇 달 전의 일이었습니다. 그런데 메리 바턴의 해외 여행에 따라나섰다가 도착한 다음 날 참변을 당했습니다. 두 사람 모두 세련되고 평범하고 교양 있는 영국 숙녀인데 살인이라니 말도 안 돼! 저는 이렇게 되뇌면서 상상의 나래를 접었습니다."

"그럼 아무런 조치도 취하지 않으셨단 말씀인가요?"

헬리어 양이 물었다.

"제가 어떤 조치를 취할 수 있었겠습니까? 증거도 없었고, 증언들이 대부분 바턴 양의 이야기하고 비슷했는걸요. 제가 의심을 품은 근거는 스치듯 지나간 표정인데 그것마저 제가 잘못 보았을 수 있지 않겠습니까? 유일하게 남은 길은 에이미 듀란트의 친척을 사방으로 수소문하도록 관계 당국에 의뢰하는 방법뿐이었습니다. 영국으로 돌아왔을 때 그녀의 집을 직접 찾아가기까지 했지만 집주인한테 어떤 이야기를 들었는지는 좀 전에 말씀드렸으니까 다들 아실 테고요."

"하지만 뭔가 꺼림칙하더란 말씀이지요?"

마플 양이 물었다.

로이드 박사는 고개를 끄덕였다.

"그런 생각을 하는 제가 부끄러울 때도 있었습니다. 교양 있고 예의바른 영국 숙녀에게 잔인한 살인범의 누명을 씌우다니……. 저는 그녀가 섬에 머문 짧은 기간 동안 성심 성의껏 도왔습니다. 스페인 당국과의 조사가 원활하게 끝날 수 있도록 주선하는 등 영국인이 해외에서 동포를 만났을 때 보일 수 있는 최선의 배려를 다했습니다. 하지만 그녀는 제가 자기를 의심하고 싫어하는 줄로 알고 있었습니다."

"바턴 양은 그 섬에 며칠이나 머물렀나요?"

마플 양이 물었다.

"아마 2주 정도 머물렀을 겁니다. 듀란트 양을 그곳에 묻고 열흘쯤 뒤에 배를 타고 영국으로 돌아갔으니까요. 원래는 겨울 내내 머물 생각이었는데 너무 충격이 커서 안 되겠다고 하더군요."

"정말 충격을 받은 것 같던가요?"

마플 양이 물었다.

박사는 잠시 머뭇거리더니 조심스럽게 대답했다.

"글쎄요, 겉으로 보기에 영향을 받았는지는 저로선 전혀 모르겠더군요."

"혹시 살이 찌거나 하지는 않았고요?"

마플 양이 물었다.

"정말 희한한 질문을 하시는군요. 지금 와서 돌이켜 보니 마플 양 말씀이 맞습니다. 어느 편인가 하면 조금 살이 찐 것처럼 보였던 것 같습니다."

제인 헬리어가 몸을 부르르 떨었다.

"너무 끔찍해요. 희생양의 피를 마시고 살이 찐 것 같잖아요."

로이드 박사가 이야기를 계속했다.

"메리 바턴을 너무 범인 쪽으로 몰고 가는 것 같습니다만, 그녀는 영국으로 떠나기 직전에 뜻밖의 말을 했습니다. 자신이 얼마나 끔찍한 짓을 저질렀는지 조금씩 느끼기 시작한 게 아닌가 싶습니다만. 그녀는 카나리아 제도를 떠나기 전날 밤, 저를 부르더니 그 동안 고마웠다고 인사를 했습니다. 저는 해야 할 일을 한 것뿐이라고, 누구나 그 상황에서는 그랬을 거라고 대답했습니다. 그 뒤로 잠시 침묵이 흘렀는데 그녀가 갑자기 질문을 던지더군요.

'직접 나서서 정의를 실현한 사람도 죄가 있을까요?'

저는 어려운 문제이지만 죄가 있다고 생각한다고 대답했습니다. 법은 법이고 사람은 누구나 법을 지켜야 한다고 말입니다.

'법이 아무 소용없게 느껴지더라도요?'

'무슨 말씀이신지 모르겠군요.'

'설명하기는 어렵지만, 납득할 만한 이유 때문에 법의 관점에서 보자면 잘못된 일, 그러니까 범죄 같은 것을 저지르는 경우도 있지 않을까요?'

아직 목숨이 달려 있는 순간에는 그런 식으로 생각하는 죄인들도 있을지 모르겠다고 딱딱하게 대답했더니 그녀는 움찔했습니다.

그녀러더니 이렇게 중얼거렸습니다.

'하지만 끔찍한 일이죠. 끔찍한 일이에요.'

그녀는 말투를 바꾸더니 수면제를 달라고 했습니다. 끔찍한 충격(그녀는 이 단어를 꺼내기에 앞서 잠시 머뭇거렸습니다.)을 겪은 이후로 제대로 잠을 잘 수 없다고 했습니다.

'정말 충격 때문이십니까? 걱정이 있으신 건 아니고요? 생각이 복잡하신 건 아니고요?'

'생각이 복잡하다니요? 복잡할 게 뭐가 있나요?'

그녀는 수상하다는 말투로 쏘아붙였습니다.

'걱정 때문에 잠이 안 오는 경우도 있으니까요.'

저는 아무렇지도 않은 듯이 대답했습니다.

그녀는 무언가를 잠시 생각하는 눈치였습니다.

'미래에 대한 걱정 말씀이신가요, 아니면 지나간 과거에 대한 걱정 말씀이신가요?'

'둘 다라고 할 수 있죠.'

'과거를 걱정한들 무슨 소용 있겠어요? 되돌릴 수 없는 일인데. 아무 소용없죠! 과거는 생각하지 말아야 해요. 절대 절대 하지 말아

야 해요.'

저는 가벼운 수면제를 주고 작별 인사를 건넸습니다. 그러고는 숙소로 돌아가는 내내 그녀가 내뱉은 '되돌릴 수 없다'는 말을 떠올리며 한참 동안 고민했습니다. 무엇을 되돌릴 수 없다는 걸까? 아니면 누굴 되돌릴 수 없다는 걸까?

저는 마지막으로 나눈 대화를 통해서 앞으로 벌어질 일을 미리 짐작할 수 있었습니다. 그렇다고 기다린 건 아니었지만 막상 그 일이 닥쳤을 때 놀라지 않았던 겁니다. 제가 보기에 메리 바턴은 의식 있는 여자였습니다. 나약한 죄인이 아니라 신념에 따라서 행동하고 신념을 믿는 한 무너지지 않는 여자였습니다. 그런데 저하고 마지막 대화를 나누는 동안 마치 자신의 신념을 의심하기 시작하는 것 같았습니다. 그녀의 이야기에서 자책과 후회의 희미한 조짐이 보였거든요.

그 일은 해마다 그 즈음이면 찾는 사람이 별로 없는, 콘월의 작은 해수욕장에서 벌어졌습니다. 아마도 3월 말이었을 겁니다. 저는 신문을 읽고 소식을 알았습니다. 그곳의 작은 호텔에 한 여자가 묵고 있었는데(바턴 양이었지요.) 행동이 아주 특이하고 이상하더랍니다. 주변 모든 사람들의 눈에 띌 정도로 말입니다. 밤마다 방 안을 서성이면서 혼잣말을 중얼거리는 바람에 양 옆방의 손님들이 잠을 잘 수 없었다고 하더군요. 그러던 어느 날 교구 목사를 찾아가서 긴히 할 말이 있다고 하더랍니다. 범죄를 저질렀다고 말이지요. 그런데 여기까지 이야기를 하다 말고 벌떡 일어나더니 나중에 다시 오겠다고 했답니다. 목사는 정신이 살짝 나간 여자로 여기고 하찮은 일로 치부했습니다.

그리고 바로 다음 날 그녀가 사라졌습니다. 방 안에는 검시관에게 보내는 쪽지가 남아 있었습니다.

어제 목사님에게 모든 걸 고백하려고 했지만 그 친구가 허락하질 않네요. 이제 이런 식으로 죗값을 치르는 수밖에 없습니다. 목숨을 빼앗았으니 제 목숨으로 갚아야겠지요. 그 친구처럼 깊은 바다 속으로 뛰어들어야겠지요. 죄가 없다고 생각했는데 아니었어요. 에이미의 곁으로 가야 용서를 받을 수 있겠죠? 제 죽음으로 인해 누명을 쓰는 사람이 없길 바랍니다.

메리 바턴

바닷가의 외딴 동굴에 그녀의 옷가지가 놓여 있었습니다. 그곳에서 옷을 벗고 바다 속으로 뛰어든 모양이었습니다. 그 일대는 물살이 세서 한번 휩쓸리면 한참 멀리까지 떠밀려 가는 곳으로 유명했지요.

시신은 발견되지 않았지만 얼마 후 사망으로 추정된다는 의견이 신중하게 대두됐습니다. 그녀는 재산이 10만 파운드에 달했다는데, 유언장을 남기지 않았기 때문에 가장 가까운 친척, 그러니까 오스트레일리아에 사는 사촌들에게 넘어가게 되었지요. 신문에서는 카나리아 제도에서 있었던 사고를 조심스럽게 언급하면서 듀란트 양의 죽음으로 정신에 이상이 생긴 것 같다고 하더군요. 결국 배심원들은 '일시적인 정신 착란으로 인한 자살'로 결론을 내렸습니다. 이렇게 해서 에이미 듀란트와 메리 바턴의 비극은 막을 내리게 되었지요."

한참 동안 침묵이 흐른 뒤에 제인 헬리어가 큰 소리로 외쳤다.

"제일 재미있는 부분에서 끝을 내시겠다고요? 안 돼요."

"하지만 헬리어 양, 이건 연재 소설이 아니라 실제로 벌어진 일이잖습니까. 실화는 언제나 제멋대로 끝이 나는 법이에요."

제인이 말했다.

"그래도 싫어요. 정확한 진실을 알고 싶단 말이에요."

헨리 경이 설명했다.

"여기에서 우리는 머리를 모아야 하는 겁니다, 헬리어 양. 메리 바턴은 왜 말동무를 살해했을까요? 이게 바로 로이드 박사가 제시한 문제입니다."

헬리어 양이 말했다.

"그야 여러 가지 이유가 있을 수 있죠. 그러니까, 그러니까 어떤 게 있을까요? 그 친구가 신경에 거슬렸을 수도 있고 질투가 났을 수도 있죠. 로이드 박사님 이야기에는 남자가 등장하지 않지만 보트로 구해 줬다는 남자도 있고……. 보트나 선박 여행이 어떤지는 워낙 유명하잖아요."

헬리어 양은 숨이 막히는지 말을 멈추었다. 그녀는 아무래도 내면보다 외면이 훨씬 더 매력적인 여자였다.

밴트리 부인이 입을 열었다.

"여러 가지 가능성이 있겠지만 하나로 결론을 내려야겠죠? 바턴 양의 아버지가 에이미 듀란트의 아버지를 짓밟고 재산을 불린 게 아닐까요? 그래서 에이미가 복수를 하러 나선 거죠. 아니, 그럼 상황이 반대로 되어야 맞겠네? 아유, 신경질 나! 왜 돈 많은 여자가 보잘것없는 말동무를 죽였을까요? 아, 생각났어요. 바턴 양한테 남동생이 있었는데 에이미 듀란트를 사랑하다 그만 권총으로 자살을 한 거예요. 바턴 양은 그때부터 에이미에게 접근할 기회를 노렸죠. 그러다 말동무로 삼고는 카나리아 제도로 데리고 가서 복수한 거예요. 이건 어때요?"

헨리 경이 말했다.

"대단하십니다. 하지만 바턴 양한테 남동생이 있었다는 말은 못 들었습니다만?"

밴트리 부인이 말했다.

"그야 추론하면 알 수 있죠. 그런 남동생이 있지 않고서야 살해할 동기가 없잖아요. 그러니까 당연히 남동생이 있었을 수밖에요. 이제 알겠어요, 왓슨?"

그녀의 남편이 말했다.

"제법 근사했어, 돌리. 하지만 추측에 불과하다는 게 문제지."

밴트리 부인이 말했다.

"당연히 추측일 수밖에 없죠. 단서가 없는데 추측 말고 뭘 하라고. 당신도 하나 내 봐요."

"어찌 된 영문인지 전혀 모르겠는걸. 하지만 남자 때문이었다는 헬리어 양의 말에 일리가 있는 것 같아. 돌리, 어쩌면 고위 성직자가 얽힌 문제 아니었을까? 둘 다 그 남자를 위해서 코프(고위 성직자가 특별한 의식에서 입는 긴 망토—옮긴이)를 만들었는데 남자가 듀란트한테 받은 코프를 먼저 입은 거야. 분명히 그런 종류의 문제 때문이었을 거야. 바턴이 나중에 목사한테 달려간 거 봐. 그런 여자들은 잘생긴 목사를 보면 정신을 못 차린다니까? 그런 얘기 지겹도록 들었잖아."

헨리 경이 말했다.

"자, 이제 좀더 날카로운 제 분석을 들어 보십시오. 물론 제 의견도 추측에 불과합니다만 바턴 양은 예전부터 정신병을 앓고 있었습니다. 요즘 보면 정신병을 앓고 있는 사람들이 의외로 많지요. 그런데 편집증이 날로 심각해지면서 특정 부류, 그러니까 사회악으로 간주되는 여자들을 제거해야 한다는 생각에 사로잡히게 된 겁니다. 듀란트 양의 과거에 대해서는 드러난 게 거의 없습니다. 따라서 그녀는 '과거'가 있는, 그것도 '불미스러운' 과거가 있는 여자일 가능성이 큽니다. 바턴 양은 이 사실을 알고 처단을 결심했습니다. 이후 자신이 저지른 행위의 정당성에 의문을 품기 시작하면서 그녀는 죄책감에 휩싸였습니다. 그녀의 종말을 보면 정신병자였다는 게 여실히 드러나지 않습니까? 자, 이제 제 추측이 맞다고 말씀해 주시지요, 마플 양."

마플 양이 미안하다는 듯이 미소를 지으면서 말했다.

"죄송하지만 그럴 수 없을 것 같군요, 헨리 경. 종말을 보면 얼마나 영리하고 똑똑한 여자인지 알 수 있으니까요."

제인 헬리어가 갑자기 비명을 질렀다.

"어머나! 제 생각이 너무 모자랐어요. 의견을 다시 내놓아도 될까요? 이유는 단 한 가지, 협박일 수밖에 없어요. 그 여자는 말동무한테 협박을 당했던 거죠. 그런데 마플 양께서 왜 자살한 여자더러 영리하다고 하시는지 모르겠네요. 전혀 영리하게 보이지 않는데."

헨리 경이 말했다.

"아! 그야 마플 양은 세인트 메리 미드에서 벌어진 이 비슷한 사건을 알고 계시기 때문이지요."

마플 양이 나무라는 듯한 말투로 이야기했다.

"절 항상 놀리시는군요, 헨리 경. 하지만 트라우트 부인 이야기가 생각나기는 한답니다. 각기 다른 교구에서 죽은 세 할머니의 노인 연금을 끌어다 썼거든요."

헨리 경이 말했다.

"상당히 영리한 고단수의 범죄를 저질렀군요. 하지만 제가 보기에는 이 문제하고 전혀 상관없는 범죄인 것 같습니다."

마플 양이 말했다.

"그러시겠지요. 헨리 경이 보시기에는 그러실 거예요. 하지만 찢어지게 가난한 집 아이들한테는 노인 연금이 얼마나 커다란 혜택인지 모른답니다. 그 세계를 경험해 보지 않은 사람들은 상상하기 힘들지요. 그런데 제가 그 이야기를 꺼낸 이유는 할머니들이 모두 비숫하게 생겼다는 데 착안한 사건이기 때문이에요."

헨리 경이 어리둥절한 표정으로 물었다.

"예?"

"제가 이렇게 설명이 서투르다니까요. 로이드 박사님이 두 여자분을 처음 소개하셨을 때 누가 누구인지 모르셨던 것처럼 호텔 사람들도 마찬가지였을 거라는 말씀이지요. 며칠 지났으면 모를까, 도착한 바로 다음 날 한 명이 물에 빠져 죽었으니 살아남은 여자가 자기를 바턴 양이라고 소개하면 의심할 사람이 없지 않겠어요?"

"그러니까…… 아! 이제 알겠습니다."

헨리 경이 느릿느릿 중얼거렸다.

"그럴 수밖에 없지 않겠어요? 밴트리 부인께서도 조금 전에 말씀하셨지요. '왜 돈 많은 여자가 보잘것없는 말동무를 죽였을까요.'라고. 거꾸로 생각하면 이해가 되지 않겠어요? 보통은 그런 식으로 사건들이 벌어지니까요."

"그런 겁니까? 한 대 얻어맞은 기분입니다."

헨리 경이 말했다.

마플 양은 이야기를 계속했다.

"그런데…… 바턴 양의 옷을 입으려니 조금 작아서 전체적으로 살이 찐 것처럼 보인 거랍니다. 그래서 제가 살이 찌거나 하지는 않았느냐고 여쭈어 보았지요. 남자 분이라면 옷이 작은 게 아니라 그 여자분이 살이 쪘다고 생각할 테니까요. 사실은 그렇지 않은데도 말이에요."

밴트리 부인이 물었다.

"하지만 에이미 듀란트가 바턴 양을 살해해서 얻은 게 없잖아요? 사기 행각을 영원히 벌일 수도 없었을 것 아니겠어요?"

마플 양이 지적했다.

"바턴 양 행세는 한 달 정도로 끝이 났지요. 그리고 그 기간 동안에는 자기를 아는 사람과 마주치는 일이 없도록 여행을 했을 거예요. 비슷한 또래의 여자분들은 서로 닮았다는 이야기를 꺼낸 이유가 그 때문이랍니다. 여권 사진과 실물이 다르다는 걸 알아차린 사람도 없었을걸요? 여권 사진이 원래 다 그런 법이니까요. 그러다가 3월에 콘월로 건너가서 이상한 행동을 하며 시선을 끈 거죠. 사람들이 바닷가에서 그녀의 옷을 발견하고 유서를 읽었을 때 뻔한 사실을 알아차리지 못하도록 말이에요."

"뻔한 사실이라뇨?"

헨리 경이 물었다.

마플 양이 딱 잘라 말했다.

"시신이 없다는 것 말이지요. 눈속임이 그렇게 많지 않았더라면 누구나 그 점을 놓치지 않았을 것 아니겠어요? 그러니까 살인과 죄책감에 대한 암시를 흘리지 않았더라면 말이지요. 시신이 없다는 사실이야말로 놓치지 말아야 할 대목이랍니다."

밴트리 부인이 입을 열었다.

"그럼…… 그럼 죄책감에 사로잡히지 않았다는 말씀이신가요? 그러니까…… 물에 빠져 죽지 않았다, 이 말씀이신가요?"

마플 양이 말했다.

"당연하지요! 다시 트라우트 부인 이야기를 꺼낼게요. 트라우트 부인은 눈속임의 귀재였지만 저까지 속이지는 못했답니다. 죄책감에 사로잡혔다는 바턴 양의 속도 훤히 들여다보이네요. 물에 빠져 죽기는커녕 오스트레일리아로 떠났을걸요? 제 짐작이 맞다면 말이지요."

로이드 박사가 말했다.

"정답입니다, 마플 양. 정답입니다. 저는 그날 멜버른에서 얼마나 놀랐는지 모릅니다. 정말이지 까무러칠 만큼 놀랐지요."

"사건의 진상을 우연히 알게 됐다고 하시더니 그 말씀이신가요?"

로이드 박사는 고개를 끄덕였다.

"예, 바턴 양(아니 에이미 듀란트 양이라고 해야 할까요?)의 입장에서 보자면 재수가 없었던 셈이지요. 얼마 동안 어느 배에서 의사로 일을 하던 제가 멜버른에 도착했을 때 첫 번째로 마주친 인물이, 콘월에서 물에 빠져 죽은 줄로만 알았던 그 여자였던 겁니다. 그녀는 더 이상 속여 봐야 소용없다는 걸 깨닫고는 솔직하게 털어놓더군요. 도덕 관념이 전혀 없는 희한한 여자였습니다. 그녀는 찢어지게 가난한 집의 9남매 중 장녀였습니다. 영국에 사는 돈 많은 사촌에게 도움을 청했다가 거절당했는데, 그녀의 아버지와 바턴 양의 사이가 안 좋았기 때문이라더군요. 그녀의 집은 제일 밑의 세 동생이 워낙 몸이 약해서 병원비다 뭐다, 돈이 몹시 궁한 상황이었습니다. 에이미 바턴은 그때 잔인한 살인 계획을 세운 것 같습니다. 그녀는 뱃삯

대신 유모로 일하면서 영국으로 건너갔습니다. 그러고는 에이미 듀
란트로 이름을 바꾸고 바턴 양의 말동무 자리를 따냈습니다. 실존
인물인 양 보이기 위해서 방까지 빌려 놓고 말입니다. 익사는 퍼뜩
생각난 계획이었습니다. 호시탐탐 노리고 있었는데 기회가 제 발로
찾아온 셈이었지요. 이후에 그녀는 연극의 마지막 장면을 장식하고
오스트레일리아로 돌아갔습니다. 바턴 양의 가장 가까운 친척이었
던 동생들은 때맞춰 유산을 물려받게 되었고요."

헨리 경이 말했다.

"아주 대담하고 완벽한 범죄였군요. 정말 완벽한 범죄였습니다.
카나리아 제도에서 목숨을 잃은 사람이 바턴 양이었다면 에이미 듀
란트가 의심을 받았을 테고 그녀와 바턴 집안의 관계가 밝혀졌을지
도 모르는데, 신분을 바꾸고 이른바 이중 살인을 저질러서 법망을
교묘히 빠져나갔으니 말입니다. 정말 완벽합니다."

밴트리 부인이 물었다.

"그 여자는 어떻게 됐나요? 고백을 들은 뒤에 어떻게 하셨나요,
로이드 박사님?"

"상당히 난처한 입장에 놓이게 됐답니다, 밴트리 부인. 증거도 거
의 없었을 뿐 아니라, 그녀가 겉으로는 튼튼하고 건강해 보이지만
의사인 제 눈에는 살날이 얼마 안 남은 징후가 느껴졌거든요. 저는
그녀를 따라가서 나머지 가족을 만났습니다. 큰언니를 맹목적으로
따르는 떠들썩한 가족이더군요. 살인범으로 체포될지도 모르는데
말입니다. 증거도 없는데 그들 가슴에 못 박을 일이 뭐가 있을까 싶

었습니다. 제가 가지고 있는 증거라고는 혼자서 들은 자백밖에 없었으니까요. 저는 운명의 여신에게 판단을 맡겼습니다. 에이미 바턴 양은 저를 만나고 6개월 뒤에 숨을 거두었습니다. 마지막 순간까지 죄책감 전혀 없이 즐겁게 지냈을지 지금도 궁금합니다."

"그렇지야 않았겠지요."

밴트리 부인이 말했다.

"맞아요. 트라우트 부인이 그랬으니까요."

마플 양이 말했다.

제인 헬리어는 몸을 살짝 떨었다.

"정말, 정말 오싹하네요. 그런데 도대체 누가 누구를 물에 빠뜨려 죽인 건지 모르겠어요. 그리고 트라우트 부인은 이 사건하고 무슨 관계죠?"

마플 양이 말했다.

"아무 관계 없답니다. 그냥 우리 마을에 그런 사람이(그렇게 썩 바람직하지 못한 사람이) 있다는 거지요."

제인이 말했다.

"아하! 이 마을에 있다, 그 말씀이로군요? 그런데 왜 시골은 항상 조용하기만 하죠?"

그녀는 한숨을 내쉬었다.

"시골에 살면 머리 쓸 일도 없을 텐데."

네 명의 용의자

대화는 진상과 범인이 밝혀지지 않은 살인 사건 주변을 맴돌았고 저마다 의견을 내놓았다. 밴트리 대령, 통통하고 붙임성 좋은 그의 아내, 제인 헬리어, 로이드 박사, 심지어는 나이 지긋한 숙녀 마플 양까지. 다만 사건 해결에 가장 제격이다 싶은 한 사람만은 입을 열지 않고 있었다. 전직 런던 경시청장인 헨리 클리서링 경은 속으로 재미있는 생각을 하는 사람처럼 코밑 수염을 꼬고(아니, 쓰다듬었다고 보는 편이 옳을 것이다.) 희미한 미소를 지으며 침묵을 지킬 따름이었다.

이윽고 밴트리 부인이 그를 불렀다.

"헨리 경. 그렇게 잠자코 계시면 비명을 질러 버리겠어요. 범인이 밝혀지지 않은 사건들이 많죠, 그렇죠?"

"신문 머리기사를 생각하고 계시는군요, 밴트리 부인. 런던 경시청, 또다시 미궁에 빠지다. 이런 제목과 함께 풀리지 않은 수수께끼들을 나열하는 신문 기사를 말입니다."

"그래도 그런 사건들이 차지하는 비율은 낮겠지?"

로이드 박사가 물었다.

"그렇지. 진상이 밝혀지고 범인이 처벌당한 수백 개의 사건은 대대적으로 보도된 적이 거의 없으니까. 하지만 여기 계신 분들이 지금 관심을 갖는 부분은 해결된 사건이 아니지 않겠나? 은밀한 사건과 풀리지 않은 사건은 의미가 다르다네. 은밀한 사건은 런던 경시청에서 듣지도 못한 사건, 저질러진 줄 아무도 모르는 사건을 뜻하니까."

"하지만 그런 사건은 많지 않잖아요."

밴트리 부인이 말했다.

"과연 그럴까요?"

"헨리 경! 그럼 많다는 말씀인가요?"

"제가 보기에는 아주 많을 것 같은데요."

마플 양이 생각에 잠긴 목소리로 중얼거렸다. 나이에 걸맞게 차분한 그녀의 목소리는 침착하기 그지없었다.

"마플 양!"

밴트리 대령이 말했다.

"물론 세상에는 어리석은 사람들도 많답니다. 그리고 어리석은 사람들은 무슨 짓을 하건 들통이 나지요. 하지만 똑똑한 사람들도 상당히 많답니다. 도덕 관념이 투철하기에 망정이지 그렇지 않으면

이들이 어떤 짓을 벌일지 생각만 해도 끔찍하네요."

마플 양이 말했다.

"그렇습니다. 똑똑한 사람들도 상당히 많습니다. 우연히 들통 난 수많은 사건들을 접할 때마다 이런 질문을 던지게 됩니다. 들통이 나지 않았더라면 영원히 묻힐 사건이 아니었을까 하고 말입니다."

헨리 경이 말했다.

"그렇다면 심각한 문제가 아닌가, 클리서링. 심각한 문제이고말고."

밴트리 대령이 말했다.

"그럴까?"

"무슨 소리인가! 당연하지! 심각한 문제이고말고!"

"자네는 지금 범죄를 저지르고도 벌을 면할 수 있다고 생각하는 모양인데 과연 그럴까? 법의 처벌은 면할 수 있을지 몰라도 법의 테두리 밖에서 인과응보가 시작된다네. 죄를 지으면 대가를 치르게 마련이라는 소리가 진부하게 들릴지 모르겠지만 내가 보기엔 그보다 더한 진실이 없거든."

"그럴지도 모르지. 그럴지도 몰라. 그래도 여전히 시…… 심각한 문제가 아니겠는가?"

밴트리 대령은 당황스러운 듯 말을 멈추었다.

헨리 클리서링 경은 미소를 지었다.

"백에 아흔아홉은 자네처럼 생각하겠지. 하지만 중요한 건 범인이 아니라네. 결백한 사람들이지. 그런데 세상은 이 점을 몰라준단 말일세."

제인 헬리어가 말했다.

"그게 무슨 말씀이세요?"

마플 양이 말했다.

"맞는 말씀이세요. 트렌트 부인이 지갑에 들어 있던 반 크라운을 잃어버렸을 때 가장 피해를 입은 사람은 파출부 아서 부인이었어요. 트렌트 부부는 아서 부인을 범인이라고 생각했지만, 워낙 심성이 고운 사람들이고 대가족에 술고래 남편을 둔 아서 부인의 사정을 잘 알기 때문에 극단적인 조치를 취하지는 않았지요. 하지만 더 이상은 아서 부인을 믿지 않았고 외출할 때도 그녀에게 집을 맡기지 않았답니다. 아서 부인의 입장에서는 충격적인 변화였지요. 주변 사람들의 태도도 달라졌고요. 그런데 뜻밖에도 가정교사의 소행으로 밝혀졌답니다. 트렌트 부인이 문틈으로 거울에 비친 그녀의 모습을 목격한 것이지요. 순전히 우연의 일치였던 셈이지만 제가 보기에는 신의 섭리가 아닐까 싶네요. 헨리 경의 말씀도 그런 의미 아닐까요? 사람들은 대부분 돈을 가지고 간 범인에만 초점을 맞추었고 가장 뜻밖의 인물이 범인으로 밝혀졌지요. 탐정 소설처럼 말이에요! 하지만 정말 생사의 갈림길에 놓였던 사람은 아무 잘못 없는 아서 부인이었답니다. 그런 뜻에서 하신 말씀 아닌가요, 헨리 경?"

"맞습니다, 마플 양. 제 뜻을 정확히 파악하셨군요. 말씀하신 파출부는 운이 좋았던 셈입니다. 결백이 밝혀졌으니까요. 하지만 평생 부당한 의심의 무게에 짓눌린 채로 살아야 하는 사람들도 있지요."

"특정 사건을 염두에 두고 하시는 말씀이신가요, 헨리 경?"

밴트리 부인이 눈치 빠르게 물었다.

"솔직히 고백하자면 그렇습니다, 밴트리 부인. 아주 희한한 사건을 염두에 두고 드린 말씀이었습니다. 살인이 분명한데 증명할 방법이 없는 사건 말입니다."

제인이 의견을 내놓았다.

"독살 아니었을까요? 흔적이 남지 않는 독을 쓴 거예요."

그 말에 로이드 박사는 불편한 듯 몸을 움직였고 헨리 경은 고개를 저었다.

"아닙니다. 남아메리카의 인디언이 비밀 독화살을 날린 게 아니란 말씀입니다! 차라리 그런 사건이었으면 좋겠습니다. 하지만 이 사건은 훨씬 더 평범합니다. 너무 평범해서 범인을 처형할 방법이 없을 정도입니다. 노신사가 계단에서 넘어지는 바람에 목이 부러졌습니다. 이처럼 안타까운 사고는 일상적으로 일어나는 법이지요."

"그런데 실상은 어떻다는 말씀이죠?"

헨리 경은 어깨를 으쓱했다.

"누가 알겠습니까? 뒤에서 밀었을까요? 계단 꼭대기에 실을 묶어 놓았다가 나중에 얼른 치웠을까요? 그걸 알 수 없단 말씀입니다."

"하지만 사고가 아니란 이야기로군. 그런데 그렇게 생각하는 이유가 뭔가?"

로이드 박사가 물었다.

"설명하자면 길지만 사고가 아닌 게 분명해. 그런데 좀 전에도 이야기했다시피 범인을 처형할 방법이 없단 말이지. 증거가 너무 빈

약하니까. 하지만 나는 사건의 또 다른 측면에 주목하고 싶다네. 어떤 측면인가 하면, 범행을 저질렀을 가능성이 있는 사람은 네 명일세. 이중에서 한 명은 범인이지만 나머지 셋은 결백하지. 그러나 진실이 밝혀지지 않는 한 세 사람은 끔찍한 의혹의 그림자 속에서 살아야 하는 걸세."

밴트리 부인이 말했다.

"아무래도 긴 이야기를 들려주시는 게 좋을 것 같은데요."

헨리 경이 말했다.

"긴 이야기를 다 할 필요는 없을 겁니다. 적어도 시작 부분은 간단하게 줄일 수 있으니까요. 사건은 슈바르체 핸드('검은 손'이라는 뜻—옮긴이)라는 독일 비밀 조직에서 시작됩니다. 카모라(1820년에서 1911년까지 이탈리아의 나폴리에서 활약한 비밀 결사—옮긴이)의 노선 또는 사람들이 생각하는 카모라의 이미지를 따라서 협박과 테러를 일삼는 조직인데, 대전이 끝난 뒤에 갑자기 등장하더니 놀랄 만큼 널리 세력을 확장시켰습니다. 이 조직에 희생당한 사람들의 숫자는 이루 헤아릴 수 없을 정도였지요. 하지만 정부에서는 제대로 대처할 수 없었습니다. 비밀이 엄격하게 지켜지는 데다 내부 인물을 포섭하기도 거의 불가능했으니까요.

영국에서는 이 조직에 대해 알려진 바가 거의 없었지만 독일에서는 정부 기능을 마비시킬 정도였습니다. 이 조직이 드디어 와해된 것은 한때 첩보 분야의 권위자였던 로젠 박사 덕분이었습니다. 조직원이 된 뒤 가장 깊숙한 곳까지 파고 들어가 조직 몰락에 결정적인 역할을 한 것이지요.

하지만 그 결과 박사는 표적이 되어 당분간 독일을 떠날 수밖에 없었습니다. 박사는 영국으로 건너왔고 베를린 경찰의 공문이 우리에게 전달되었습니다. 박사는 저하고 일 대 일 면담을 가졌는데 냉정하고 담담한 태도를 보이더군요. 앞으로 어떻게 될지 뻔하다는 것이었습니다.

'놈들은 저를 처치할 겁니다, 헨리 경. 분명합니다.'

그는 듬직한 체구와 고운 머릿결이 특징이었고 상당히 낮게 울리는 목소리에서 독일어 특유의 억양을 살짝 느낄 수 있었습니다.

'결론이 정해진 상황이지만 상관없습니다. 마음의 준비가 되어 있으니까요. 일을 맡았을 때 그 정도 위험은 이미 각오했습니다. 조직은 결코 재건되지 못하겠지만 뿔뿔이 흩어진 수많은 조직원들이 하나의 복수를 위해 달려들 겁니다. 제 목숨을 앗아 가기 위해서 말입니다. 그게 언제냐가 문제일 따름이지요. 그런데 가능한 한 그 시기가 뒤로 늦추어졌으면 좋겠습니다. 제 평생을 쏟은 결과물로 아주 재미있는 자료를 수집, 정리하고 있으니까요. 이 작업만큼은 끝낼 수 있었으면 좋겠습니다.'

말투가 어찌나 담담하고 의연한지 존경심이 절로 들었습니다. 저는 모든 대응책을 동원하겠다고 했지만 그는 손사래를 치며 똑같은 말을 반복할 따름이었습니다.

'조만간 놈들은 저를 처치할 겁니다. 그런 날이 찾아오더라도 너무 괴로워 마십시오. 최선을 다하신 결과이니까요.'

그가 털어놓은 앞으로의 계획은 상당히 단순했습니다. 시골의 작은 오두막집에 조용히 살면서 작업을 계속하고 싶다는 것이었으니까요. 결국 그는 서머싯 주의 작은 마을, 킹스 나턴을 선택했습니다. 기차역에서 11킬로미터 정도 떨어져 있고 이례적으로 문명과 접촉이 전혀 없는 곳이었습니다. 그는 상당히 아늑한 오두막집을 사서 여기저기 손을 본 뒤 아주 만족스럽게 정착했습니다. 집안 식구는 그를 제외하고 네 명이었습니다. 조카인 그레타, 비서, 거의 40년 동안 헌신적으로 그를 보살펴 온 독일인 가정부, 잡역부 겸 정원사 일을 하는 킹스 나턴 토박이."

"네 명의 용의자로군."

로이드 박사가 나지막이 말했다.

"맞네. 네 명의 용의자이지. 이제 이야기를 마무리 짓자면 킹스 나턴의 생활이 5개월 동안 평화롭게 이어졌을 무렵 뜻밖의 참변이 벌어졌습니다. 어느 날 아침 로젠 박사가 계단에서 굴러 떨어졌고 30분 뒤에 시신으로 발견된 겁니다. 사고가 벌어진 시각에 게르트루트는 부엌에 있었는데 문이 닫혀 있어서 아무것도 듣지 못했다고 합니다. 그레타 양은 정원에서 구근을 심고 있었다고 합니다. 정원사인 도브스는 헛간에서 새참을 먹고 있었다고 합니다. 그리고 비서는 산책을 나갔다고 하는데, 이 역시 앞의 세 사람과 마찬가지로 본인의 주장일 따름입니다. 알리바이가 있는 사람은 아무도 없습니다. 각자의 주장을 뒷받침할 만한 증거도 없습니다. 하지만 한 가지 분명한 사실이 있다면 범인이 내부인이라는 것입니다. 킹스 나턴처럼 작은 마을에 낯선 사람이 등장했다가는 그 길로 눈에 띨 테니까요. 집은 앞뒷문이 모두 잠겨 있었고 식구들 모두 열쇠를 하나씩 가지고 있었습니다. 그러니 용의자가 이 네 사람일 수밖에 없는데, 네 사람은 한결같이 의심의 여지가 없는 인물입니다. 그레타는 그의 조카입니다. 게르트루트는 40년 동안 충성을 다한 가정부입니다. 도브스는 킹스 나턴을 벗어난 적이 없는 사람입니다. 그리고 비서인 찰스 템플턴은……."

밴트리 대령이 말허리를 자르며 끼어들었다.

"맞아. 비서는 어떤 사람인가? 내가 보기엔 수상한데, 믿을 만한 인물인가?"

헨리 경이 엄숙한 목소리로 말했다.

"찰스 템플턴도 예외로 볼 만한 이유가 있다네. 내 부하였거든."

"이런!"

밴트리 대령이 깜짝 놀란 듯이 내뱉었다.

"그렇다네. 마을 사람들의 시선을 끌지 않는 선에서 누군가에게 경호를 맡기고 싶었거든. 사실 로젠은 비서가 필요하기도 했고. 그래서 템플턴에게 그 일을 맡겼다네. 호남인 데다 독일어도 유창하고 아주 유능한 친구였으니까."

밴트리 부인이 어리둥절한 말투로 물었다.

"그럼 헨리 경은 누굴 의심하시나요? 의심스러운 사람이 한 명도 없는걸요?"

"맞습니다. 그렇게 보이지요. 하지만 다른 측면에서 바라보면 그렇지도 않습니다. 그레타 양은 그의 조카이고 매우 사랑스러운 아가씨이기는 하지만, 전쟁은 우리에게 아우가 누이를 등지고 아버지가 자식을 등지고, 사랑스럽고 상냥한 아가씨들이 기가 막힌 짓을 저지르는 광경을 수도 없이 보여주었습니다. 게르트루트의 경우도 마찬가지입니다. 어떤 힘이 작용했을지 아무도 모르는 일 아니겠습니까? 주인과 말다툼을 벌였을 수도 있고, 오랜 시간 충성을 바치는 동안 증오심이 점점 쌓였을 수도 있지요. 이 계층의 나이 많은 여자들은 가끔 섬뜩할 만큼 잔인할 때가 있습니다. 그리고 도브스는 어떨까요? 이 가족과 아무 관계가 없다고 해서 완전히 제쳐 두어도 될까요? 돈은 상당한 힘을 가지고 있습니다. 어쩌면 그들이 도브스에게 접근해서 매수했을 수도 있습니다.

한 가지 분명한 사실이 있다면 일종의 메시지나 명령이 외부에서 전달됐다는 점입니다. 그렇지 않고서야 5개월이라는 면죄 기간이 주어졌을 리 없습니다. 진작부터 작업에 들어갔던 조직원들은 로젠의 배신이 명백해지는 순간까지 기다렸을 겁니다. 그러다 모든 게 확실해지자 내부의 스파이에게 메시지를 보냈을 겁니다. '없애라.'는 메시지를 말입니다."

"끔찍해라!"

제인 헬리어가 이렇게 말하면서 부르르 떨었다.

"하지만 메시지가 어떤 식으로 전달됐을까요? 저는 이 점에 주목하고 싶습니다. 수수께끼를 해결할 수 있는 하나의 방법이니까요. 용의자 네 명 가운데 한 사람은 분명히 조직원들과 어떤 방식으로

든 연락을 주고받았을 겁니다. 그러다 지령을 받는 순간 지체 없이 실행에 옮겼을 겁니다. 슈바르체 핸드의 특징이 그런 면이니까요.

저는 이 문제를 파고들었습니다. 남들이 보면 어이없다 싶을 만큼 사소한 부분까지 놓치지 않았습니다. 그날 아침 오두막집에 찾아온 사람은 누구일까? 저는 단 한 사람도 배제하지 않았고 이렇게 명단을 만들었습니다."

그는 주머니에서 봉투를 꺼내더니 명단이 적힌 종이를 골랐다.

"정육점 주인. 양의 목살을 들고 왔음. 심문 결과 사실로 확인됨.

야채 가게 종업원. 옥수수 가루 한 봉지, 설탕 2파운드, 버터 1파운드, 커피 1파운드를 들고 왔음. 역시 심문 결과 사실로 확인됨.

집배원. 그레타 양을 위한 상품 전단지 두 통, 게르트루트를 위한 국내 우편 한 통, 로젠 박사를 위한 편지 세 통(한 통은 해외 우편이었음.), 템플턴을 위한 편지 두 통(역시 한 통은 해외 우편이었음.)을 배달했음."

헨리 경은 잠시 말을 멈추더니 봉투에서 서류 묶음을 꺼냈다.

"편지를 직접 보고 싶은 분이 계실지도 모르겠군요. 여러 관계 당사자와 휴지통에서 수거한 편지입니다. 투명 잉크 등의 가능성을 놓고 전문가의 검증을 거쳤는지 여부는 말씀드릴 필요도 없겠지요. 그런 수법은 전혀 쓰이지 않았습니다."

모두들 모여들어 편지를 읽었다. 상품 카탈로그는 묘목업자와 런던의 유명한 모피업자가 보낸 우편물이었다. 로젠 박사가 수취인으로 적힌 국내 우편 두 통은 정원용 구근과 런던의 문방구 회사에서 보낸 청구서였다. 해외 우편의 내용은 다음과 같았다.

로젠에게

헬무트 스파트 박사를 보고 돌아왔다네. 며칠 전에는 에드거 잭슨도 만났지. 아모스 페리와 함께 칭다오(青島)에서 얼마 전에 귀국했다고 하더군. 솔직히 말해서 두 사람의 여행이 부럽지는 않더군. 조만간 자네 소식도 들려주게. 전에도 얘기했다시피 그 사람을 조심하게. 누구인지는 알겠지? 자네는 계속 말도 안 되는 소리라고 하지만.

게오르기네

"템플턴이 받은 우편물은 양복점에서 보낸 청구서와 독일에 사는 친구가 보낸 편지였습니다."

헨리 경이 설명을 계속했다.

"그런데 친구한테 받은 편지는 산책을 하면서 읽은 후에 찢어 버렸다고 하더군요. 마지막으로 이것은 게르트루트한테 배달된 편지입니다."

친애하는 스바르츠 부인께

금요일 저녁에 열리는 친목 모임에 꼭 참석해 주세요. 교구 목사님도 기다리신답니다. 누구든지 환영이라고 하셨거든요. 가르쳐 주신 대로 햄 요리를 만들었더니 맛이 아주 좋았어요. 고맙습니다. 이 편지를 읽고 금요일 모임에 참석해 주시길 바랄게요.

에마 그린 드림

로이드 박사는 이 편지를 읽으면서 살짝 미소를 지었고 밴트리 부인도 마찬가지였다.

"마지막 편지는 열외로 두어도 될 것 같군."

로이드 박사가 말했다.

"나도 그렇게 생각했다네. 하지만 그린 부인과 교회 친목 모임이 실제로 존재하는지 확인했어. 조심해서 나쁠 건 없으니까."

헨리 경이 말했다.

"우리의 친구 마플 양께서 늘 하시는 말씀이 아닌가? 멍한 표정이시로군요, 마플 양. 무슨 생각을 하십니까?"

로이드 박사가 웃으며 말했다.

마플 양은 퍼뜩 깨어난 표정을 지었다.

"제가 정신이 없었네요. 로젠 박사가 받은 편지를 보면 '솔직히(In all Honesty)'라는 구절이 등장하는데 왜 H를 대문자로 썼을까 생각하던 중이었답니다."

밴트리 부인이 문제의 편지를 집어 들었다.

"정말이네요? 어마나!"

마플 양이 말했다.

"그렇지요? 다들 알아차리신 줄 알았더니!"

밴트리 대령이 말했다.

"그 편지에는 확실한 경고가 적혀 있습니다. 그 점이 첫 번째로 제 눈에 띄더군요. 제가 이래 보여도 눈치가 빠른 사람이랍니다. 확실한 경고가 적혀 있는데…… 누구를 향한 경고일까요?"

헨리 경이 말했다.

"그 편지에는 약간 미심쩍은 구석이 있습니다. 템플턴 말로는 로젠 박사가 아침 식사 도중에 편지를 열어 보더니 어떤 작자인지 모르겠다며 자기에게 건네주었다고 하니까요."

제인 헬리어가 말했다.

"어떤 작자라니, 남자가 아니잖아요. 게오르기네라고 적혀 있는 걸요?"

로이드 박사가 말했다.

"이름을 확실히 모르겠군요. 게오르기니 같기도 하고. 게오르기나에 가까워 보이기는 합니다만. 그래도 제가 보기에는 남자가 쓴 글씨 같습니다."

밴트리 대령이 말했다.

"그런데 재미있군요. 편지를 비서에게 건네주면서 모르는 사람인 척했다니 말입니다. 누군가의 표정을 보고 싶었던 거겠지요. 누구의 표정이었을까요? 조카였을까요? 아니면 비서였을까요?"

밴트리 부인이 말했다.

"아니면 요리사였을지도 모르죠. 아침을 들고 식당으로 들어서는 순간이었을 수도 있으니까요. 하지만…… 정말 특이한 일이로군요."

그녀는 눈살을 찌푸리며 편지를 가까이 들여다보았다. 마플 양은 그녀의 곁으로 바짝 다가앉더니 손을 내밀어 편지지를 만졌다. 두 사람은 서로에게 무어라 중얼거렸다.

제인 헬리어가 난데없이 물었다.

"그런데 비서는 왜 독일에서 온 편지를 찢어 버린 거죠? 아무래도(잘은 모르겠지만) 이상해요. 왜 독일에서 편지가 온 걸까요? 물론 헨리 경께서는 의심의 여지가 없다고 하셨지만……."

밴트리 부인과 낮은 목소리로 속삭이던 마플 양이 고개를 들고 재빨리 반박했다.

"헨리 경은 그런 말씀을 하신 적이 없어요. 용의자가 '네 명'이라고 하셨잖아요. 그러니까 템플턴 씨도 범인일 가능성이 있다는 뜻이지요. 안 그런가요, 헨리 경?"

"맞습니다, 마플 양. 제가 쓰라린 경험을 통해서 터득한 교훈이 한 가지 있다면 '어느 누구도' 용의선상에서 제외하면 안 된다는 사실입니다. 용의자 중에서 세 사람이 범인일지 모르는 이유는 애초에 말씀드렸습니다. 찰스 템플턴의 경우 수사 초기에는 용의선상에서 제외됐지만 방금 전에 말씀드린 교훈을 적용할 수밖에 없는 사실이 나중에 밝혀졌습니다. 게다가 인정하기는 싫지만 육군이건 해군이건 경찰이건 내부에 분명 반역자가 있게 마련이지 않습니까? 그래서 저는 찰스 템플턴도 냉정하게 조사하기 시작했습니다.

저 역시 헬리어 양이 제기한 문제점에 의문을 품었습니다. 그 집에서 유독 찰스 템플턴 혼자 자신이 받은 편지를 없앤 이유가 뭘까? 그것도 독일 우표가 붙어 있는 편지를. 게다가 독일에서 편지를 받은 이유가 뭘까?

마지막 질문은 의례적인 성격이 강했기 때문에 직접 물어보았습니다. 그의 대답은 아무 거리낌 없었습니다. 이모가 독일인과 결혼을 했기 때문에 독일에 있는 사촌한테 받은 편지라는 것이었습니다. 저는 이제 미처 몰랐던 사실을 알게 되었습니다. 찰스 템플턴에게 독일 친척이 있다는 사실을 말입니다. 이렇게 해서 용의자 명단에 찰스 템플턴의 이름이 추가되었습니다. 제가 예전부터 믿고 아끼던 부하이지만 공평하게 놓고 볼 때 가장 유력한 용의자는 찰스 템플턴이었습니다.

하지만…… 모르겠습니다! 정말 모르겠습니다……. 여러모로 따져 볼 때 범인은 끝까지 밝혀지지 않을 것 같습니다. 중요한 것은 살인범의 처벌이 아닙니다. 이보다 백 배 더 중요한 것은 어느 훌륭한 젊은이가 쌓아 온 이력이 의혹으로 인해 한순간에 무너질 수도 있다는 사실입니다. 그리고 평생 이 의혹에서 벗어날 수 없다는 사실입니다."

마플 양은 기침을 하더니 부드럽게 말했다.

"그렇다면 헨리 경, 제가 제대로 이해하고 있는지 모르겠지만 헨리 경께서 걱정하는 사람은 템플턴 씨 한 사람뿐인가요?"

"어떻게 보자면 그렇습니다. 논리적으로 따지자면 네 사람 모두를 걱정해야 하겠지만 사실은 그렇지가 않습니다. 예를 들어 도브스의 경우에는 제가 의심을 한다고 해도 앞으로 사는 데 지장이 없습니다. 마을 사람 어느 누구도 로젠 박사가 살해당했으리라고는 꿈에도 생각하지 못할 테니까요. 게르트루트는 조금 지장이 있을 겁니다. 로젠 양의 태도가 달라질지 모르니까요. 하지만 그다지 중요한 문제는 아닙니다. 그레타 로젠을 생각하면 문제의 핵심이 등장합니다. 그레타는 상당히 예쁜 아가씨이고 찰스 템플턴 역시 잘생긴 젊은이입니다. 이런 두 사람이 외부와 접촉이 차단된 채 다섯 달을 함께 지냈으니 필연적인 결과가 빚어질 수밖에 없겠지요. 대외적으로 인정하지는 않았지만 두 사람은 사랑에 빠졌습니다. 그런데 어마어마한 사고가 터진 겁니다. 벌써 석 달 전 일인데, 제가 런던으로 복귀하고 하루인가 이틀이 지났을 때 그레타 로젠이 찾아왔습니다. 오두막집을 팔고 삼촌에 대한 정리가 끝나서 독일로 돌아간다고 하더군요. 그녀는 제가 은퇴한 것을 알면서도 따로 만나고 싶다고 했습니다. 사적인 문제를 의논하고 싶어서 찾아온 길이었으니까요. 그녀는 한동안 말을 돌리더니 드디어 털어놓았습니다. 찰스가 찢어 버렸다는 독일 편지가 생각나고 또 생각난다는 겁니다. 찰스의 말이 사실일까요? 물론 사실이겠죠? 그의 말을 믿고 싶지만……. 아! 진실을 알 수만 있다면! 진실을 확실히 알 수만 있다면. 아시겠습니까? 저하고 똑같은 심정인 것이지요. 믿고 싶지만 끔찍한 의혹의 그림자가 남아서 떨쳐 버리려고 해도 자꾸만 고개를 드는 겁니다. 저는 솔직하게 물어볼 테니 솔직하게 대답해 달라고 했습니다. 그러고는 찰스하고 서로 사랑하는 사이냐고 물었습니다.

'그런 것 같아요. 예, 예전에는 그랬죠. 우린 아주 행복했어요. 하루 하루가 기쁨이었어요. 서로의 마음은 알고 있었죠. 하지만 서두를 필요가 없었어요. 시간이 충분했으니까요. 언젠가는 나한테 사랑을 고백하겠지. 그럼 나도 고백해야지 생각했는데……. 아! 그런데 이렇게 될 줄 누가 알았겠어요? 이제는 모든 게 달라졌어요. 검은 구름이 우리 사이를 가로막아 버렸어요. 이제는 만나도 어색해서 할 말이 없어요. 찰스도 저하고 마찬가지겠죠……. 서로 마음속으로 확실히 알 수만 있다면! 하고 외치는 셈이에요. 헨리 경, 그래서 부탁을 드리려고 찾아온 거랍니다. 저희 삼촌을 살해한 범인이 누구이건 간에 찰스 템플턴은 아니라고 말씀해 주세요. 부탁이에요! 이렇게, 이렇게 부탁드릴게요!'

그런데 젠장!"

헨리 경은 주먹으로 탁자를 내리쳤다.

"그 말을 할 수 없었습니다. 두 사람은 이제 점점 더 멀어져 가겠지요. 그리고 유령과도 같은 의혹이 끈질기게 두 사람 사이를 가로막겠지요."

그는 의자 속으로 몸을 던졌다. 표정이 피곤하고 어두워 보였다. 그는 낙심한 듯이 고개를 한두 번 저었다.

"이제는 달리 도리가 없습니다. 하지만……."

그는 다시 똑바로 앉았다. 묘한 미소가 그의 얼굴을 스치고 지나갔다.

"하지만 마플 양께서 도움을 주실 수 있지 않을까요? 안 그렇습니까, 마플 양? 어쩌면 마플 양은 편지에서 단서를 찾으실지 모르겠다는 생각이 듭니다. 교회 모임에 대한 편지 말씀입니다. 그 편지를 읽고 모든 상황에 들어맞는 해답이 떠오르지 않으시던가요? 행복을

원하는 가엾은 두 젊은이를 도울 생각 없으십니까?"

묘한 미소 뒤에는 진지한 부탁이 숨어 있었다. 그는 가냘프고 시대 감각이 모자라는 이 나이 지긋한 숙녀의 추리력을 높이 평가하게 된 것이다. 그는 희망이 담긴 눈빛으로 마플 양을 쳐다보았다.

마플 양은 헛기침을 하고 레이스를 단정하게 바로잡았다.

"애니 폴트니가 생각나기는 하네요."

그녀는 솔직하게 인정했다.

"물론 밴트리 부인과 저는 편지를 보고 금세 간파했답니다. 교회 모임 편지 말고 다른 편지 말이에요. 런던에 오래 사신 헨리 경은 정원을 가꾸어 본 경험이 없어서 눈치 채지 못하셨을 거예요."

헨리 경이 물었다.

"예? 무엇을 눈치 채지 못했다는 말씀이십니까?"

밴트리 부인이 손을 뻗어 상품 카탈로그를 집더니 자못 즐거운 듯이 낭송을 시작했다.

"헬무트 스파트 박사(Dr Helmuth Spath). 순종 라일락. 아주 길고 딱딱한 줄기 위에 피는 우아한 꽃. 꽃꽂이나 정원 장식용으로 좋다. 눈부시게 아름다운 품종. 에드거 잭슨(Edgar Jackson). 붉은 벽돌 색. 아름다운 자태를 뽐내는 국화 비슷한 꽃. 아모스 페리(Amos Perry). 눈부신 빨간색. 장식 효과가 뛰어나다. 칭다오(Tsingtau). 눈부신 주홍색. 화려한 색상으로 정원을 수놓으며 꽃꽂이용으로 수명이 길다. 솔직히(Honesty)······."

"'솔직히'라는 구절에서 대문자 H가 쓰인 것 기억하시죠?"

마플 양이 중얼거렸다.

"솔직히(Honesty). 장밋빛과 흰색의 조화. 완벽한 자태."

밴트리 부인은 상품 목록을 내려놓더니 큰 소리로 외쳤다.

"달리아!"

"그리고 그 모든 꽃들의 머리글자를 합하면 DEATH(죽음)가 되지요."

마플 양이 설명했다.

"하지만 그 편지의 수신인은 로젠 박사였습니다."

헨리 경이 반박하고 나섰다.

"그게 참 기발한 부분이었어요. 그리고 경고하는 부분도 마찬가지였고요. 생각해 보세요. 로젠 박사가 알지도 못하는 사람한테서, 알지도 못하는 사람의 이름이 잔뜩 적힌 편지를 받으면 어떻게 할지. 그럼 당연히 비서한테 넘기지 않겠어요?"

마플 양이 말했다.

"그렇다면 결국······."

마플 양이 비명을 질렀다.

"아니에요! 비서는 절대 아니랍니다. 비서가 아니라는 건 너무나 뻔하지 않은가요? 범인이라면 당연히 편지를 빼돌렸겠지요. 게다가 독일에서 온 편지를 찢어 버리지도 않았을 테고요. 사실 그의 결백은(이런 표현을 써도 될지 모르겠지만) 불을 보듯 훤하답니다."

"그럼 누가······."

"아주 뻔한 것 아닐까요? 아침 식탁에는 두 사람 말고 또 한 명이 있었을 테고 그 상황에서 아주 자연스럽게 편지를 읽었겠지요. 그것으로 충분했을 테고요. 같은 집배원이 원예 상품 카탈로그를 배달한 것 기억 안 나세……."

헨리 경이 천천히 중얼거렸다.

"그레타 로젠이었군요. 그럼 저를 찾아온 건……."

마플 양이 말했다.

"신사분들은 그런 부분에서 눈치가 둔한 편이랍니다. 우리처럼 나이 많은 여자들은 고양이처럼 눈치가 빠르기로 정평이 나 있지요. 사실 그렇답니다. 안타깝게도 여자는 여자가 잘 아는 법이거든요. 두 사람 사이에는 분명 벽이 생겼을 거예요. 템플턴 씨는 갑자기 말로 설명할 수 없는 반감을 느꼈겠지요. 직감적으로 미심쩍은 부분을 알아차리고는 의심을 숨길 수 없었겠지요. 그 아가씨가 헨리 경을 찾아간 이유는 앙심 때문이었답니다. 자신이 안전한 위치인 것을 알고 가엾은 템플턴 씨에게 혐의를 뒤집어씌울 속셈이었지요. 헨리 경은 그 아가씨를 만난 이후로 템플턴 씨에 대한 의혹을 떨쳐 버릴 수 없었던 것이고요."

헨리 경이 입을 열었다.

"하지만 그녀의 말 때문에 의심을 한 건……."

마플 양이 차분하게 말했다.

"신사분들은 그런 부분에서 눈치가 둔한 편이라니까요?"

"그리고 그녀는……."

헨리 경은 말을 하다 멈추었다.

"잔인한 살인을 저지르고 멀쩡하게 살아 있다니!"
"그럴 리 없지요, 헨리 경."
마플 양이 말했다.
"멀쩡하게 살고 있을 리 없지요. 헨리 경이나 저나 그럴 리 없다는 걸 잘 알고 있지 않은가요? 조금 전에 헨리 경께서 하신 말씀을 생각해 보세요. 그레타 로젠은 벌을 면치 못할 거랍니다. 협박이나 테러를 일삼는 섬뜩한 사람들과 함께 지내야 할 텐데 무슨 영화가 있을까요? 결국에는 비참한 결말을 맞이하지 않겠어요? 말씀하셨다시피 범인에 대한 생각으로 시간 낭비할 필요는 없어요. 중요한 쪽은 결백한 사람들이니까요. 감히 예측하건대 템플턴 씨는 독일에 있다는 사촌과 결혼할 게 분명하답니다. 편지를 찢었다니 수상하지 않은가 말이에요. 아, 물론 여기서 '수상하다'는 말은 오늘 저녁 내내 우리가 사용한 것과는 전혀 다른 의미랍니다. 다른 아가씨가 눈치 채거나 무슨 편지인지 읽어도 되느냐고 묻지 않을까 걱정한 눈치가 아니냔 말씀이지요. 두 사람 사이에는 분명 연애 비슷한 감정이 있었던 것 같으니까요. 도브스의 경우에는 헨리 경이 말씀하신 것처럼 별다른 피해가 없을 겁니다. 새참 생각밖에 없을 테니까요. 그리고 가엾은 게르트루트로 건너가면 애니 폴트니 생각이 난답니다. 가엾은 애니 폴트니. 50년 동안 충성을 바친 대가가 램 양의 유서를 훔쳤다는 누명이었는데 결백을 증명할 방법이 없었으니…….상심이 얼마나 컸던지……. 그런데 그녀가 숨을 거둔 뒤에야 찬장의 비밀 서랍 속에서 유서가 나왔답니다. 나이 많은 램 양이 안전하게 보관한답시고 그곳에 넣어 두었던 거예요. 하지만 가엾은 애니는 이미 저세상 사람이 된 뒤였지요. 전 가엾은 게르트루트가 제일 걱정이네요. 사람이 나이가 들면 조그만 일에도 마음이 상하는 법이거든요. 템플턴 씨야 젊고 잘생겼고 여자들 사이에서 인기가 많으니까 저는 오히려 게르트루트가 안됐다는 생각이랍니다. 헨리 경, 범인이 밝혀졌다고 게르트루트한테 편지를 보내 주시겠어요? 그렇게 따르던 주인이 죽은 마당에 의심의 눈초리까지 느끼고 있을 테니…… 오! 생각만 해도 끔찍한 일이에요!"

"알겠습니다, 마플 양."

헨리 경은 이렇게 말하고 호기심 어린 눈빛으로 마플 양을 쳐다보았다.

"저는 죽을 때까지 마플 양을 이해 못할 거라는 생각이 드는군요. 겉보기하고는 전혀 다르시니 말입니다."

"겉보기로야 사실 보잘것없지요. 세인트 메리 미드 밖을 나가 본 적이 거의 없으니까요."

마플 양이 겸손하게 말했다.

"그런데도 국제적인 수수께끼라 할 수 있는 문제를 해결하지 않으셨습니까? 이 수수께끼는 마플 양께서 해결하신 겁니다. 분명 그렇습니다."

헨리 경이 말했다.

마플 양은 얼굴을 붉히더니 살짝 고개를 치켜들었다.

"저는 우리 세대치고 교육을 많이 받은 편이랍니다. 언니하고 같이 독일 출신 가정교사 밑에서 배웠으니까요. 미혼이었던 그분은 아주 감수성이 풍부한 성격이었어요. 꽃말도 가르쳐 주셨는데 요즘은 잊혀진 분야이지만 얼마나 재미있다고요. 예를 들어 노란 튤립의 꽃말은 '속절없는 사랑'이고, 과꽃은 '당신의 발치에서 질투심에 죽겠어요.'랍니다. 그 편지는 쓴 사람이 게오르기네로 되어 있는데 독일어로 달리아가 아마 게오르기네일 거예요. 그러면 그림이 완벽하게 맞아떨어지죠. 달리아의 꽃말도 생각이 났으면 좋겠는데 가물가물하군요. 기억력이 예전 같지 않아요."

"설마 '죽음'은 아니겠죠?"

"아니랍니다. 너무 끔찍하지 않은가요? 이 세상에는 가슴 아픈 일들이 너무 많아요."

밴트리 부인이 한숨을 내쉬었다.

"맞아요. 꽃과 친구들이 있으니 그나마 다행이죠."

"친구보다 꽃을 먼저 말하는 것 보세요."

로이드 박사가 말했다.

"예전에는 밤마다 극장으로 자주색 난초를 보내 주는 남자가 있었는데……."

제인이 꿈을 꾸는 듯한 목소리로 말했다.

"'당신의 마음을 기다릴게요.' 난초 꽃말이 이거예요."

마플 양이 환한 얼굴로 말했다.

헨리 경은 유별나게 큰 소리로 헛기침을 하더니 고개를 돌렸다.

갑자기 마플 양이 큰 소리로 외쳤다.

"생각났어요. 달리아의 꽃말은 '배신과 거짓말'이에요."
헨리 경이 말했다.
"대단하십니다. 정말 대단하십니다."
그리고 그는 한숨을 내쉬었다.

크리스마스의 비극

"불만이 한 가지 있습니다."

헨리 클리서링 경이 이렇게 말하더니 눈을 반짝이며 모인 사람들을 둘러보았다. 다리를 뻗고 앉은 밴트리 대령은 행진 도중 이탈한 병사를 대하듯 벽난로 선반을 보며 눈살을 찌푸리고 있었고, 그의 부인은 심야 우편으로 배달된 구근 상품 목록을 몰래 훔쳐보고 있었고, 로이드 박사는 제인 헬리어에게 감탄하는 눈길을 던지고 있었고, 젊고 아름다운 여배우는 분홍색 매니큐어 바른 손톱을 유심히 뜯어보고 있었다. 나이 지긋한 미혼의 숙녀 마플 양만이 허리를 꼿꼿하게 펴고 옅은 파란색 눈을 반짝이며 헨리 경을 쳐다보고 있었다.

"불만이라니요?"

그녀는 이렇게 중얼거렸다.

"아주 심각한 불만입니다. 지금 이 자리에 앉은 여섯 명은 세 사람씩 각 성(性)을 대표하고 있습니다. 그래서 말인데 핍박당하는 남성의 대변인 자격으로 이의를 제기하는 바입니다. 오늘 밤에 우리는 세 가지 이야기를 들었습니다. 그런데 죄다 남자가 한 이야기였단 말입니다! 제 몫을 하지 않는 숙녀분들께 정식으로 항의합니다."

밴트리 부인이 화가 난 말투로 쏘아붙였다.

"무슨 말씀이세요! 제 몫을 하지 않았다니! 모든 이해심을 발휘해서 들어 드렸고 정말로 여자다운 태도를 보여 드렸잖아요. 무대의 조연 역할로 만족하지 않았느냐고요!"

헨리 경이 말했다.

"그럴듯한 변명이십니다. 하지만 넘어가지 않겠습니다. 게다가 『아라비안 나이트』라는 훌륭한 전례도 있지 않습니까! 이제 이야기를 들려주시지요, 세헤라자데."

밴트리 부인이 물었다.

"저 말씀이신가요? 하지만 들려드릴 이야기가 없는 걸요. 잔인한 살인 사건이나 수수께끼를 겪어 봤어야 말이죠."

"꼭 잔인한 살인 사건일 필요는 없습니다."

헨리 경이 말했다.

"하지만 여러분 중에 한 분은 분명 특별한 수수께끼를 알고 계실 겁니다. 자, 시작하십시오, 마플 양. '가정부가 겪은 희한한 우연의 일치'도 좋고 '어머니 모임의 수수께끼'도 좋습니다. 세인트 메리 미드에 대한 실망을 안겨 주지 마십시오."

마플 양은 고개를 저었다.

"헨리 경이 흥미를 느낄 만한 사건은 없답니다. '감쪽같이 사라진 껍질 벗긴 새우'와 같은 사소한 수수께끼는 있지만 헨리 경이 흥미를 느낄 만한 사건은 아니지요. 인간의 본성에 대해서 많은 점을 들려주기는 하지만 결과가 아주 시시하거든요."

"인간의 본성에 주목하라는 가르침을 주신 분이 바로 마플 양 아닙니까."

헨리 경이 엄숙하게 말했다.

"헬리어 양은 어떠신가요? 아주 재미있는 경험이 분명 있으실 텐데요."

밴트리 대령이 말했다.

"맞습니다."

로이드 박사가 말했다.

"저 말씀이세요? 그러니까…… 저한테 벌어진 일을 들려 달라는 말씀이신가요?"

제인이 물었다.

"아니면 친구분이 겪은 일도 좋습니다."

헨리 경이 살짝 표현을 바꾸었다.

제인이 막연하게 말했다.

"아! 그런 종류의 일이라면 저는 아무것도 겪은 게 없어요. 꽃다발이나 괴상한 편지를 받은 적은 있지만. 남자들은 원래 다 그렇지 않은가요? 그렇지만……."

그녀는 말을 멈추더니 생각에 잠긴 얼굴이 되었다.

헨리 경이 말했다.

"아무래도 '새우 대사건'이나 들어야겠군요. 그럼 들려주십시오, 마플 양."

"헨리 경은 농담을 너무 좋아하시는군요. '새우 대사건'이라니 말도 안 돼요. 그나저나 생각난 사건 하나가 있네요. 사건이라기보다는 아주 심각한 비극이었어요. 저는 말하자면 이 비극에 연루되었는데, 제가 한 행동에 대해서 조금도 후회하지 않는답니다. 후회하지 않고말고요. 하지만 세인트 메리 미드가 아닌 다른 곳에서 벌어진 이야기랍니다."

"그렇다면 실망이로군요. 하지만 기꺼이 참도록 하겠습니다. 마플 양은 저희의 믿음을 저버리지 않으시니까요."

헨리 경이 말했다. 그는 경청하는 사람의 자세로 바꾸어 앉았다. 마플 양은 얼굴을 살짝 붉혔다.

그녀는 걱정스러운 말투로 이야기를 시작했다.

"제대로 전달이 될지 모르겠네요. 제가 횡설수설하는 버릇이 있어서 말이죠. 두서없이 이야기를 늘어놓는 사람은 자기가 그러는 줄 모른답니다. 게다가 모든 정황을 순서대로 기억하기도 힘든 노릇이고요. 이야기가 지루하더라도 끝까지 들어주세요. 지금으로부터 아주 오래전에 벌어진 일이랍니다.

말씀드렸다시피 세인트 메리 미드하고는 관계 없고 탕치장(병을 치료하기 위해 온천 목욕을 하는 곳 ― 옮긴이)에서 벌어진 일인데……."

"탕치장이 뭔가요?"

제인이 눈을 휘둥그레 뜨고 물었다.

"헬리어 양은 아마 모르는 곳일 거예요."

밴트리 부인이 이렇게 말하면서 설명해 주었다. 그녀의 남편도 옆에서 거들었다.

"고약한 곳입니다. 아주 고약한 곳이지요! 아침 일찍 일어나서 썩은 내 나는 물을 마셔야 하지요, 늙은 여자들은 떼로 모여서 수다나 늘어놓지요……. 으으, 생각만 해도……."

밴트리 부인이 침착하게 대꾸했다.

"아서, 그래도 몸에는 좋잖아요."

"나이 먹은 여자들은 잡담을 너무 좋아한다니까!"

밴트리 대령이 투덜거렸다.

"그건 맞는 말씀이에요. 저만 하더라도……."

마플 양의 말에 밴트리 대령이 하얗게 질린 얼굴로 외쳤다.

"마플 양! 저는 절대 그런 뜻으로 드린 말씀이 아니고……."

두 뺨이 붉게 물든 마플 양은 손을 저으면서 그의 말을 막았다.

"하지만 사실인걸요, 밴트리 대령님. 저는 언제든지 대령님 말씀이 맞다고 고개를 끄덕일 수 있답니다. 잠시만 생각을 정리해 볼게요. 맞아요. 잡담을 좋아한다고 하셨지요? 나이 많은 여자들은 잡담을 좋아한답니다. 그런데 사람들은 그걸 상당히 못마땅하게 생각하지요. 젊은 사람들일수록 그런 경향이 강하고요. 우리 조카만 하더라도 글을 쓰는데(아주 똑똑한 아이랍니다.) 증거도 없이 남의 개성을 짓밟는 게 얼마나 부도덕한 짓이냐고 아주 신랄하게 말한 적이 있답니다. 하지만 제가 보기에 요즘 젊은 사람들은 '생각'을 할 줄 몰라요. 진상을 파악하려 들지 않는단 말씀이지요. 문제의 핵심은 이거랍니다. 수다 속에 진실이 숨어 있을 때가 많다는 거죠! 진상을 파악해 보면 열에 아홉은 사실일걸요? 사람들이 짜증을 내는 이유도 이 때문이랍니다."

"직감에 따른 추측이란 말씀이로군요."

헨리 경이 말했다.

"아니요, 그런 게 아니에요. 그런 게 아니고말고요! 반복된 훈련과 경험에서 비롯된 거랍니다. 제가 듣기로 이집트 학자한테 작고 희한한 딱정벌레를 보여 주면 생김새와 감촉만으로도 기원전 몇 세기 유물인지 아니면 버밍엄에서 만든 모조품인지 알아차린다면서요? 일정한 규칙에 따라서 판단을 내리는 게 아니라 그냥 아는 거지요. 그런 유물을 다루는 데 평생을 바쳤으니까요.

제가 부족한 말솜씨로 말씀드리고자 하는 건 바로 이런 거랍니다. 우리 조카가 표현하길 '아무 쓸모 없는 여자들'은 시간이 많고 주된 관심사가 '사람들'이지요. 그러니까 그 방면에 관한 한 '전문가'에요. 요즘 젊은 사람들은 우리가 젊었을 땐 입에 담지도 못했을 말들을 아무 거리낌 없이 내뱉지만 한편으로는 순진하기 짝이 없답니다. 무엇이건 닥치는 대로 믿거든요. 그리고 누가 부드럽게 충고하려 들면 빅토리아 시대의 사고 방식을 가지고 있다고 합니다. 그러니까 '수채통'이라는 거지요."

헨리 경이 입을 열었다.

"그런데 말씀입니다. 수채통이 뭐 어떻다는 겁니까?"

마플 양이 열을 내며 말했다.

"그러니까 말씀이에요. 보기 좋은 물건은 아니지만 어느 집이건 없어서는 안 되는 게 바로 수채통인데 말씀이에요. 이왕지사 드리는 말씀인데 저도 남들처럼 '감정'이 있는 사람이랍니다. 생각 없는 이야기를 들으면 기분이 상할 때도 있고요. 남자분들은 집안일에 관심이 없다는 걸 잘 알지만 그래도 저희 집에 하녀로 있었던 에설 이야기는 짚고 넘어가야겠네요. 에설은 얼굴이 아주 예쁘고 싹싹한 아이였답니다. 하지만 저는 그 아이를 보자마자 애니 웹이나 가엾은 브루트 부인의 딸과 똑같은 부류라는 걸 한눈에 알아차렸지요. 기회만 생기면 '내 것'과 '네 것'의 구분을 짓지 못하는 그런 부류 말이에요. 그래서 저는 한 달 만에 그 아이를 내보내고 정직하고 차분하다는 추천서를 써 주었답니다. 하지만 에드워즈 부인에게 넌지시 실상을 알렸지요. 우리 조카 레이먼드는 그렇게 사악한 짓은 듣도 보도 못했다면서 노발대발 화를 내더군요. 예, '사악하다'고 했답니다. 결국 에설은 애슈턴 부인 집으로 갔는데 별로 친하지 않은 사이라 아무 말도 하지 않았지요. 그랬더니 어떤 일이 벌어진지 아세요? 속옷의 레이스가 몽땅 잘려 나가고 다이아몬드 브로치 두 개가 없어졌답니다. 한밤중에 달아난 그 아이는 소식이 완전히 끊겼고요!"

잠시 말을 멈춘 마플 양은 길게 한숨을 내쉬더니 이야기를 계속했다.

"지금까지 드린 말씀이 케스턴 광천 탕치장 사건하고는 아무 상관없게 보일 수도 있지만 사실은 그렇지가 않답니다. 제가 샌더스 부부를 본 순간 남편이 아내를 살해할 줄 분명하게 직감한 이유가 바로 이 때문이거든요."

"예?"

헨리 경이 몸을 앞으로 숙이며 물었다.

마플 양은 평온해 보이는 얼굴을 그에게 돌렸다.

"저는 분명하게 직감했답니다, 헨리 경. 샌더스 씨는 듬직하고 혈색 좋고 잘생긴 데다 친절해서 모든 사람들한테 인기가 많았어요. 게다가 부인한테 그렇게 잘할 수가 없었답니다. 하지만 저는 알고 있었어요! 아내를 살해하려는 남자라는 것을."

"하지만 마플 양······."

"예, 압니다. 우리 조카 레이먼드 웨스트도 항상 그런 말을 하지요. 증거가 손톱만큼도 없지 않느냐고요. 하지만 저는 주점을 하던 월터 혼스를 기억해요. 어느 날 밤, 함께 집으로 걸어오던 아내가 강에 빠져 죽은 뒤로 보험금을 챙겼지요! 그런 짓을 저지르고 대가를 치르지 않은 사람이 한두 명 더 있답니다. 그중 한 사람은 우리하고 비슷한 계층인데 여름 휴가 기간에 아내를 데리고 스위스로 등산을 떠나겠다고 하더라고요. 저는 가지 말라고 했어요. 가엾은 그 부인은 걱정했던 것처럼 화를 내기는커녕 웃음을 터뜨리더군요. 나처럼 수상한 할머니가 사랑하는 해리에 대해서 이러쿵저러쿵하니 우스웠던 모양이지요. 그런데, 그런데 사고가 났답니다. 해리는 지금 다른 여자하고 잘 살고 있고요. 하지만 제가 뭘 어쩔 수 있겠어요? 알고는 있지만 증거가 없으니 말이지요."

밴트리 부인이 비명을 질렀다.

"오! 마플 양! 설마 하니……."

"밴트리 부인, 이런 일은 아주 흔하답니다. 흔하고말고요. 남자분들은 힘이 더 세다 보니 유혹을 느낄 때가 많지요. 사고처럼 위장하면 식은 죽 먹기이니까요. 제가 샌더스 부부를 처음 만난 곳은 시가 전차 안에서였어요. 승객이 꽉 차서 2층으로 올라가는 길에 만났지요. 조금 가다 우리 셋이 내리는데 샌더스 씨가 기우뚱하더니 부인한테 가서 부딪히더군요. 부인은 계단 밑으로 고꾸라질 뻔했지만 차장이 젊고 아주 힘이 센 사람이라 붙잡았답니다."

"하지만 사고였겠죠."

"물론 사고였지요. 그보다 더 우발적인 일이 어디 있겠어요? 하지만 샌더스 씨는 상선에서 일을 한 적이 있다고 했어요. 쉴 새 없이 기우뚱거리는 배 위에서 중심을 잡았던 사람이 나 같은 늙은이도 끄떡없는 전차에서 넘어지겠어요? 말도 안 되죠!"

헨리 경이 말했다.

"누가 뭐라 하든 마음을 굳히신 모양이로군요, 마플 양. 이미 마음을 굳히신 모양입니다."

마플 양은 고개를 끄덕였다.

"확실했어요. 그로부터 얼마 안 있어 길을 건너다 또 다른 사고를 겪은 뒤로는 더욱 확실해졌지요. 헨리 경, 이 상황에서 제가 뭘 어쩔 수 있었을까요? 지금은 행복해서 어쩔 줄 모르지만 얼마 안 있으면 살해당할 가엾은 여자한테 말이에요."

"마플 양, 말문이 막힙니다."

"그건 헨리 경도 요즘 사람들처럼 현실을 보려 하지 않기 때문이에요. 그런 일은 있을 수 없다고 생각하는 쪽을 택하시는 거지요. 하지만 그런 일이 벌어질 줄 나는 알고 있었어요. 그렇지만 인간의 능력은 얼마나 부족한지! 경찰에 달려갈 수도 없고 젊은 부인한테 알려 줘 봐야 소용도 없을 테니 말이에요. 부인은 남편한테 푹 빠진 눈치였거든요. 나는 두 사람에 대해서 가능한 한 많은 것을 알아내기로 마음을 먹었답니다. 벽난로 근처에서 뜨개질을 하면 정보를 들을 기회가 많은 법이에요. 게다가 샌더스 부인(이름은 글래디스였어요.)은 수다 떨기를 좋아하는 성격이었지요. 가만히 보니까 두 사람은 신혼 부부인 것 같았어요. 조금만 기다리면 남편 몫이 될 재산이 있지만 지금 당장은 생활이 아주 힘들다고 하더군요. 그러니까 부인의 얼마 안 되는 수입으로 살고 있었던 거죠. 어디에선가 많이 들어 본 이야기 같지 않은가요? 그녀는 당장 돈을 만질 수 없다고 아쉬워하더군요. 마치 남편이 어디 숨겨 놓은 재산이라도 있는 듯한 말투였죠! 하지만 남편이 숨겨 놓은 재산이란 다름 아닌 그녀의 유산이었답니다. 듣자 하니 이 부부는 결혼하자마자 서로를 상속인으로 하는 유언장을 만들었다고 하더라고요. 정말 감동적이지 않은가요? 두 사람은 잭의 일이 잘 마무리될 때까지(그 동안 생활고에 쪼들려야 하니 상당한 부담으로 작용했지요.) 당분간 하인들이 쓰는 꼭대기 층에서 살기로 했답니다. 불이 나면 위험한 곳인데 다행스럽게도 두 사람이 쓰는 방 바깥쪽에 비상 계단이 있더군요. 저는 발코니가 있느냐고 조심스럽게 물었답니다. 발코니처럼 위험한 게 또 어디 있겠어요? 뒤에서 밀기만 하면…… 그렇잖아요! 그래서 저는 그녀에게 발코니로 나가지 않겠다는 다짐을 받아 놓았답니다. 이상한 꿈을 꾸었다고 했더니 그녀도 겁을 먹은 눈치였어요. 미신이라는 게 때로는 엄청난 힘을 발휘할 때가 있잖아요. 그녀는 약간 창백하다 싶을 만큼 얼굴이 하얗고, 머리를 대충 말아서 뒷목을 덮은 스타일이었답니다. 그리고 남의 말을 쉽게 믿는 성격이었지요. 그녀의 남편은 제가 한 이야기를 전해 듣자마자 호기심 어린 눈초리로 저를 한두 번 흘긋 쳐다보더군요. 남편은 남의 말을 쉽게 믿는 성격이 아니었던 거예요. 그리고 전차에서 저를 만난 기억이 있었던 거예요. 저는 아주 걱정이 됐답니다. 너무 걱정이 돼서 잠이 안 올 정도였죠. 남편의 음모를 저지할 방법이 생각나지 않았거든요. 탕치장에 있는 동안은 그를 의심하는 듯한 몇 마디 말로 막을 수 있겠지요. 하지만 그런 식으로는 계획을 연기시키는 정도가 고작 아니겠어요? 저는 좀 더 대담한 방법을 써야겠다는 생각이 들기 시작했답니다. 어떻게든 덫을 놓기로 한 것이죠. 제가 미리 상황을 조성해 놓고 아내를 살해하도록 유도하면 남편이 가면을 벗을 테고 그러면 부인도 진실을 인정하는 수밖에 없지 않겠어요? 충격이야 크겠지만 말이지요."

로이드 박사가 말했다.

"정말 말문이 막히는군요. 그래서 어떤 계획을 세우셨습니까?"

마플 양이 말했다.

"한 가지 계획을 세워 놓았죠. 하지만 남편은 너무 영리한 사람이었어요. 제가 덫을 놓을 때까지 기다리지 않더군요. 제가 보이는 의혹의 눈길을 알아차리고는 선수를 친 거예요. 사고를 가장하면 제가 의심할 줄 미리 알고서는 아예 살인을 저지른 거죠."

사람들 모두 헉 하고 숨을 삼켰다. 마플 양은 고개를 끄덕이더니 입술을 굳게 다물었다.

"너무 갑작스럽게 이야기를 꺼낸 것 같네요. 아무튼 어떤 일이 있었는지 지금부터 설명을 드릴게요. 지금도 그때를 생각하면 가슴이 아프답니다. 어떻게든 막아야 하지 않았을까 싶어서 말이죠. 하지만 신의 섭리를 어쩔 수 있나요. 그래도 최선을 다한걸요. 그날은 왠지 분위기가 으스스했답니다. 무언가 우리를 짓누르는 기분이었지요. 불길한 예감이 들었다고 할까요? 먼저 조지 이야기부터 할게요. 조지는 오랫동안 그곳에 살면서 모르는 사람이 없었던 호텔 급사였죠. 그런데 기관지염과 폐렴으로 넷째 날 숨을 거둔 거예요. 정말 가슴 아픈 일이었어요. 모두들 충격이 어찌나 컸던지. 게다가 크리스마스 나흘 전이었거든요. 그런데 이후로 24시간도 못 되어서 가정부 중에 한 명이(정말 착한 사람이었는데) 손가락에 생긴 패혈증으로 죽었답니다. 그날 트롤럽 양, 카펜터 부인과 함께 응접실에 앉아 있는데 카펜터 부인이 괜히 섬뜩한 이야기를 꺼내더군요. 그런 분위기를 즐기고 있었던 거지요.

'내 말 명심해요. 이게 끝이 아니라고요. 둘 다음은 셋이라는 속담 알죠? 나만 하더라도 지금까지 그런 경우를 얼마나 자주 봤는지 몰라요. 또 한 명 죽어 나가는 사람이 생길 거예요. 틀림없어요. 오래 기다릴 필요도 없을걸요? 둘 다음은 셋이니까.'

카펜터 부인은 이 말과 함께 고개를 끄덕이면서 다시 뜨개질을 시작했지요. 이때 고개를 들고 보았더니 샌더스 씨가 문가에 서 있는데, 잠시 마음을 놓았던지 속마음이 훤히 들여다보이더군요. 카펜터 부인의 이야기를 듣고 계획을 세운 게 분명했어요. 열심히 머리를 쓰는 게 한눈에 보였으니까요.

그러더니 그는 여느 때처럼 상냥하게 웃으면서 응접실 안으로 들어오더군요.

'크리스마스 쇼핑 나가는 길인데 필요한 물건 없으세요? 지금 케스턴으로 출발하려고 하는데.'

그는 웃고 떠들면서 몇 분 정도 있다가 밖으로 나갔답니다. 저는 불안한 마음에 그가 나가자마자 물었지요.

'샌더스 부인은 어디 있죠? 혹시 아는 분 계세요?'

트롤럽 양이 말하길, 브리지 게임을 하러 친구인 모티머 부부네 집으로 놀러 갔다고 하더군요. 그 말을 들으니까 잠깐 안심이 되기는 했지만 여전히 걱정이 되었어요. 어떻게 하면 좋을지 막막하기도 했고요. 30분쯤 뒤에 일어나서 방으로 올라가는데 계단을 내려오는 콜스 박사를 만났답니다. 나는 마침 류머티즘에 대해서 의논을 하고 싶었기 때문에 선생님을 방으로 모시고 갔지요. 그런데 선생님이 비밀이라면서 말하길, 가엾은 메리가 죽었다지 않겠어요? 관리인이 소문 퍼지는 걸 질색한다면서 혼자만 알고 있으라고 신신당부하더군요. 물론 나는 그 가엾은 아이가 마지막 숨을 거두는 동안 응접실에서 어떤 대화가 오갔는지 말하지 않았지요. 그 정도 나이를 먹었으면 이런 종류의 소문이 얼마나 금세 퍼지는지 알 법도 한데 콜스 박사는 자기가 믿고 싶은 대로 믿는 단순한 성격이었답니다. 그런데 잠시 후 콜스 박사가 자리에서 일어서면서 뜻밖의 이야기를 하는 게 아니겠어요? 샌더스 씨 왈, 부인이 요즘 소화 불량 등등으로 몸이 안 좋다면서 진찰을 부탁했다는 거예요. 글래디스 샌더스가 저한테 뭘 먹어도 소화가 잘되는 게 얼마나 고마운지 모르겠다고 한 바로 그날 말이에요!

당연한 말이겠지만 남편에 대한 의혹이 백 배쯤 커졌지요. 도대체 무슨 꿍꿍이속일까? 이야기할까 말까 결정할 틈도 없이 콜스 박사는 밖으로 나갔답니다. 물론 나는 이야기하기로 마음을 먹었다 하더라도 어떤 식으로 말을 꺼내야 좋을지 알 수 없었겠지요. 방 밖으로 나갔더니 샌더스가 위층에서 내려오고 있더군요. 외출복 차림이었는데 시내로 나가는 길에 심부름할 것 없느냐고 다시 한 번 묻더라고요. 그 상황에서는 예의바르게 고개를 젓는 수밖에 없었답니다! 나는 휴게실로 가서 차를 주문했어요. 그때 시각이 5시 30분이었답니다.

이제 얼른 다음 이야기로 넘어갈게요. 6시 45분이 다 되도록 휴게실에 앉아 있는데 샌더스 씨가 두 명의 남자와 함께 떠들썩하게 들어오더군요. 샌더스 씨는 두 친구를 놔두고 나와 트롤럽 양이 앉아 있는 곳으로 곧장 다가왔지요. 아내에게 줄 크리스마스 선물을 고르는데 우리의 의견을 듣고 싶다는 거예요. 파티용 핸드백을 생각 중이라면서 말이죠.

'숙녀 여러분, 저 같은 무식한 뱃사람이 뭘 알겠습니까? 세 개를 주문해 놓았으니까 전문가의 의견을 들려주십시오.'

우리가 영광이라고 했더니 그는 괜찮으시면 위로 올라가자고 하더군요. 아내가 언제 들이닥칠지 모르는데 가지고 내려왔다가 들키면 낭패라면서요. 그래서 우리는 그의 뒤를 따라나섰지요. 이후로 벌어진 일은 아마 내가 죽을 때까지 잊지 못할 거예요. 이야기하는 지금도 새끼손가락이 떨릴 지경이니까요. 샌더스 씨가 방문을 열고 전등을 켜는 순간, 우리들 중에 누가 제일 먼저 보았는지 모르겠지만…… 샌더스 부인이 바닥에 엎드린 채로 쓰러져 있었답니다. 죽은 거였죠.

제일 먼저 달려간 저는 무릎을 꿇고 맥박을 짚었지만 소용없는 짓이었어요. 팔 자체가 이미 차갑고 딱딱했으니까요. 머리 옆에 모래를 채운 스타킹이 있었어요. 그녀의 머리를 내려친 흉기였죠. 한심한 트롤럽 양은 문지방 옆에서 머리를 붙잡고 신음만 내뱉더군요. 샌더스는 '여보! 여보!' 하고 큰 소리로 외치면서 부인한테 달려왔고요. 저는 시신에 손을 대지 못하게 했답니다. 무언가를 없애거나 숨길 가능성이 있었으니까요.

'아무것도 만지면 안 돼요. 진정하세요, 샌더스 씨. 트롤럽 양, 내려가서 관리인 좀 불러 주실래요?'

저는 시체 옆에 무릎을 꿇은 채로 앉아 있었죠. 샌더스 혼자만 놔두고 자리를 비울 수 없었으니까요. 그런데 샌더스가 배우를 했다면 아주 성공했겠다는 생각이 드는 건 어쩔 수 없더군요. 그 남자는 정신이 나간 사람처럼 멍하고 어지러운 표정을 아주 제대로 지었으니 말이에요.

그 즉시 달려온 관리인은 방 안을 잽싸게 둘러보더니 우리를 모두 밖으로 내보내고 문을 잠갔지요. 열쇠는 자기가 가지고요. 그러고는 경찰서에 전화를 걸러 내려갔답니다. 그런데 아무리 기다려도 경찰이 오지 않더군요. 나중에 들어 보니까 전화선이 나가서 관리인이 경찰서로 직접 사람을 보냈다는 거예요. 탕치장은 마을에서 떨어진 황무지 가장자리에 자리 잡고 있었거든요. 카펜터 부인은 '둘 다음은 셋'이라는 자기 예언이 그렇게 빨리 맞아떨어진 데 신이 났는지 눈살이 찌푸려질 만한 행동을 일삼더군요. 듣자하니 샌더스는 머리를 쥐어뜯고 신음을 하는 등 온갖 방법으로 슬픔을 표현하면서 밖으로 나갔다고 하더라고요.

그러다 드디어 도착한 경찰이 관리인, 샌더스 씨와 함께 위층으로 올라갔답니다. 잠시 후에 저를 부르기에 올라갔더니 경위가 테이블에 앉아서 무언가를 쓰고 있더군요. 똑똑해 보이는 사람이라 마음에 들었지요.

'제인 마플 양 되십니까?'

'예.'

'시신이 발견되었을 때 이 방에 계셨다고 들었습니다.'

저는 그렇다고 대답하고 당시 상황을 정확하게 설명했답니다. 에밀리 트롤럽과 샌더스를 만난 뒤에 일목요연한 저의 대답을 들었으니 경위로서도 한시름 놓였겠지요. 트롤럽 양이 얼마나 횡설수설했을지 안 봐도 뻔했거든요. 한심한 사람 같으니라고! 우리 어머니께서 늘 말씀하시길 혼자 있을 때에는 아무리 무너져도 상관없지만 다른 사람들 앞에서는 감정을 다스리는 게 숙녀의 기본이라고 하셨는데 말이에요."

"새겨들을 만한 말씀입니다."

헨리 경이 진지하게 말했다.

"설명을 마쳤더니 경위가 이렇게 물었답니다.

'고맙습니다. 그런데 시신의 모습을 다시 한 번 여쭈어도 되겠습니까? 방문을 열고 들어왔을 때 정확히 어떤 자세로 엎드려 있었습니까? 시신을 움직이지는 않으셨나요?'

샌더스 씨가 손을 대려는 것을 막았다고 했더니 경위가 잘했다는 듯이 고개를 끄덕이더군요.

'그분은 아주 당황하신 것 같더군요.'

'예……. 그런 모양이에요.'

'모양'이라는 단어를 특별히 강조하지는 않았던 것 같은데 경위는 예리한 눈빛으로 저를 쳐다보았답니다.

'그럼 시신의 모습이 발견 당시와 동일하다는 결론을 내려도 되겠습니까?'

'모자만 빼고는 똑같아요.'

경위는 이 말을 듣고 날카롭게 저를 올려다보더군요.

'무슨 말씀이십니까? 모자만 빼고 똑같다니요.'

저는 모자가 처음에는 글래디스의 머리에 얹혀 있었는데 지금은 옆에 놓여 있다고 설명을 했지요. 당연히 경찰이 취한 조치인 줄 알았더니 경위는 아니라고 완강하게 부인하더군요. 옮기거나 건드린 물건이 아무것도 없다면서요. 그는 일어서서 눈살을 찌푸린 채 엎드려 있는 시신을 내려다보았답니다. 글래디스는 옷깃에 회색 모피가 달린 짙은 빨간색 커다란 트위드 코트 차림이었어요. 빨간색 싸구려 펠트 모자는 머리 옆쪽에 놓여 있었고요.

경위는 찌푸린 얼굴로 한참 동안 말없이 서 있더니 무슨 생각이 난 표정을 짓더군요.

'혹시 말씀입니다, 고인이 귀걸이를 달고 있었는지, 원래 항상 귀걸이를 달고 다녔는지 기억이 나십니까?'

다행스럽게도 저는 원래 관찰력이 뛰어난 편이랍니다. 그 때에도 모자 챙 밑으로 진주가 언뜻 보였던 게 생각이 났어요. 당시에는 별다른 주의를 기울이지 않았지만 말이에요. 덕분에 경위의 질문에 확실하게 대답을 할 수 있었지요.

'이제 알겠습니다. 고인의 보석 상자를 뒤진 흔적이 있고(물론 값나가는 물건은 없었겠지요.) 끼고 있던 반지가 없어졌습니다. 범인은 귀걸이를 깜박했다가 시신이 발견된 뒤에 다시 와서 가지고 간 겁니다. 아주 대담한 녀석이로군요! 어쩌면……'

그는 방 안을 둘러보면서 천천히 중얼거렸지요.

'줄곧 이 방 안에 숨어 있었을지도 모르겠습니다.'

하지만 그럴 리는 없었어요. 경위에게 설명했다시피 제가 직접 침대 밑을 확인했거든요. 게다가 관리인이 옷장 문을 열어 보았고요. 사람이 숨을 만한 곳은 두 군데가 전부였어요. 옷장 중에서 모자 보관용 받침은 잠겨 있었지만 선반이 달려 있고 워낙 얕은 곳이라 숨을 수가 없는 곳이었거든요. 이런 내용을 설명했더니 경위는 고개를 천천히 끄덕였답니다.

'마플 양의 말씀을 믿겠습니다. 그렇다면 녀석이 다시 돌아온 것이로군요. 아주 대담한 녀석입니다.'

'하지만 관리인이 문을 잠그고 열쇠를 챙겼는걸요!'

'그야 소용없습니다. 절도범이 들어온 곳은 발코니와 비상 계단이었으니까요. 그런데 여러분들께서 들이닥치시는 바람에 작업이 중단됐을 겁니다. 창밖으로 나갔다가 모두 사라지신 틈에 다시 돌아와서 하던 일을 계속했겠죠.'

'절도범의 소행이라고 확신하시나요?'

경위는 무미건조하게 대답했지요.

'그렇게 보이지 않습니까?'

하지만 경위의 말투를 듣고 저는 마음이 놓였답니다. 샌더스 씨를 아내 잃은 슬픔에 괴로워하는 남편으로 간주하지 않는 분위기가 느껴졌거든요.

솔직히 고백하자면 저는 이른바 강박 관념에 사로잡혀 있었답니다. 샌더스, 그 남자가 아내를 죽인 게 확실하다고 믿은 거지요. 우연의 일치라는 희한하고 놀라운 경우일 가능성은 생각하지도 않았어요. 샌더스 씨에 대한 제 판단은 그 정도로 정확하고 확실했답니다. 한마디로 악당이었거든요. 그런데 슬픈 척하는 연기에는 단 한순간도 속은 적이 없는데 깜짝 놀라고 당황스러워하는 모습은 아무리 생각해도 그럴듯했어요. 아주 자연스럽게 느껴지더란 말씀이지요. 경위와 이야기를 마치고 난 뒤로 미심쩍은 기분이 스멀스멀 고개를 들기 시작하더군요. 이렇게 끔찍한 짓을 저지른 범인이 샌더스라면 비상 계단으로 다시 돌아와서 아내의 귀걸이를 가지고 나갈 이유가 없으니까요. 샌더스처럼 영리한 인간이 그런 짓을 할 리가 없었지요. 제가 샌더스를 위험 인물로 간주했던 이유도 특유의 영리함 때문이었는걸요."

마플 양은 청중을 둘러보았다.

"제가 무슨 말을 하려는지 아시겠어요? 이 세상에는 뜻밖의 일들이 벌어질 때가 너무나도 많답니다. 저는 너무나도 강한 확신이 오히려 눈가리개 역할을 했던 거예요. 때문에 결과를 접했을 때 충격을 받을 수밖에 없었지요. 왜냐하면 '샌더스 씨가 범행을 저질렀을 가능성이 전혀 없다.'는 결론이 나왔거든요……."

밴트리 부인이 헉 하고 외마디 비명을 질렀다. 마플 양은 그녀 쪽으로 고개를 돌렸다.

"이야기가 이런 식으로 흘러갈 줄 짐작도 못하셨겠죠? 저도 마찬가지였답니다. 하지만 사실은 사실이지요. 생각이 틀렸다는 게 밝혀지면 겸허하게 인정하고 처음부터 다시 시작해야 하는 것 아니겠어요? 아무튼 샌더스 씨는 잔인한 살인범이었죠. 무슨 일이 있어도 이 확신만큼은 변함이 없었답니다.

왜 그런 결론이 내려졌는지 궁금해하실 것 같으니까 설명을 드릴게요. 다들 아시다시피 샌더스 부인은 그날 오후 모티머 부부네 집에서 친구들과 함께 브리지 게임을 했어요. 그러다 6시 15분에 그 집을 나섰답니다. 친구네 집에서 탕치장까지는 보통 걸음걸이로 15분 정도 걸리는 거리랍니다. 그러니까 샌더스 부인이 탕치장에 도착한 시각은 6시 30분이었겠지요. 그녀의 모습을 본 사람이 아무도 없었다는 점으로 미루어 볼 때 옆문으로 들어오자마자 방으로 올라갔던 모양이에요. 그러고는 옷을 갈아입고(브리지 게임을 할 때 입었던 황갈색 코트와 치마는 벽장에 걸려 있었으니까요.) 다시 방을 나서려는 순간, 머리를 맞고 쓰러진 것이지요. 경찰 측 말로는 범인을 보지도 못했을 거라고 하더군요. 듣자하니 모래 주머니가 아주 강력한 무기라면서요? 아무튼 범인은 대형 옷장 안에 숨어 있었던 것 같다고 하더군요. 샌더스 부인은 옷장을 열지 않았으니까요. 이제 샌더스 씨의 행적을 말씀드리자면 좀 전에 밝혔다시피 5시 30분이나 그보다 조금 늦게 외출을 했답니다. 이후로 몇 군데 가게에서 쇼핑을 하다 6시에 그랜드 스파 호텔에서 친구 두 명을 만났다고요. 탕치장으로 데리고 온 그 친구들이었지요. 셋은 위스키와 소다를 마시면서 당구를 쳤다는데, 두 친구가(이름이 히치콕과 스펜더라나요.) 6시부터 계속 함께 있었다더군요. 세 사람은 탕치장까지 같이 걸어왔고 샌더스 씨가 저와 트롤럽 양을 만났을 때 헤어졌지요. 말씀드렸다시피 그때가 6시 45분이었어요. 부인이 이미 숨을 거둔 시점이었죠.

저는 그의 친구라고 하는 두 사람과도 직접 이야기를 나누었답니다. 무뚝뚝하고 예의도 없는 사람들이라 마음에 들지는 않았지만 샌더스하고 줄곧 함께 있었다는 증언이 사실인 것만큼은 분명하더군요.

그런데 나중에 사소한 사실 하나가 밝혀졌어요. 브리지 게임을 하고 있을 때 샌더스 부인을 찾는 전화가 왔다는 거예요. 전화를 건 사람은 리틀워스 씨였다고 하는데, 전화를 받고 왠지 모르게 들뜬 샌더스 부인이 게임 도중에 사소한 실수까지 했다더군요. 그리고 나서는 계획보다 일찍 자리를 떴고요.

샌더스 씨는 아내의 친구 중에 리틀워스라는 사람이 있느냐는 질문에 그런 이름은 들어 본 적도 없다고 딱 잘라 대답했지요. 그 부분은 샌더스 부인도 마찬가지였어요. 처음에는 리틀워스가 누구냐며 전화를 받으러 갔다가 발갛게 달아오른 얼굴로 미소를 지으면서 돌아왔다고 하니까요. 전화를 건 당사자가 본명을 숨겼다는 이야기인데 그 자체만으로도 의심스러운 것 아니겠어요?

아무튼 남은 문제는 이것이었지요. 가능성이 별로 없기는 하지만 절도범에 의한 소행일까, 아니면 샌더스 부인이 옷을 갈아입고 누군가를 만나러 나가는 길이었을까? 그 누군가가 비상 계단을 통해

방 안으로 들어온 걸까? 둘이 말다툼을 벌였을까? 아니면 그 사람이 몰래 샌더스 부인을 내려쳤을까?"

마플 양은 말을 멈추었다.

"그래서 정답은 무엇으로 밝혀졌습니까?"

헨리 경이 물었다.

"여러분께서 한번 맞혀 보세요."

밴트리 부인이 입을 열었다.

"전 추리에 약한데……. 그 샌더스라는 사람의 알리바이가 완벽하다니 아쉬울 따름이네요. 하지만 마플 양께서도 인정하셨다면 틀림없는 알리바이였겠죠?"

제인 헬리어가 예쁘장한 머리를 갸우뚱하더니 질문을 하나 던졌다.

"모자 보관용 받침은 왜 잠겨 있었나요?"

마플 양이 얼굴을 환히 빛내며 말했다.

"정말 머리가 좋으시군요, 헬리어 양. 저도 그 점을 의아하게 생각했거든요. 하지만 이유가 의외로 간단했답니다. 가엾은 부인이 남편에게 크리스마스 선물을 하려고 수를 놓아 만든 슬리퍼 한 쌍과 손수건이 들어 있었으니까요. 그것 때문에 받침을 잠갔던 거랍니다. 열쇠는 그녀의 핸드백 안에 들어 있었고요."

제인이 말했다.

"아하! 그럼 별로 신경 쓸 것 없는 부분이네요?"

마플 양이 말했다.

"아니에요, 그렇지가 않아요. 그 안에 정말 흥미진진한 열쇠가 들어 있으니까요. 살인범의 계획을 수포로 만들 열쇠가 말이에요."

모두들 그녀를 주시했다.

"저도 이틀 만에 알아차렸답니다. 열심히 생각을 하고 또 했더니 갑자기 모든 수수께끼가 풀리더라고요. 저는 그 길로 경위에게 달려가서 실험을 한 가지 부탁했지요."

"어떤 실험이었습니까?"

"가엾은 부인의 머리에 모자를 씌워 보라고 부탁했답니다. 물론 경위는 씌울 수가 없었죠. 맞질 않았거든요. 부인의 모자가 아니었으니까요."

밴트리 부인이 멍하니 쳐다보았다.

"하지만 처음에는 모자를 쓰고 있었다고 하지 않으셨나요?"

"제가 쓰고 있었다고 하던가요?"

마플 양은 사람들이 그녀의 말을 충분히 이해할 때까지 잠시 기다렸다가 이야기를 계속했다.

"우리는 시신이 당연히 글래디스일 거라고만 생각했지 얼굴을 확인하지는 않았지요. 엎드려 있었던 데다 모자에 가려서 제대로 보이지 않았으니까요."

"하지만 살해당한 게 맞지 않은가요?"

"그거야 나중 이야기이지요. 우리가 경찰서에 전화를 걸었을 때 글래디스 샌더스는 멀쩡히 살아 있었답니다."

"그럼 다른 사람이었단 말씀인가요? 하지만 그녀의 맥을 짚었을 때······."

"시신인 건 분명했지요."

마플 양이 엄숙하게 말했다.

"맙소사! 시체를 가져다 놓다니! 그럼 그…… 첫 번째 시신은 나중에 어떤 식으로 처리한 겁니까?"

밴트리 대령이 말했다.

"원래 있던 자리로 되돌려 놓았지요. 끔찍하기는 하지만 아주 교묘한 계획이었답니다. 응접실에서 우리가 하는 이야기를 듣고 세운 계획이었죠. 가정부 메리의 시신을 잠깐 빌리기로 말이에요. 샌더스 부부의 방이 하인들과 같은 층이었다고 한 이야기, 기억하시죠? 메리가 묵었던 곳이 바로 두 방 건너였답니다. 장의사는 해가 진 다음에나 올 테니 발코니로 시신을 옮기고(5시면 이미 어둑한 무렵이니까요.) 부인의 옷과 빨간색 커다란 코트를 입힌 거지요. 그런데 모자를 넣는 반침이 잠겨 있는 게 아니겠어요? 그러니 메리의 모자를 가져다 씌울 수밖에 없었죠. 그래 봐야 아무도 모를 테니 상관없었겠지요. 그리고 마지막으로 모래 주머니를 옆에 내려놓고 알리바이를 만들러 달려 나갔답니다.

그는 먼저 리틀워스라고 하면서 아내한테 전화를 걸었답니다. 무슨 이야기로 속였는지 모르겠지만 말씀드렸다시피 글래디스는 남의 말을 쉽게 믿는 성격이니까요. 아무튼 그는 일찌감치 브리지 파티를 끝내고 나와서 탕치장으로 가지 말고 7시에 비상 계단 근처에서 만나자고 부인과 약속을 잡았답니다. 깜짝 선물이 있다고 했겠지요.

그는 친구들과 함께 탕치장으로 돌아와서 트롤럽 양과 제가 현장을 목격하도록 계획을 진행시켰답니다. 심지어는 시신의 얼굴을 확인하려는 몸짓까지 보였는데 제가 가로막고 나섰던 거죠! 한참 뒤에 경찰이 왔고 그는 비틀거리며 밖으로 나갔습니다.

현장이 발견된 '뒤'의 알리바이를 묻는 사람은 아무도 없었지요. 약속 장소에서 아내를 만난 그는 비상 계단을 통해 방 안으로 들어갔답니다. 시신에 대해서는 미리 이야기를 꾸며 놓았을 게 뻔하고, 부인이 시신을 굽어보는 순간 모래 주머니를 들어서……. 아! 지금도 생각만 하면 어찌나 속이 울렁거리는지! 그런 다음 그는 아내의 코트와 치마를 벗겨서 걸고 시신의 옷을 입혔지요. 그런데 모자가 맞지 않는 게 문제였답니다. 메리는 짧게 깎은 머리였고 글래디스 샌더스는 설명드렸다시피 트레머리였으니까요. 그는 어쩔 수 없이 모자를 시신 옆에 내려놓고 아무도 눈치 채지 못하길 비는 수밖에 없었답니다. 그러고는 가엾은 메리의 시신을 그녀의 방으로 옮긴 다음 원래대로 옷을 입혔지요."

"도저히 믿어지지가 않습니다. 경찰이 순식간에 도착할지도 모르는데 그렇게 대담한 범행을 저지르다니 말입니다."

로이드 박사가 말했다.

"전화선이 나갔다고 말씀드리지 않았던가요? 경찰이 일찍 들이닥치지 못하도록 미리 조치를 취해 놓은 거지요. 게다가 경찰은 도착한 뒤에도 관리인 사무실에서 얼마 동안 머무르다 두 사람의 방으로 올라갔답니다. 여기에 한 가지 약점이 숨어 있었어요. 두 시간

전에 숨을 거둔 시신과 30분 전에 숨을 거둔 시신의 차이점을 알아차리는 사람이 있을지도 모르니까요. 하지만 그는 현장을 처음 목격하는 사람이 전문가가 아닐 가능성이 높다고 생각했을 거예요."

로이드 박사가 고개를 끄덕였다.

"6시 45분쯤에 범행이 저질러진 것으로 되어 있지만 실제 범행 시각은 7시나 그 몇 분 뒤였겠군요. 검시관은 빨라야 7시 30분에 도착했을 텐데 이상한 낌새를 알아차리지 못했을 겁니다."

마플 양이 말했다.

"제가 진작 눈치 챘어야 하는 건데 말이에요. 가엾은 부인의 팔목을 잡았을 때 얼음처럼 차가웠거든요. 우리가 들어오기 직전에 범행이 저질러진 것 같다는 경위의 말을 듣고도 전혀 몰랐으니!"

헨리 경이 말했다.

"그래도 최선을 다 하신 겁니다, 마플 양. 제가 런던 경시청에 취임하기 이전에 벌어진 사건 같군요. 들어 본 적이 없으니 말입니다. 그래서 어떻게 됐습니까?"

마플 양이 딱 부러지게 말했다.

"교수형을 당했지요. 천벌을 받아 마땅한 인간이었어요. 저는 그 인간을 정의의 심판대로 보낸 걸 조금도 후회하지 않는답니다. 요즘 보면 인도주의적인 차원에서 사형을 반대하는 사람들도 있던데 말도 안 되는 소리라고요."

잠시 후 딱딱하게 굳었던 그녀의 표정이 풀렸다.

"하지만 가엾은 부인의 목숨을 구하지 못한 부분에 대해서는 씁

쓸한 자책을 자주 느낀답니다. 하지만 막무가내로 결론을 내리는 할머니의 이야기에 어느 누가 귀를 기울이겠어요? 그리고 부인의 입장에서 생각해 보면 환상이 깨지고 끔찍하게 변한 세상에서 사느니 아직 행복했을 때 생을 마감하는 쪽이 훨씬 행복했을지도 모르지요. 사랑하고 믿은 악당의 정체를 모르는 채 눈을 감았으니까요."

제인 헬리어가 말했다.

"그렇다면 잘된 거예요. 그럼요, 잘된 거죠. 부디……."

그녀는 말을 하려다 말고 입을 다물었다.

마플 양은 미모의 유명 여배우 제인 헬리어를 쳐다보며 가만히 고개를 끄덕였다.

"알아요, 무슨 뜻인지. 알다마다요."

독초

"이제 B 부인의 차례입니다."

헨리 클리서링 경이 재촉하듯이 말했다.

오늘 모임의 안주인 격인 밴트리 부인은 나무라는 듯한 차가운 눈빛으로 그를 쳐다보았다.

"B 부인이라고 부르지 말아 달라고 전부터 말씀드렸잖아요. 천박하게 들린단 말이에요."

"그럼 세헤라자데라고 불러 드리지요."

"세헤…… 어휴, 복잡해서 생각도 잘 안 나네! 아무튼 그 호칭은 더 안 어울려요. 말주변도 없는데 무슨……. 제 말을 못 믿으시겠거든 아서한테 물어보세요."

"당신은 사실 전달은 잘해. 다만 윤색에 좀 약하지."

밴트리 대령이 말했다.

"됐어요!"

밴트리 부인은 앞 탁자에 올려놓았던 구근 상품 목록을 뒤적이기 시작했다.

"다른 분들 말씀 들어 보면 정말 대단해요. '그 남자는 이렇게 말했고, 그 여자는 저렇게 말했고, 나는 이렇게 생각했고, 그 사람들은 저렇게 생각했고, 모두들 그런 뜻을 비쳤고…….' 난 그런 거 못해요. 게다가 내놓을 만한 이야깃거리도 없고요."

"못 믿겠습니다, 밴트리 부인."

로이드 박사가 조금 놀리는 투로 희끗희끗한 머리를 흔들었다.

마플 양은 다정한 목소리로 입을 열었다.

"생각해 보면……."

하지만 밴트리 부인은 고집스럽게 고개를 저었다.

"제 생활이 얼마나 따분한지 모르고 하시는 말씀이에요. 하인들 다루고 식기실 하녀 구하느라 애를 먹거나 시내 나가서 옷을 사고 치과에 들르거나 애스콧 경마를 관람하거나(아서는 질색하지요.) 정원을 가꾸거나……."

로이드 박사가 감탄사를 질렀다.

"아, 정원! 밴트리 부인의 최대 관심사야 우리 모두 잘 알고 있답니다."

아름답고 젊은 여배우 제인 헬리어가 말했다.

"정원이 있으면 좋을 것 같아요. 직접 땅을 파거나 손에 흙을 묻힐 일만 없다면 말이에요. 꽃은 너무 좋은데."

헨리 경이 입을 열었다.

"정원이라……. 그걸 출발점으로 삼으면 어떻겠습니까? 자, 생각해 보시지요, B 부인. 독이 오른 구근, 생명을 앗아 가는 나팔수선화, 아니면 독초 이야기라도!"

밴트리 부인이 말했다.

"어쩌다 독초 생각을 하셨을까? 그러고 보니 생각나는 이야기가 있네요. 아서, 클로더햄 코트에서 있었던 일 기억나요? 그 왜, 암브로스 버시 경 말이에요. 정말 깍듯하고 멋진 노신사였잖아요."

"기억나고말고. 정말 이상한 일이었지. 어서 시작해 봐."

"당신이 해요."

"말도 안 되는 소리. 어서 시작해 봐. 자기 일은 자기가 해야지. 난 내 몫을 끝냈다고."

밴트리 부인은 숨을 크게 들이마시더니 깍지를 꼈다. 괴롭다는 표정이 역력했다. 이윽고 입을 연 그녀는 거침없이 말을 쏟아냈다.

"뭐, 사실 이야기하고 말고 할 것도 별로 없어요. 독초…… 이 단어를 듣고 생각난 사건이기는 하지만 제가 붙인 이름은 '세이지(흔히 '샐비어'라고도 불리는 향료—옮긴이)와 양파'랍니다."

"세이지와 양파라고요?"

로이드 박사가 물었다.

밴트리 부인은 고개를 끄덕였다.

"거기에서 비롯된 사건이거든요. 아서하고 저는 암브로스 버시 경의 클로더햄 코트에 묵고 있었어요. 그런데 어느 날 실수로(정말 멍청한 실수였죠.) 디기탈리스가 세이지하고 섞인 거예요. 그날 저녁 그걸로 속을 채워 넣은 오리 고기를 먹는 바람에 모두들 배탈이 났고 암브로스 경이 후견인으로 돌보고 있던 가엾은 아가씨가 목숨을 잃었죠."

그녀는 여기에서 말을 멈추었다.

"저런, 저런. 그렇게 딱한 일이 있나."

마플 양이 말했다.

"그렇죠?"

"그래서 어떻게 됐습니까?"

헨리 경이 물었다.

"어떻게 되긴 뭐가요? 그걸로 끝인걸요?"

밴트리 부인이 말했다.

모두들 헉 하고 숨을 삼켰다. 미리 경고를 받기는 했지만 이렇게 짧을 줄은 아무도 몰랐던 것이다.

헨리 경이 이의를 제기했다.

"하지만, 존경하는 부인. 그게 다는 아니겠지요? 가슴 아픈 사건일 뿐 수수께끼가 아니지 않습니까?"

밴트리 부인이 말했다.

"물론 자세한 내막이 있죠. 하지만 내막을 이야기하면 다들 알아차리실 것 아니에요?"

그녀는 청중을 둘러보며 도전하듯이 말을 하더니 애원조로 말투를 바꾸었다.

"그러게 이야기를 잘 꾸며서 그럴듯하게 만들 줄 모른다고 했잖아요."

"어허!"

헨리 경은 이렇게 내뱉더니 자세를 바로잡고 안경을 고쳐 썼다.

"이거야말로 신선하군요, 세헤라자데. 추리력에 도전을 받는 기분입니다. 우리의 호기심을 자극하려고 일부러 이런 수법을 동원하신 겁니까? '스무고개'를 몇 바퀴 돌리자는 뜻이겠지요? 마플 양, 먼저 시작하시겠습니까?"

마플 양이 말했다.

"요리사에 대해서 알고 싶네요. 아주 멍청하거나 경험이 없거나 둘 중 하나겠지요?"

밴트리 부인이 대답했다.

"멍청한 쪽이랍니다. 나중에 울고불고하면서 세이지라고 따서 갖다준 건데 무슨 수로 알았겠느냐고 하더군요."

마플 양이 말했다.

"머리를 쓸 줄 모르는 부류로군요. 나이가 많고 요리 솜씨는 아주 훌륭하겠지요?"

밴트리 부인이 대답했다.

"와! 대단해요."

"이제 헬리어 양 차례입니다."

헨리 경이 말했다.

"예? 그러니까…… 질문을 하라는 말씀이신가요?"

제인은 잠시 생각을 하는 눈치더니 속절없이 입을 열었다.

"어떤 질문을 하면 좋을지 모르겠어요."

그녀는 도와달라는 눈빛으로 헨리 경을 쳐다보았다.

"배역표를 만들면 어떨까요, 헬리어 양?"

그는 웃으며 충고를 건넸다.

제인은 여전히 눈을 휘둥그레 뜨고만 있었다.

"출연 순서에 따라서 등장인물을 나열하는 거죠."

헨리 경이 다정하게 설명을 곁들였다.

"아, 좋아요. 그게 좋겠어요."

제인이 말했다.

밴트리 부인은 손가락으로 짚어 가며 기운차게 인물 소개를 시작했다.

"암브로스 경, 실비어 킨(안타깝게 죽은 아가씨예요.), 함께 머물렀던 실비어의 친구 모드 와이. 말주변이 좋고 시커멓고 못생긴 부류예요. 이런 부류는 어쩜 그렇게 말을 잘 붙이나 몰라. 암브로스 경과 책 이야기를 하러 온 컬 씨. 그 왜, 라틴 어로 씌어 있고 곰팡내 나는 케케묵고 이상한 희귀본들 있잖아요. 이웃 사촌이나 다름없는 제리 로리머. 페어리스라고 이름 붙인 그의 저택이 암브로스 경의 땅 바로 옆에 있죠. 그리고 낄 자리 안 낄 자리 못 가리는 늙은 고양이 카펜터 부인. 실비어를 따라다니면서 돌보는 역할인 것 같았어요."

헨리 경이 말했다.

"제 차례 맞습니까? 헬리어 양 옆에 앉아 있으니까 제 차례 맞겠지요? 그럼 조금 무리한 부탁을 드리겠습니다, 밴트리 부인. 앞서 말씀하신 사람들의 외모를 간단하게 설명해 주십시오."

"어머나!"

밴트리 부인은 머뭇거렸다.

"암브로스 경부터 시작하시지요. 어떻게 생겼습니까?"

헨리 경이 말했다.

"음…… 아주 기품이 넘치는 노신사예요. 사실 나이가 그렇게 많지는 않아요. 기껏해야 예순 정도일까? 그런데 건강이 많이 안 좋았답니다. 심장이 약해서 계단을 올라가려면 승강기를 설치해야 했죠. 그 때문에 실제보다 훨씬 나이가 많은 것 같은 분위기를 풍겼어요. 그리고 아주 예의가 발라요. 깍듯하다고 할까? 그 말이 딱 어울리겠네요. 짜증을 부리거나 화를 내는 모습을 단 한 번도 본 적이 없어요. 머리카락은 눈부신 은발이고 목소리가 아주 근사했답니다."

헨리 경이 말했다.

"알겠습니다. 어떤 분인지 감이 잡힙니다. 다음은 실비어라는 아가씨로 넘어가겠습니다. 이름이 정확하게 뭐라고 하셨지요?"

"실비어 킨요. 예뻤어요. 정말 예뻤어요. 금발에 피부도 아주 곱고. 하지만 똑똑한 것 같지는 않았어요. 오히려 좀 멍청해 보이는 편이었죠."

"여보, 제발!"

그녀의 남편이 이의를 제기했다.

"물론 아서는 그렇게 생각 안 하죠. 하지만 멍청하다고요. 도대체 말이 되는 소리를 해야지."

밴트리 부인이 냉담하게 말했다.

"내가 본 중에 제일 기품 있는 아가씨이던걸? 테니스 치는 걸 보면 어찌나 매력적이던지. 암, 매력적이고말고. 게다가 재미있었잖아. 옆에 있으면 웃을 일이 얼마나 많았다고. 하여간 하는 짓이 예쁜 아가씨였어. 젊은 남자들도 다 그렇게 생각했을걸?"

밴트리 경이 애정 어린 목소리로 말했다.

"그건 당신만의 착각이에요."

밴트리 부인이 말했다.

"요즘 젊은 남자들은 그런 여자 안 좋아해요. 당신처럼 앉아서 젊은 여자 이야기로 꽃을 피우는 늙다리 아저씨들이나 좋아하지."

"나이는 소용없어요. 섹스어필이 있어야지."

제인이 말했다.

"섹스어필이 뭔가요?"

마플 양이 물었다.

"성적 매력이죠."

제인이 말했다.

"아하! 우리 때는 '촉촉한 눈망울'이라고 표현하던 걸 요즘은 그렇게 말하는 모양이로군요?"

마플 양이 외쳤다.

"아주 그럴듯한 설명이었습니다. 실비어를 따라다니면서 돌보았다는 여자는 어떻게 생겼습니까, 밴트리 부인? 늙은 고양이라고 표현하셨지요?"

헨리 경이 말했다.

"그렇다고 고양이를 닮았다는 뜻은 아니에요. 하얗고 통통하고 가르랑거리길 잘해서 그렇게 표현한 거지. 사실 성격은 고양이하고 정반대예요. 늘 사분사분한, 그런 사람 있잖아요. 애들레이드 카펜터가 바로 그런 부류랍니다."

밴트리 부인이 말했다.

"나이는 어느 정도였습니까?"

"마흔 정도 됐을까요? 실비어가 열한 살인 때부터 돌보았다고 하니까 그 집에서 상당히 오래 지낸 셈이었죠. 보통내기가 아니에요. 귀족하고 연줄은 많은데 돈은 없는, 그런 미망인이었거든요. 내 마음에 드는 스타일은 아니었어요. 난 원래 손가락이 길고 하얀 사람들을 안 좋아하거든요. 늙은 고양이들도 마찬가지이고."

"컬 씨는 어떻습니까?"

"허리 구부정한 노인이었죠. 하도 비슷해서 서로 구분이 안 되는 부류 있잖아요. 곰팡내 나는 책 이야기 할 때 말고는 대화에 잘 끼지도 않더라고요. 암브로스 경도 잘 모르는 사람인 것 같았어요."

"이웃이라는 제리는 어떻습니까?"

"아주 매력적인 남자였어요. 실비어의 약혼자였는데 그래서 더 가슴이 아프더라고요."

"그렇다면……"

마플 양이 입을 열더니 이내 다물었다.

"예?"

"아무것도 아니에요."

헨리 경은 묻는 듯한 표정으로 그녀를 쳐다보다가 생각에 잠긴 말투로 중얼거렸다.

"그러니까 두 사람이 약혼한 사이였다는 말씀이로군요. 약혼한 지는 얼마나 됐습니까?"

"1년쯤 됐다고 했어요. 암브로스 경은 실비어가 너무 어리다는 이유로 약혼을 반대했다고 하더라고요. 하지만 1년이라는 시간이 지나니까 포기하고는 조만간 결혼을 시킬 거라고 했어요."

"아! 그 아가씨는 수입이 많았습니까?"

"거의 없었어요. 1년에 기껏해야 일이백 파운드 정도였으니까요."

"잘못 짚었군, 클리서링."

밴트리 대령은 이렇게 말하며 웃음을 터뜨렸다.

"이제 로이드 박사가 질문할 차례입니다. 제 심문은 여기까지입니다."

헨리 경이 말했다.

"저는 전문적인 분야에 대해서 묻겠습니다. 검시 결과 어떤 의학적 소견이 밝혀졌는지 알고 싶군요. 우리의 안주인께서 기억하시거나 아신다면 말씀입니다."

로이드 박사가 말했다.

"자세하게는 모르겠어요. 디기탈린 중독이었던 것 같은데. 그런 말이 있나요?"

밴트리 부인의 말에 로이드 박사는 고개를 끄덕였다.

"디기탈리스의 유효 성분은 원래 심장약으로 쓰입니다. 몇 가지 심장병에 아주 효과가 좋기로 유명하지요. 상당히 희한한 사건이로군요. 디기탈리스를 넣은 요리 때문에 목숨을 잃다니 의외인걸요. 독이 든 풀이나 열매와 관련된 소문에는 과장된 부분이 많습니다. 유효 성분인 알칼로이드를 추출하려면 세심한 절차를 거쳐야 하는 줄 아는 사람이 거의 없지요."

"예전에 맥아서 부인이 투미 부인에게 특이한 구근을 보낸 적이 있어요. 그런데 투미 부인의 요리사가 양파인 줄 알고 요리에 썼다가 식구들이 크게 혼쭐이 났답니다."

마플 양이 말했다.

"하지만 그걸 먹고 죽지는 않았을 것 아닙니까?"

로이드 박사가 말했다.

"맞아요. 죽지는 않았지요."

마플 양이 시인했다.

"제가 아는 어떤 여자는 식중독으로 죽은 적이 있어요."

제인 헬리어가 말했다.

"여러분, 범죄 수사에 집중해 주십시오."

헨리 경이 말했다.

"범죄라고요? 사고 아니었나요?"

제인이 깜짝 놀란 얼굴로 물었다.

"만약 사고였다면 밴트리 부인이 이야기를 꺼내지 않았겠지요."

헨리 경이 부드럽게 말했다.

"제가 보기에 이 사건은 사고를 가장한 범죄입니다. 이면에서 사악한 의도가 느껴집니다. 그러고 보니 이와 비슷한 사건이 생각나는군요. 어느 집 파티에 초대된 손님들이 저녁 식사를 마치고 잡담을 나누고 있었습니다. 벽에는 옛날 무기들이 잔뜩 걸려 있었지요. 그러다 한 손님이 장난 삼아 대형 권총을 꺼내 들고 한 사람을 쏘는 척했습니다. 그런데 총알이 날아가서 상대방의 목숨을 앗아 갔습니다. 저희는 권총에 몰래 총알을 넣은 사람이 누군지, 시끌벅적한 분위기로 몰고 간 사람이 누군지 조사에 착수했습니다. 총을 발사한 사람은 결백했으니까요! 저는 이 사건도 비슷한 경우라고 생각합니다. 누군가 결과를 미리 예측하고 세이지에 디기탈리스 잎을 일부러 섞은 겁니다. 요리사를 용의자에서 제외하면(모두 동의하시지요?) 문제는 이겁니다. 누가 세이지를 따서 부엌으로 가지고 갔는가?"

밴트리 부인이 말했다.

"그 문제는 간단하게 해결해 드릴 수 있어요. 적어도 마지막 주인공에 대해서는요. 이파리를 부엌으로 가지고 간 사람은 실비어였답니다. 정원사들이 제대로 고를 줄 모르는 샐러드나 풀, 어린 당근 등을 따는 게 그녀의 하루 일과 가운데 하나였거든요. 정원사들은 어리고 부드러운 채소를 따는 법이 없죠. 늘 번듯하게 자랄 때까지 기다리거든요. 그래서 이런 일은 실비어와 카펜터 부인이 맡았답니다. 그런데 세이지 무더기 속에 실제로 디기탈리스가 자라고 있어서 헷갈리기 쉬웠겠더라고요."

"하지만 이파리를 딴 사람도 실비어였을까요?"

"그건 아무도 몰라요. 다들 그렇지 않았을까 생각했죠."

"섣부른 추측은 위험한 겁니다."

헨리 경이 말했다.

밴트리 부인이 말했다.

"하지만 카펜터 부인이 아닌 것만큼은 확실해요. 그날 아침 식사를 끝낸 다음에 마침 저와 함께 테라스를 걸었으니까요. 초봄답지 않게 날씨가 아주 화창하고 따뜻했거든요. 그때 실비어가 혼자 뜰로 걸어갔는데 잠시 후에 보니까 모드 와이하고 팔짱을 끼고 걷고 있더라고요."

"두 사람은 아주 친한 친구였던 모양이지요?"

마플 양이 물었다.

"예."

밴트리 부인은 무슨 말을 하려다 입을 다물었다.

"와이 양은 그곳에 머문 지 얼마나 됐나요?"

마플 양이 물었다.

"2주일쯤 됐다고 들었어요."

밴트리 부인이 대답했다. 무언가 고민거리가 있는 말투였다.

"와이 양이 마음에 들지 않으셨군요?"

헨리 경이 물었다.

"아니요, 그렇지 않아요. 좋아했어요."

고민하는 말투가 심란해하는 말투로 바뀌었다.

"숨기는 게 있으시군요, 밴트리 부인."

헨리 경이 나무라듯 꼬집었다.

"저도 그런 느낌을 받았답니다. 하지만 묻기가 조심스럽더군요."

마플 양이 말했다.

"언제 그런 느낌을 받으셨어요?"

"두 사람이 약혼한 사이라고, 그래서 더 가슴이 아팠다고 말씀을 하셨을 때 그런 느낌을 받았답니다. 정말로 그렇게 생각하는 말투가 아니었거든요. 머뭇거리는 것처럼 들렸다고나 할까요?"

밴트리 부인이 말했다.

"정말 대단한 분이로군요! 마플 양은 모르시는 게 없는 것 같아요. 예, 맞아요. 다른 생각을 하고 있었어요. 그런데 이 말씀을 드려도 좋을지 모르겠네요."

헨리 경이 말했다.

"이야기를 하셔야지요. 어떤 비밀인지 모르겠지만 묻어 두시면 안 됩니다."

밴트리 부인이 말했다.

"알았어요. 말씀드릴게요. 어느 날 저녁인가(사실은 사건이 벌어지기 바로 전날 저녁이었답니다.) 식사를 하기 전에 우연히 테라스로 나간 적이 있어요. 그런데 열린 응접실 창문 사이로 제리 로리머와 모드 와이가 보이더군요. 제리가 모드에게 그러니까, 입을 맞추고 있더라고요. 일시적인 충동이었는지 아니면 다른 감정이 있었는지는…… 글쎄, 잘 모르겠어요. 남녀 간의 문제는 아무도 모르는 거 아니겠어요? 암브로스 경은 제리 로리머를 탐탁지 않게 여겼답니다. 그런 남자인 줄 진작 알고 있었던 게 아닐까요? 하지만 한 가지 사실만큼은 분명해요. 모드 와이는 그를 '진심으로' 좋아했답니다. 아무도 모르게 그를 바라보는 눈빛만 봐도 알 수 있었죠. 그리고 제가 보기에도 제리한테는 실비어보다 모드가 더 어울렸어요."

헨리 경이 말했다.

"마플 양에 앞서서 한 가지만 얼른 묻겠습니다. 사건이 벌어지고 난 다음 두 사람은 결혼했습니까?"

밴트리 부인이 대답했다.

"예. 6개월 뒤에 결혼식을 올렸죠."

헨리 경이 탄성을 질렀다.

"오! 세헤라자데, 세헤라자데. 처음에 그렇게 뼈다귀만 공개하다니 너무하셨습니다! 이것 보십시오! 우리 발견한 살코기들이 얼마나 많은지!"

밴트리 부인이 대꾸했다.

"그렇게 심한 표현은 삼가 주세요. 그리고 살코기라는 단어도 쓰지 말아 주세요. 채식주의자들이 늘 쓰는 말이잖아요. '전 살코기는 먹지 않습니다.' 쇠고기 스테이크를 앞에 놓고 그런 말을 들으면 입맛이 싹 달아난다니까요? 컬 씨가 채식주의자였어요. 아침으로 밀기울 비슷하게 생긴 희한한 걸 먹더군요. 구부정하고 수염 기른 노인네들이 원래 별나잖아요. 속옷도 특이한 것만 입고."

그녀의 남편이 입을 열었다.

"여보, 컬 씨가 어떤 속옷을 입는지 어떻게 아는 거야?"

밴트리 부인이 당당하게 말했다.

"그야 나도 모르죠. 그냥 그럴 거라 이거예요."

헨리 경이 말했다.

"좀 전의 발언을 수정하겠습니다. 등장인물 소개가 상당히 흥미진진했으니까요. 어떤 사람들인지 이제 눈에 선합니다. 그렇지요, 마플 양?"

"인간의 본성은 언제나 흥미진진한 법이랍니다, 헨리 경. 그리고 한 부류의 사람들은 신기하게도 항상 같은 양상을 보이지요."

헨리 경이 중얼거렸다.

"두 여자와 한 남자……. 인간의 영원한 삼각관계로군요. 이것이 이번 수수께끼의 기점일까요? 제 생각에는 그런 것 같습니다만."

로이드 박사가 헛기침을 하더니 조심스럽게 이야기를 꺼냈다.

"궁금한 점이 한 가지 있습니다. 밴트리 부인께서도 탈이 나셨습니까?"

"탈이 나다마다요! 아서도 그렇고 모두들 혼쭐이 났는걸요!"

박사가 말했다.

"맞습니다. 모두들 혼쭐이 났다고 하셨지요. 제가 왜 이 점에 주목하는지 아시겠습니까? 조금 전에 헨리 경께서는 한 남자가 다른 남자를 총으로 쏜 사건을 말씀하셨습니다만, 그 남자는 방 안에 있던 사람들 전부를 쏘지는 않았습니다."

"무슨 말씀이세요? 누가 누굴 쐈다는 거죠?"

제인이 물었다.

"이 사건의 배후자가 누구인지는 모르겠지만 범행 방식이 아주 특이하지 않습니까? 행운을 막무가내로 믿거나 인간의 생명을 하찮게 여기거나 둘 중 하나였겠지요. 여덟 명 모두에게 독초를 먹이고 그중에서 한 명만 제거할 수 있는 사람은 없으니까요."

"무슨 말씀인지 알겠습니다. 그럼 자기도 독초를 먹었을까요?"

헨리 경이 생각에 잠긴 표정으로 중얼거렸다.

"저도 사실 그 점이 마음에 걸렸습니다."

제인이 물었다.

"그날 저녁 식사 때 자리를 비운 사람이 있나요?"

마플 양이 물었다.

밴트리 부인은 고개를 저었다.

"한 사람도 없었어요."

"로리머 씨를 빼고 한 사람도 없었다는 말씀이겠지요? 로리머 씨는 그 집에 함께 머물지 않았으니까요."

"그렇기는 하지만 그날 저녁은 함께했어요."

마플 양이 달라진 목소리로 외쳤다.

"어머나! 그렇다면 이야기가 전혀 달라지는군요."

그녀는 마음에 들지 않는다는 듯이 이맛살을 찌푸리고는 이렇게 중얼거렸다.

"내가 생각이 너무 짧았어요. 생각이 너무 짧았어요."

"박사님의 지적을 듣고 보니 혼란스럽습니다. 범인이 무슨 수로 그 아가씨한테만 치사량을 먹인 걸까요?"

헨리 경이 말했다.

"그럴 수 있는 방법은 없습니다. 그래서 저는 이런 결론을 내리게 됐습니다. 범인이 노린 사람은 그 아가씨가 아니었다고 말입니다."

박사가 말했다.

"예?"

"음식을 통한 독살의 경우 결과를 장담하기가 어렵습니다. 몇 명이 음식을 나눠 먹으니까요. 그래서 한두 명은 가벼운 배탈로 끝나고, 두세 명은 심하게 앓고, 나머지 한 명은 목숨을 잃는 식이 됩니다. 누가 어떻게 될지 전혀 알 수 없단 말씀이지요. 하지만 다른 요소가 개입하는 경우도 있습니다. 디기탈린은 심장에 직접 영향을 미치는 약입니다. 말씀드렸다시피 심장병에 쓰이는 약이지요. 그런데 이 사건에는 심장이 약한 사람이 등장합니다. 그렇다면 범인이 노린 표적은 그 사람이 아니었을까요? 범인의 입장에서 보자면 똑같은 양이라도 그 사람에게는 치사량이 될 수 있다고 생각했을 테니까요. 그런데 뜻밖의 결과가 나온 것은 약물이 효과가 얼마나 불확실하고 불안한지를 보여 주는 증거라 할 수 있겠지요."

"암브로스 경이라⋯⋯. 범인의 표적이 정말 암브로스 경이었다는 말씀이십니까? 그렇군요, 그렇군요. 그리고 그 아가씨가 죽은 것은 착오였다는 말씀이로군요."

헨리 경이 말했다.

"암브로스 경이 죽으면 재산은 누가 물려받나요?"

제인이 물었다.

"아주 적절한 질문이십니다, 헬리어 양. 제가 이전 직장에 몸담고 있을 때 항상 첫 번째로 던지던 질문입니다."

헨리 경이 말했다.

밴트리 부인이 천천히 입을 열었다.

"암브로스 경은 아들이 하나 있었어요. 그런데 오래전에 사이가 틀어졌다고 하더군요. 아들이 망나니였던 모양이에요. 하지만 암브로스 경은 아들의 상속권을 박탈할 권리가 없었답니다. 클로더햄 코트는 대물림이 전제된 재산이었거든요. 결국 마틴 버시가 작위와 저택을 물려받았죠. 하지만 재량권을 발휘할 수 있는 대규모의 재산은 실비어가 물려받게 되어 있었답니다. 제가 이 사실을 어떻게 아는가 하면, 사건이 벌어지고 1년도 못 돼서 암브로스 경이 숨을 거두었는데 실비어가 죽은 뒤에도 유언장을 고치지 않았기 때문이랍니다. 그 재산은 왕실로 넘어갔는지 가장 가까운 친척인 아들에게 넘어갔는지 기억이 잘 안 나네요."

헨리 경이 생각에 잠긴 목소리로 중얼거렸다.

"그러니까 암브로스 경이 사라지면 이익을 챙기는 사람이 그 자리에 없었던 아들과 죽었다는 그 아가씨밖에 없단 말이로군요. 이쪽일 가능성은 없는 것 같습니다."

제인이 물었다.

"다른 여자 몫은 없었나요? 늙은 고양이라고 표현하신 그 여자 말이에요."

"그녀의 이름은 유언장에 없었어요."

밴트리 부인이 대답했다.

"마플 양, 다른 생각을 하고 계시군요? 멍한 표정이십니다."

헨리 경이 말했다.

마플 양이 말했다.

"약사 배저 씨를 생각하고 있었어요. 그 집 가정부는 딸이 아니라 손녀뻘은 될 만큼 어린 아가씨였지요. 그런데 배저 씨가 죽었을 때 잔뜩 기대에 부풀었던 가족과 수많은 조카들은 물론이고 어느 누구도 상상하지 못했던 비밀이 밝혀졌답니다. 그 노인이 그 아가씨하고 2년 전에 몰래 결혼식을 올렸다는 거예요. 물론 배저 씨는 약사인 데다 교양 없고 평범한 노인이었고, 밴트리 부인의 말씀에 따르면 암브로스 버시 경은 깍듯한 신사였지만 인간의 본성은 서로 비슷하답니다."

잠시 정적이 흘렀다. 헨리 경은 마플 양을 뚫어져라 쳐다보았고 마플 양은 묘한 파란색 눈을 돌려 그를 다정하게 바라보았다. 이윽고 제인 헬리어가 침묵을 깼다.

"카펜터 부인은 예뻤나요?"

"그런 편이었죠. 하지만 눈에 띌 만한 외모는 아니었어요."

"목소리는 아주 다정했답니다."

밴트리 대령이 말했다.

"항상 가르랑거렸죠. 가르랑! 가르랑!"

밴트리 부인이 말했다.

"당신도 언젠가는 고양이라고 불리는 날이 올 거야."

"나도 집 안에서는 고양이 역할을 마다 않겠어요. 아무튼 난 여자를 별로 좋아하지 않잖아요. 당신도 잘 알면서. 내가 좋아하는 건 남자하고 꽃이라고요."

밴트리 부인이 말했다.

"아주 뛰어난 취향이십니다. 게다가 남자를 먼저 꼽아 주시다니 영광이로군요."

헨리 경이 말했다.

"인생의 요령이죠. 자, 그럼 제가 낸 조그만 수수께끼는 어떻게 된 건가요? 이 정도면 상당히 정정당당하게 문제를 낸 것 같은데. 아서, 당신도 그렇게 생각하지 않아요?"

밴트리 부인이 말했다.

"맞소. 그 정도면 경마 클럽 담당자들이라도 왈가왈부하지 못할 거요."

"첫 번째 남자분."

밴트리 부인이 헨리 경을 지목하면서 말했다.

"확신이 없는 상황이라 좀 장황한 이야기가 될 것 같습니다. 먼저 암브로스 경. 그렇게 특이한 방식으로 자살할 인물이 아닙니다. 그리고 실비어의 죽음으로 얻는 게 아무것도 없고요. 따라서 암브로스 경은 제외합니다. 컬 씨. 동기가 없습니다. 표적이 암브로스 경이었다면 없어져 봐야 아무도 모를 희귀본 한두 권을 노린 것으로 볼 수도 있지만 가능성이 매우 희박합니다. 따라서 속옷에 대한 밴트리 부인의 의혹에도 불구하고 무혐의 처리합니다. 와이 양. 암브로스 경을 살해할 동기는 없습니다. 실비어를 살해할 동기는 많습니다. 밴트리 부인의 설명에 따르면 친구의 남자를 무척이나 간절히 원했으니까요. 그날 아침 실비어와 함께 뜰로 나갔기 때문에 이파리를 섞을 기회도 있었습니다. 따라서 와이 양이 범인일 가능성은 쉽게 배제할 수 없습니다. 로리머. 양쪽의 경우 모두 동기가 있습니다. 우선 약혼녀를 없애면 그녀의 친구와 결혼할 수 있습니다. 하지만 그런 이유로 실비어를 살해했다고 보기에는 비약이 심합니다. 요즘이야 약혼 파기쯤 아무것도 아니니까요. 그리고 암브로스 경이 숨을 거두면 돈이 많은 여자와 결혼식을 올릴 수 있습니다. 이 경우는 그의 경제적 상황에 따라 이야기가 달라집니다. 만약 그가 저택을 담보로 많은 빚을 지고 있었고, 밴트리 부인이 이 사실을 알면서도 숨겼다면 반칙이라고 주장할 겁니다. 이제 카펜터 부인. 사실 저는 카펜터 부인이 의심스러웠습니다. 손이 하얗다는 점도 그렇고, 야채를 딸 당시 알리바이가 확실하다는 점도 그렇고……. 저는 항상 알리바이를 믿지 않는 성격이지요. 카펜터 부인을 의심한 또 하나의 이유가 있지만 밝히지는 않겠습니다. 하지만 만약 이중에서 한 사람을 꼽으라면 모드 와이 양을 꼽겠습니다. 어느 누구보다 불리한 증거가 많으니까요."

"다음 남자분."

밴트리 부인이 로이드 박사를 가리켰다.

"클리서링, 자네는 그 아가씨의 죽음이 의도적이었다는 논리에

집착하는 오류를 범한 것 같군. 나는 범인의 목표가 암브로스 경이 었다고 확신한다네. 로리머는 범행에 필요한 지식이 없었을 것으로 짐작되기 때문에 카펜터 부인이 아닐까 싶어. 그 집에 오래 있었다니 암브로스 경의 건강 상태에 대해서도 훤했을 테고 실비어라는(자네도 표현하길 조금 맹하다고 하지 않았나.) 아가씨한테 야채 따는 일을 맡기기도 쉬웠겠지. 하지만 동기는 솔직히 잘 모르겠군. 하지만 암브로스 경이 예전에는 유언장에 그녀의 이름을 넣지 않았을까? 그렇게 생각할밖에."

밴트리 부인의 손가락이 제인 헬리어에게로 옮아갔다.

"잘은 모르겠지만 그 아가씨가 벌인 짓 아니었을까요? 채소를 부엌으로 가지고 간 당사자였잖아요. 그리고 암브로스 경이 결혼에 반대했다고 하셨잖아요. 그러니까 암브로스 경이 죽으면 돈도 챙기고 당장 결혼식도 올릴 수 있었겠죠. 암브로스 경의 건강 상태에 대해서는 카펜터 부인만큼 훤했을 테고요."

밴트리 부인의 손가락은 천천히 마플 양 쪽을 향했다.

"이제 사감님께서 말씀해 주세요."

"헨리 경이 아주 알기 쉽게 정리를 해 주셨네요. 그리고 로이드 박사님 말씀에도 일리가 있었고요. 두 분 이야기를 종합하면 해답이 분명해질 것 같은데요? 하지만 로이드 박사님의 의견에는 한 가지 오류가 있어요. 암브로스 경의 주치의가 아닌 한, 경이 어떤 심장병을 앓고 있었는지 알 수 없는 일 아닐까요?"

"무슨 말씀이신지 모르겠습니다, 마플 양."

로이드 박사가 말했다.

"박사님은 암브로스 경이 디기탈린을 먹으면 안 좋은 심장병을 앓고 있었다고 단정을 내리신 거예요. 맞지요? 하지만 사실이 그런지는 알 수 없지요. 오히려 그 반대일 수도 있고요."

"반대라니요?"

"박사님께서도 디기탈린이 심장약으로 쓰이는 경우가 많다고 하셨잖아요."

"그렇기는 합니다만 어떤 생각으로 그런 말씀을 하시는지 아직도 모르겠습니다."

"만약 반대의 경우라면 암브로스 경은 디기탈린을 가지고 있어도 아무런 의심을 받지 않았겠지요? 이제 차근차근 말씀드릴게요.(제가 워낙 말주변이 없어서 말이에요.) 만약 박사님께서 디기탈린으로 누군가를 독살할 생각이라고 가정을 해 보세요. 그럼 모든 사람이 디기탈리스를 먹고 탈이 나도록 만드는 게 제일 간단하고 쉬운 방법 아니겠어요? 박사님께서도 말씀하셨다시피 약물의 효과는 무작위로 나타나는 법이라서 모두 다 목숨을 잃지는 않지만 희생자가 나타나더라도 누구 하나 의심하지 않을 테니까요. 그 아가씨가 실제로 디기탈리스나 그 비슷한 걸 그렇게 많이 먹었는지 누구 하나 궁금해하지 않을 테니까요. 범인은 디기탈린을 칵테일이나 커피에 넣거나 강장제라고 속여서 마시게 했을 거예요."

"그러니까 암브로스 경이 실비어를 살해했단 말입니까? 끔찍이 아끼며 돌보던 예쁜 아가씨를 말입니까?"

"그렇지요. 배저 씨하고 비슷한 경우였지요. 예순 살 난 남자가 스무 살짜리 아가씨를 사랑하다니 말도 안 된다고 하지 마세요. 어디에서나 벌어지는 일이니까요. 암브로스 경은 나이 많은 귀족이었으니 사랑 때문에 성격이 이상하게 변했을지도 모른답니다. 광기로 연결되는 경우도 종종 있으니까요. 암브로스 경은 실비어가 결혼한다는 생각을 참을 수 없어서 강하게 반대했지만 실패했지요. 그래서 질투심에 눈이 먼 나머지 그녀를 로리머에게 보내느니 차라리 살해하는 쪽을 택한 거랍니다. 세이지 사이에 디기탈리스를 심어 놓은 것을 보면 일찌감치 살인 계획을 세운 게 분명해요. 적당한 때가 되자 직접 따서 실비어 편에 부엌으로 보냈겠지요. 생각만 해도 끔찍한 일이지만 최대한 너그러운 마음으로 받아들여야 하지 않을까 싶네요. 그 연령대의 남자분들은 가끔 젊은 아가씨의 문제가 얽히면 아주 이상하게 변하곤 하니까요. 우리 교회의 오르간 연주자만 하더라도…… 아, 쑥덕공론은 삼가야겠지요?"

헨리 경이 말했다.

"밴트리 부인, 정답입니까?"

밴트리 부인은 고개를 끄덕였다.

"맞아요. 저는 그런 줄은 상상도 못했죠. 살인일 줄은 꿈에도 몰랐어요. 그런데 암브로스 경이 죽은 뒤에 편지를 받았어요. 자기가 죽으면 저한테 편지가 배달되도록 미리 조치를 취해 놓았더라고요. 그 안에 진실이 적혀 있었죠. 이유는 모르겠지만 우린 서로 마음이 잘 맞았거든요."

그녀는 잠깐 침묵이 이어지는 사이 비난의 분위기를 느꼈는지 황급하게 덧붙였다.

"하지만 둘만의 비밀을 터뜨린 건 아니에요. 이름을 다 바꿨으니까. 당연히 암브로스 버시 경도 본명이 아니죠. 제가 그 이름을 말했을 때 아서가 멍하니 쳐다보았던 것 생각 안 나세요? 처음엔 못 알아들은 거죠. 아무튼 제가 다 바꿨어요. 잡지나 책을 보면 첫머리에 그런 구절 나오잖아요. '본 이야기의 등장 인물은 모두 허구입니다.' 여러분 모두 본명은 아마 죽을 때까지 모르실걸요?"

방갈로에서 생긴 일

"생각났어요."

제인 헬리어의 아름다운 얼굴이 칭찬을 바라는 어린아이처럼 자신만만한 미소로 밝게 빛났다. 밤마다 런던의 관객들을 감동시키고 사진 기자들의 주머니를 불린 바로 그 미소였다.

"제 친구가 겪은 일이에요."

그녀는 조심스럽게 말을 이어나갔다. 모두들 위선의 탈을 쓰고 기대된다는 듯 소란을 피웠다. 하지만 밴트리 대령, 밴트리 부인, 헨리 클리서링 경, 로이드 박사, 마플 양 모두 '친구'란 다름 아닌 제인이라는 사실을 너무나도 잘 알고 있었다. 그녀는 다른 사람이 겪은 일을 기억하거나 관심을 보일 만한 인물이 아니었다.

제인은 이야기를 계속했다.

"제 친구는 말이죠. 이름은 밝힐 수 없지만 배우예요. 아주 유명한 여배우예요."

아무도 놀란 표정을 짓지 않았다. 헨리 클리서링 경은 속으로 이렇게 생각했다.

'몇 문장이 지나면 깜빡 잊고 친구 대신 저라는 대명사를 쓰기 시작할까?'

"제 친구는 일이 년 전에 지방으로 공연을 떠난 적이 있어요. 장소는 밝히지 않을게요. 아무튼 런던에서 가까운 강변의 어느 마을이에요. 이름은······."

그녀는 말을 멈추고 고민하는 표정으로 이맛살을 찌푸렸다. 단순한 이름 하나 만들어 내기도 버거운 것이다. 헨리 경이 도움을 자청하고 나섰다. 그는 진지한 목소리로 이렇게 물었다.

"리버베리라고 하면 어떨까요?"

"좋아요. 딱 알맞네요. 리버베리, 기억하고 있을게요. 아무튼 말씀드린 것처럼 친구가 일행과 함께 리버베리에 머무는데 아주 이상한 일이 벌어졌어요."

그녀는 다시 이맛살을 찌푸렸다.

"정리해서 이야기하기가 너무 어려워요. 생각이 뒤죽박죽 섞여서 순서를 제대로 못 맞추겠어요."

그녀는 애처로운 말투로 이렇게 하소연했다.

"잘하고 계신걸요. 지금처럼 하시면 돼요."

로이드 박사가 용기를 북돋워 주었다.

"아무튼 이상한 일이 벌어졌어요. 경찰에서 제 친구를 부른 거예요. 친구는 경찰서로 찾아갔죠. 경찰이 말하길, 강가 방갈로에서 강도 사건이 벌어졌고 젊은 남자를 체포했는데 이 남자가 이상한 소리를 하더래요. 그래서 친구를 불렀다는 거예요. 친구는 경찰서로 불려 간 게 처음이었는데 모두들 친절했대요. 아주 친절했대요."

"분명 그랬겠지요."

헨리 경이 말했다.

"경사가(경사였다고 한 것 같은데. 그게 아니라 경위였나?) 의자를 건네면서 상황을 설명했어요. 저는 이야기를 듣자마자 일종의 착오라는 걸 알 수 있었죠."

헨리 경은 속으로 감탄사를 내뱉었다.

'아하. 드디어 저라는 단어가 등장했군. 그럴 줄 알았다니까.'

제인은 자기 입으로 비밀을 밝힌 줄 모르는 채 천연덕스럽게 말했다.

"친구는 그렇게 말했대요. 자기는 호텔에서 대역 배우와 함께 리허설을 하고 있었고 포크너라는 이름은 들어 본 적도 없다고 설명했어요. 그랬더니 경사가 이렇게 말했죠. 헬……."

그녀는 말을 멈추고 얼굴을 붉혔다.

"헬먼 양."

헨리 경이 눈을 반짝이며 제안했다.

"맞아요, 맞아요. 헬먼이라고 하면 되겠네요. 고맙습니다. 아무튼 경사가 말했어요. '헬먼 양, 브리지 호텔에 계신 걸로 알고 있는데요, 무슨 착오가 있었던 모양입니다.' 그러면서 대질 심문을 해도 되겠느냐고 묻더라고요. 아니, 대질 심문을 받는다고 해야 하나요? 기억이 안 나요."

"어느 쪽이건 상관없습니다."

헨리 경이 걱정 말라는 듯이 말했다.

"아무튼 그 남자하고 대질 심문을 해도 되겠느냐고요. 그래서 제가 말했죠. '물론이죠.' 그랬더니 그 남자를 데리고 왔어요. '이분이 헬리어 양입니다.' 그러고는…… 어머나!"

갑자기 말을 멈춘 제인은 입을 다물지 못했다.

마플 양이 달래듯이 말했다.

"너무 신경 쓰지 마세요, 헬리어 양. 언젠가는 알게 될 일이었으니까요. 그리고 장소나 기타 중요한 이름은 아직 비밀로 남아 있잖아요?"

"정말 다른 사람이 겪은 일처럼 이야기하려고 했는데……. 그런데 너무 어려워요! 자꾸 잊어버린단 말이에요."

모두들 정말 어려운 일이라고 어르고 달랜 뒤에야 그녀는 조금 복잡한 이야기를 다시 시작했다.

"잘생긴 남자였어요. 상당히 잘생긴 남자였어요. 젊고 빨간 머리이고. 그런데 저를 보자마자 입을 딱 벌리는 거예요. 경사가 물었죠. '이분이 맞습니까?' 남자가 대답했어요. '아니요, 아닙니다. 제가 정말 바보 같은 짓을 했군요.' 저는 웃으면서 괜찮다고 했어요."

"어떤 상황이었을지 눈에 선합니다."

헨리 경이 말했다.

제인 헬리어는 눈살을 찌푸렸다.

"어디 보자……. 앞으로 어떤 식으로 얘길 해야 좋을까요?"

"경찰이 무슨 일로 불렀는지 이야기하는 게 어떻겠어요? 젊은이가 무슨 실수를 했는지, 강도 사건은 어떤 것이었는지."

마플 양은 빈정대는 것으로 오해하는 사람이 없도록 아주 부드럽게 말했다.

"그게 좋겠네요. 그 사람은 이름이 레슬리 포크너고, 극본을 쓴다고 했어요. 사실 지금까지 써 놓은 게 여러 편 있는데 상연된 적은 없다고 하더라고요. 저한테 읽어 달라고 한 편 보낸 적도 있다고 하고. 저야 당연히 알 리가 없죠. 수백 편씩 쏟아지는 극본 중에서 읽는 거라고는 들어 본 작품뿐이니까요. 그런데 포크너 씨는 저한테 편지를 받았대요. 물론 그 편지는 제가 보낸 게 아니었죠. 무슨 뜻인지 아시죠?"

그녀는 걱정스럽다는 듯이 말을 멈추었고 모두들 무슨 뜻인지 알겠다고 고개를 끄덕였다.

"편지에는 극본을 읽었는데 마음에 들었다고, 이야기를 나누고 싶으니까 찾아와 달라고 씌어 있었대요. 그리고 주소도 적혀 있었대요. 리버베리의 방갈로라고. 포크너 씨는 뛸 듯이 기뻐하면서 주소대로 찾아갔죠. 방갈로로 말이에요. 하녀가 문을 열어 주었고 헬리어 양을 만나러 왔다고 하니까 안에서 기다리고 있다면서 응접실로 안내하더래요. 그리고 잠시 후에 한 여자가 나타나기에 당연히 저인 줄 알았다는 거예요. 제 연극을 보았을 테고 사진도 여러 번

접했을 텐데 참 이상한 일이죠?"

밴트리 부인이 얼른 대답했다.

"영국 사람이라면 제인 양의 얼굴을 모를 리 없죠. 하지만 사진하고 실물이 전혀 다를 때가 많잖아요. 무대 위에서 보는 거랑 무대 밖에서 보는 것도 다를 테고. 모든 여배우가 제인 양처럼 조명을 잘 받는 건 아니랍니다."

제인이 약간 누그러진 말투로 대답했다.

"그럴지도 모르겠네요. 아무튼 그 남자 말에 따르면 여자는 키가 크고 금발에 파란 눈이 아주 커서 예뻤다고 했어요. 그러니까 저하고 상당히 비슷했던 셈이죠. 그 남자는 털끝만큼도 의심을 하지 않았대요. 여자는 자리에 앉자마자 극본 이야기를 꺼내면서 꼭 주인공을 맡고 싶다고 하더라나요? 두 사람이 이야기를 나누는 동안 칵테일이 나왔고 포크너 씨는 한 잔을 마셨답니다. 그런데 그 길로 기억이 끊겼대요. 눈을 떴더니, 아니 정신을 차렸다고 해야 되나? 아무튼 길거리에 누워 있더라는 거예요. 물론 울타리 옆이라 차에 치일 염려는 없었죠. 어찌나 속이 메스껍고 몸이 떨리던지 일어나자마자 어디로 가는지도 모르는 채 비틀비틀 걷기 시작했대요. 제정신이었으면 방갈로로 돌아가서 무슨 일인지 알아보았을 텐데 멍하고 어지러워서 정처 없이 걷기만 했다더라고요. 그러다 경찰한테 붙잡혔을 무렵 정신이 들었다고 해요."

"경찰한테 붙잡힌 이유는 뭡니까?"

로이드 박사가 물었다.

제인은 눈을 휘둥그레 뜨며 물었다.

"어머나! 말씀 안 드렸던가요? 이렇게 바보 같을 수가. 강도 사건 때문이었죠."

"강도 사건 이야기는 진작에 했지만 어디서 무엇이 없어졌고, 이유가 뭔지는 말하지 않았잖아요."

밴트리 부인이 말했다.

"방갈로는(그 남자가 찾아간 곳 말이에요.) 제 소유가 아니었어요. 주인은 누구냐면……."

제인은 다시 미간을 찌푸렸다.

헨리 경이 물었다.

"또다시 수호 천사가 필요하십니까? 익명 만들기 서비스를 무료로 제공해 드립니다. 주인의 특징을 설명해 주시면 이름을 붙여 드리죠."

"돈 많은 금융업자이고 나이트 작위를 받았어요."

"그럼 허먼 코헨 경이 어떨까요?"

헨리 경이 제안했다.

"아주 잘 어울리네요. 아무튼 그 사람이 어떤 여자를 위해 마련해 준 곳인데, 여자는 배우의 아내였고 자기도 배우였어요."

헨리 경이 말했다.

"남편 이름은 클로드 리전이라고 하죠. 그리고 여자분은 어차피 가명을 쓸 테니까 메리 커 양이라고 합시다."

제인이 말했다.

"헨리 경은 정말 머리가 좋으시네요. 어쩜 그렇게 금방 생각해 내세요? 아무튼 방갈로는 허먼 경이(허먼이라고 하셨죠?) 그 여자와 함께 주말을 보내는 별장 비슷한 곳이었어요. 물론 허먼 경의 부인은 절대 모르는 곳이었죠."

"늘 그런 법이지요."

헨리 경이 말했다.

"그리고 허먼 경은 여자한테 최고급 에메랄드를 비롯해서 많은 보석을 선물했대요."

"아하! 이제 알겠습니다."

로이드 박사가 외쳤다.

"이 보석들이 방갈로의 보석함에 있었던 거죠. 경찰 말로는 그냥 잠가 놓고 끝이었다고, 누구든지 마음만 먹으면 가져갈 수 있었다고 해요."

"그것 봐, 돌리. 내가 뭐랬소?"

밴트리 대령이 말했다.

"글쎄요? 내 경험에 따르면 어마어마하게 신경 쓰는 사람들이 오히려 보석을 잃어버리던데요? 난 보석함에 넣고 잠가 두지 않아요. 서랍 속 스타킹 밑에 그냥 넣어 두죠. 메리 커도 나처럼 했으면 도둑맞지 않았을 텐데."

"그래도 도둑맞았을 거예요. 서랍이 죄다 열리고 안에 들어 있던 물건들이 사방으로 흩어져 있었다고 하니까요."

제인이 말했다.

"그럼 보석을 훔치려고 뒤진 게 아니었네요. 비밀 서류를 찾으려고 했던 거예요. 책에 보면 늘 그런 일이 있잖아요."

밴트리 부인이 말했다.

"비밀 서류에 대해서는 잘 모르겠어요. 그런 이야기는 못 들었는데."

제인이 미심쩍다는 듯이 말했다.

"신경 쓰지 마십시오, 헬리어 양. 돌리의 상상력은 못 말리니까요."

밴트리 대령이 말했다.

"강도 사건으로 다시 돌아갑시다."

헨리 경이 말했다.

"예. 경찰서에 메리 커 양이라는 여자의 전화가 걸려 왔는데, 방갈로에 도둑이 들었다며 그날 아침 찾아온 빨간 머리의 젊은 남자를 범인으로 지목했대요. 하녀가 수상하게 여기고 들여보내지 않았는데 나중에 보니까 창문을 통해서 밖으로 도망치더라나요? 외모 설명이 워낙 정확해서 한 시간 만에 남자를 잡을 수 있었다고 하더라고요. 그런데 남자가 자기 입장을 설명하면서 저한테 받았다는 편지를 보여 준 거예요. 그래서 저를 경찰서로 불렀는데 아까 말씀드렸던 것처럼 제가 아닌 다른 여자로 밝혀진 거죠."

"아주 희한한 사건이로군요. 포크너 씨는 커 양이라는 여자분을 안다고 했습니까?"

로이드 박사가 말했다.

"아니요. 모른다고 했어요. 적어도 자기 말로는 모른다고 했어요. 그런데 제일 재미있는 부분이 아직 남았답니다. 경찰이 방갈로를 찾아갔더니 들은 대로 서랍이 죄다 열려 있고 보석들이 없어졌는데 안에 사람이 아무도 없더라는 거예요. 그리고 몇 시간 뒤에야 메리 커가 나타났는데 경찰서에 전화를 건 적도 없고 강도 이야기를 처음 듣는다고 했다나요? 그날 아침 매니저한테 전보를 받았는데, 중요한 배역 건으로 약속이 있다고 해서 시내에 다녀오는 길이었대요. 그런데 가 보니까 장난이더래요. 매니저가 전보 같은 건 보낸 적도 없다고 하더랍니다."

"집 밖으로 끌어내기 위한 작전이었군요. 그래도 하녀는 남았을 게 아닙니까?"

헨리 경이 말했다.

"한 명뿐인 하녀도 마찬가지 일을 겪었대요. 메리 커인 게 분명한 여자의 전화를 받은 거죠. 제일 중요한 물건을 깜빡 잊어버렸다면서 침실 서랍에 있는 핸드백을 갖다 달라고 했다나요? 하녀는 주인이 부탁한 대로 첫 기차를 타러 나갔죠. 물론 방갈로 문을 잠그고 말이에요. 그런데 약속 장소로 정한 커 양의 클럽에서 한참을 기다려도 주인이 나타나지 않더래요."

헨리 경이 입을 열었다.

"흐음. 이제 알겠습니다. 집 안이 비어 있었으니 창문으로 몰래 들어가는 것쯤 일도 아니었겠지요. 그런데 포크너 씨가 등장하는 이유를 모르겠습니다. 커 양이 아니면 도대체 누가 경찰서에 전화를 걸었다는 겁니까?"

"그걸 아무도 모르겠다고 하더라고요."

헨리 경이 말했다.

"희한하군요. 남자가 한 말은 사실인 것으로 밝혀졌습니까?"

"예. 그 부분만큼은 틀림없었어요. 심지어는 저한테 받았다는 편지까지 가지고 있었으니까요. 그런데 제 글씨하고 전혀 달랐어요. 물론 그 남자는 제 글씨가 아닌 줄 알 수 없었겠죠."

헨리 경이 말했다.

"그렇다면 상황을 확실하게 정리해 보겠습니다. 제 이야기에 틀린 부분이 있으면 고쳐 주십시오. 여자분과 하녀는 미끼에 속아서 집을 비웠습니다. 젊은 남자는 가짜 편지를 받고 방갈로를 찾아갔습니다. 헬리어 양께서 마침 그때 리버베리에 있었던 점을 이용한 편지였지요. 이후 남자는 약에 취했고 전화를 받은 경찰은 그를 용의자로 지목했습니다. 강도 사건은 실제로 벌어졌고 말입니다. 보석들이 없어진 것 맞습니까?"

"예, 맞아요."

"이후에 찾았습니까?"

"아니요. 사실 허먼 경은 모든 수단을 동원해서 소문이 퍼지는 걸 막으려고 했죠. 하지만 생각대로 되지 않아서 부인이 이혼 소송을 진행 중이라는 것 같던데……. 어쨌거나 그 부분은 잘 모르겠어요."

"레슬리 포크너 씨는 어떻게 됐습니까?"

"결국 풀려났어요. 경찰 말로는 체포할 만한 근거가 부족하대요. 아무튼 이상한 사건이죠?"

"정말 이상한 사건이로군요. 첫 번째 관건은 어느 쪽 이야기가 진실인가 하는 점입니다. 이 부분에 있어서 저는 헬리어 양께서 포크너 씨의 주장을 믿는 듯한 느낌을 받았습니다. 그의 주장을 믿는 이유가 있으십니까? 직감을 제외하고 말입니다."

제인이 우물쭈물 대답했다.

"아니요. 없어요. 없다고 보는 게 맞아요. 하지만 아주 친절했고 다른 사람을 저로 착각했다면서 몹시 미안해한 걸 보면 거짓말을 할 사람이 아니었어요."

헨리 경은 미소를 지으며 말했다.

"알겠습니다. 하지만 포크너 씨가 꾸민 이야기일지도 모릅니다. 헬리어 양한테 받은 편지인 양 조작하고 보석을 훔친 다음 스스로 약을 먹었을지도 모르고 말입니다. 하지만 솔직하게 말씀드리자면 그럴 이유가 없군요. 집 안에 슬쩍 들어가서 물건을 챙기고 조용히 사라지는 편이 훨씬 간단했을 테니까요. 물론 옆집에 목격자가 있었다면 이야기가 달라집니다. 그 집에 들어간 이유를 정당화하고 의혹을 없애기 위해서 황급히 이런 계획을 꾸민 것일 수도 있지요."

"형편이 넉넉한 분인가요?"

마플 양이 물었다.

"그런 것 같지는 않았어요. 오히려 형편이 어려운 쪽이었어요."

제인이 대답했다.

로이드 박사가 말했다.

"전체적으로 참 희한한 사건입니다. 젊은 남자의 말이 사실이라고 하면 상황이 더욱 복잡해지는군요. 헬리어 양을 가장한 정체 모를 여자는 왜 알지도 못하는 이 남자를 사건에 끌어들인 걸까요? 왜 그렇게 치밀한 연극을 벌인 걸까요?"

밴트리 부인이 입을 열었다.

"제인 양. 포크너라는 사람이 메리 커를 한 번이라도 직접 만난 적이 있나요?"

"잘 모르겠어요."

제인은 기억을 더듬는 듯 미간을 찌푸리며 천천히 대답했다.

밴트리 부인이 말했다.

"만난 적이 없다면 이 사건은 해결이에요! 제 생각이 틀림없다니까요? 시내로 나와 달라는 전보를 받은 척하기는 식은 죽 먹기잖아요. 외출을 한다고 나가서 패딩턴이나 아무 역에서 하녀한테 전화를 걸어 시내로 부르는 거예요. 이 틈에 자기는 다시 방갈로로 가서 약속을 정한 남자를 만나 약을 먹이고 방갈로 내부를 최대한 어시럽혀서 도둑맞은 것처럼 꾸미는 거죠. 그런 다음 경찰에 전화를 걸어 희생양의 외모를 자세하게 설명하고 다시 시내로 나가서 느지막이 기차를 타고 돌아오고는 깜짝 놀란 척하면 감쪽같지 않겠어요?"

"하지만 자기 보석을 왜 자기가 훔친다는 거요, 여보?"

밴트리 부인이 말했다.

"원래 그런 법이에요. 이유야 많죠. 먼저, 급하게 돈이 필요했다. 허먼 영감님이 돈에는 인색해서 보석을 도둑맞은 것처럼 꾸미고 몰래 파는 거예요. 아니면 두 사람의 관계를 그녀의 남편이나 허먼 경의 아내한테 알리겠다는 협박을 받았다. 아니면 이미 보석을 팔아

버리고 없는데 까다로워진 허먼 경이 보여 달라고 하기에 무언가 방법이 필요했다. 책에 보면 그런 경우 많잖아요. 아니면 세팅을 다시 했더니 인조 보석으로 바뀌었다. 아니면(이건 정말 그럴듯한 발상인데 책에도 등장한 적이 거의 없어요.) 보석을 도둑맞고 우울한 척을 해서는 새 보석을 받을 속셈이었다. 그런 여자들은 아주 앙큼하다니까요?"

제인이 대단하다는 표정으로 말했다.

"정말 머리가 좋으시네요. 저는 그런 생각은 해 본 적이 없는데."

밴트리 대령이 말했다.

"당신더러 머리가 좋다고만 하지 맞았다고는 안 하는걸? 나는 그 금융업자가 의심스러워. 전보를 보내서 여자를 유인하기만 하면 나머지야 새로 생긴 여자 친구의 도움을 받아서 간단하게 꾸밀 수 있잖아. 알리바이를 물어볼 사람도 없을 테고."

"마플 양께서는 어떻게 생각하세요?"

제인은 모르겠다는 듯이 얼굴을 찡그린 채 아무 말 없이 앉아 있는 나이 지긋한 숙녀 쪽으로 고개를 돌렸다.

"그것 참 전혀 감을 못 잡겠네요. 헨리 경이 들으면 웃겠지만 이번에는 우리 마을에서 이 비슷한 사건이 있었는지 생각이 나지 않아요. 물론 가능성이야 여러 가지가 있지요. 먼저 하녀. 말씀하신 것처럼 비정상적인 가정(에헴!)에서 일하는 하녀는 상황을 완벽하게 알고 있을 것이 분명하답니다. 그런데 가정 교육을 잘 받고 자란 여자라면 그런 집에 취직할 리 없지요. 세상에 어느 엄마가 그런 집에

딸을 보낸답니까? 그러니까 그 하녀는 믿음직한 인물이 못 된다는 결론을 내릴 수 있지 않을까요? 어쩌면 하녀가 절도범들과 공범일 수도 있겠네요. 절도범들에게 문을 열어 주고는 의심을 피하기 위해 전화를 받은 척 런던으로 간 것이죠. 이게 가장 그럴듯한 추측이 아닐까 싶어요. 그런데 절도범들이 평범한 인물이라면 참 이상하기도 하지요. 이렇게 치밀한 계획을 세울 수 있을 만큼 똑똑한 하녀는 없을 테니까요."

마플 양은 잠시 말을 멈추더니 꿈을 꾸는 듯한 목소리로 이야기를 계속했다.

"그런데 무언가 다른 것이 숨어 있는 듯한 기분을 지울 수가 없네요. 개인적인 감정 말이에요. 앙심을 품은 사람이 있었던 건 아닐까요? 허먼 경에게 홀대받은 젊은 여배우라든지……. 이쪽이 훨씬 상황에 맞아떨어지는 것 같지 않으세요? 아무래도 허먼 경을 궁지에 몰아넣으려고 꾸민 범행처럼 보이거든요. 썩 만족스러운 해답은 아니지만……."

제인이 말했다.

"박사님께서는 아무 말씀 없으시네요? 계신 걸 깜빡 잊어버릴 뻔 했잖아요."

반백의 박사가 슬픈 목소리로 말했다.

"저는 항상 잊혀지기 쉬운 존재랍니다. 아무래도 개성이 없는 모양이지요."

제인이 외쳤다.

"말도 안 돼요! 그러지 말고 박사님 생각을 말씀해 주세요."

"모든 분들의 말씀이 맞는 것 같기도 한데 이거다 싶은 해답이 없군요. 엉뚱하고 당치 않은 착각일지 모르겠습니다만 제 생각에는 부인이 연루되어 있는 것 같습니다. 허먼 경의 부인 말씀입니다. 판단의 근거는 전혀 없습니다. 하지만 배신당한 아내는 상당히 어마어마한 일을 벌이기도 하니까요."

마플 양이 흥분한 목소리로 외쳤다.

"오! 로이드 박사님! 정말 대단하시네요. 가엾은 페브마시 부인을 까맣게 잊고 있었지 뭐예요?"

제인은 그녀를 말똥말똥 쳐다보았다.

"페브마시 부인이라뇨? 누군데요?"

마플 양이 머뭇머뭇 이야기를 꺼냈다.

"아……. 이 상황에 맞는 인물인지 모르겠지만 세탁부랍니다. 블라우스에 달린 오팔 브로치를 훔쳐서 다른 사람 집에 숨겼죠."

제인은 지금까지보다도 훨씬 더 어리둥절한 표정을 지었다.

"그런데 그 부인 생각을 하고 보니 상황이 완벽하게 이해가 된단 말씀이십니까, 마플 양?"

헨리 경이 눈을 반짝이며 물었다.

그런데 놀랍게도 마플 양은 고개를 저었다.

"아니요. 그렇지는 않아요. 솔직히 말씀드리면 전혀 모르겠답니다. 여자는 여자들끼리 뭉쳐야 한다는 생각밖에 안 드는걸요. 뜻밖의 상황이 생기면 같은 여자 편을 들어야 한다. 헬리어 양이 말한 사건의 교훈은 바로 이거랍니다."

헨리 경이 진지한 목소리로 말했다.

"이번 수수께끼의 교훈 같은 것은 미처 생각하지 못했습니다. 헬리어 양이 정답을 알려 주시면 마플 양이 하신 말씀의 의미를 좀 더 정확하게 깨달을 수 있겠지요."

"예?"

제인이 어리둥절한 표정으로 물었다.

"좀 더 쉽게 표현하자면 '포기했다' 이 말씀입니다. 너무나도 불가사의한 수수께끼, 마플 양도 해결하지 못한 수수께끼의 정답을 공개하는 영광이 헬리어 양에게 집중되었다는 뜻이기도 하지요."

"모두 포기하신다고요?"

제인이 물었다.

"그렇습니다."

헨리 경은 침묵이 흐르는 몇 분 동안 다른 사람들이 입을 열기를 기다리다가 다시 한 번 대변인의 역할을 자청했다.

"고육책으로 내놓은 피상적인 추측들이 전부라는 말씀입니다. 남자들은 한 개씩, 마플 양은 두 개, B 부인은 열 몇 개를 내놓았지요."

밴트리 부인이 말했다.

"열 몇 개씩은 아니었어요. 한 가지 주제를 여러 가지로 변형시킨 추측이었죠. 그리고 B 부인이라고 부르지 말아 달라고 몇 번이나 말씀을 드려야겠어요?"

"그러니까 모두들 포기하셨단 말씀이로군요. 정말 신기하네요."

제인이 생각에 잠긴 듯한 목소리로 중얼거렸다.

그녀는 의자에 몸을 묻더니 멍한 표정으로 손톱을 문지르기 시작했다.

밴트리 부인이 입을 열었다.

"자, 자. 어서 말씀해 주세요, 제인 양. 정답이 뭔가요?"

"정답이라고요?"

"예. 어떻게 된 사연이었나요?"

제인은 멀뚱멀뚱 그녀의 얼굴을 쳐다보았다.

"저도 몰라요."

"뭐라고요?"

"예전부터 궁금했던 문제인데 다들 머리가 좋으시니까 정답을 가르쳐 주실 줄 알았죠."

모인 사람들의 가슴속에서 짜증이 울컥 솟았다. 제인의 미모는 누구나 인정하는 바였다. 하지만 이 순간만큼은 사람이 이렇게 멍청해도 되는 건가 싶었다. 제아무리 눈부신 외모를 자랑한다 할지라도 용서가 되지 않았다.

"그러니까 진실이 밝혀지지 않았다는 말씀입니까?"

헨리 경이 물었다.

"예. 그래서 여쭈어 본 거예요. 말씀드렸던 것처럼 여러분이라면 알 수 있지 않을까 해서요."

제인은 주눅이 든 말투였다. 비난하는 듯한 분위기를 느낀 것이다.

"아······. 그럼, 그럼······."

밴트리 대령은 이렇게 더듬을 뿐 말을 잇지 못했다.

"정말이지 이렇게 황당한 경우는 처음이로군요, 제인 양. 아무튼 내 짐작이 분명 맞을 거예요. 맞나 틀리나 보게 사람들 실제 이름을 가르쳐 줘요."

그의 부인이 말했다.

"그럴 수는 없어요."

제인이 느릿느릿 대답했다.

"그럼요. 그럴 수는 없고말고요."

마플 양이 말했다.

밴트리 부인이 말했다.

"말도 안 돼요. 그렇게 도덕 교과서처럼 굴지 말아요, 제인 양. 우리처럼 나이 든 사람들이 쑥덕공론을 얼마나 좋아하는지 몰라서 그래요? 돈 많은 사업가가 누군지 알려 달라고요."

하지만 제인은 고개를 저었고 마플 양은 특유의 인정 넘치는 분위기로 그녀 편을 들었다.

"아무튼 상당히 성가신 일이었겠네요."

"아니에요. 오히려…… 오히려 재미있었어요."

제인은 솔직하게 대답했다.

"그랬을지도 모르겠군요. 단조로운 생활에 기분 전환이 됐을 테니까요. 그때 어떤 작품을 공연 중이었나요?"

마플 양이 말했다.

"「스미스」요."

"아. 서머싯 몸의 작품 맞지요? 몸의 연극은 하나같이 훌륭하지 않은가요? 나만 하더라도 거의 모든 작품을 봤답니다."

"다음 번 순회 공연 때 다시 무대에 올린다면서요?"

밴트리 부인이 물었다.

제인은 고개를 끄덕였다.

마플 양이 자리에서 일어나며 말했다.

"자, 자. 저는 이제 그만 집으로 돌아가렵니다. 시간이 벌써 이렇게 되다니! 그래도 오늘 저녁 참 재미있었어요. 너무 재미있어서 탈이었지요. 아무래도 1등상은 헬리어 양의 차지일 것 같은데 안 그런가요?"

제인이 말했다.

"저 때문에 화가 나셨다면 죄송해요. 제가 이야기의 결말을 몰라서 말이에요. 진작 말씀드릴 걸 그랬나 봐요."

그녀는 무언가 생각에 잠긴 말투였다. 로이드 박사가 씩씩하게 나섰다.

"별 말씀을. 아주 까다로운 문제를 내주신 덕분에 추리력 훈련을 할 수 있었습니다. 그럴듯한 해답을 드리지 못한 저희가 오히려 죄송하지요."

밴트리 부인이 말했다.

"그야 박사님 생각이시죠. 전 문제를 해결했다고 생각해요. 제 짐작이 틀림없다니까요?"

제인이 말했다.

"저도 그럴 거라고 생각해요. 듣고 보니까 정말 그럴듯했거든요."
"일곱 가지 중에서 어떤 걸 말씀이십니까?"
헨리 경이 짓궂게 물었다.
로이드 박사는 정중하게 마플 양이 고무 덧신 신는 것을 도왔다. '만일의 경우를 대비해서 신는다.'는 것이 나이 지긋한 이 숙녀의 설명이었다. 박사는 그녀를 고풍스런 오두막집으로 모시고 가는 호위병 역할까지 자청했다. 여러 겹의 모직 숄로 몸을 감싼 마플 양은 다시 한 번 작별 인사를 했다. 그러고는 마지막으로 제인 헬리어에게 다가가 몸을 숙여 그녀의 귀에 대고 무언가를 속삭였다. "어머나!" 하는 소리가 제인의 입에서 터져 나왔다. 어찌나 소리가 컸던지 사람들 모두 고개를 돌리고 쳐다볼 정도였다.
마플 양은 미소를 머금은 채 고개를 끄덕이며 퇴장했고 제인 헬리어는 그녀의 뒷모습을 멍하니 쳐다보았다.
"이제 잠자리에 들 거죠, 제인 양?"
밴트리 부인이 물었다.
"그런데 왜 그래요? 귀신이라도 본 것처럼 멍한 표정이잖아요."
제인은 깊이 한숨을 내쉬며 정신을 차렸다. 그리고 아찔할 만큼 아름다운 미소를 두 남자에게 선물한 뒤 안주인을 따라 계단을 올라갔다. 밴트리 부인은 제인의 방으로 들어갔다.
"불이 거의 꺼졌네……."
밴트리 부인은 장작을 사납게 쑤시더니 소용없는지 이렇게 중얼거렸다.

"하여간 장작불 하나 제대로 관리를 못한다니까. 멍청한 하녀들 같으니라고. 하긴 우리가 너무 늦게까지 이야기를 나눴던 탓도 있죠. 새벽 1시가 넘었잖아요!"

"그런 사람들이 많을까요?"

제인 헬리어가 물었다. 침대 가장자리에 앉은 그녀는 생각에 잠긴 표정이었다.

"멍청한 하녀 같은 사람들 말인가요?"

"아니요. 그 특이한 할머니 같은 분 말이에요. 이름이 뭐라 그랬더라? 마플 양이었던가요?"

"아! 글쎄요. 마플 양이야 작은 시골 마을에 가면 흔히 볼 수 있는 유형이긴 한데."

"휴우. 어떻게 해야 좋을지 모르겠어요."

제인은 한숨을 내쉬었다.

"뭔데요?"

"걱정돼요."

"무슨 걱정?"

제인 헬리어는 이상하리 만큼 진지한 표정으로 그녀를 불렀다.

"밴트리 부인. 좀 전에 그 특이한 할머니가 문 쪽으로 걸어가다 말고 저한테 뭐라 그랬는지 아세요?"

"글쎄요. 뭐라 그랬는데요?"

"이렇게 말했어요. '내가 만약 아가씨라면 생각을 달리 할 거예요. 지금 당장은 친구라 해도 다른 여자한테 너무 큰 약점을 잡히면 안 되는 법이거든요.' 그런데 그게 정말 사실이거든요."

"그 격언 말인가요? 그야 그렇겠죠. 그런데 어떤 경우에 그렇다는 건지······."

"여자는 믿으면 안 되는 것 같아요. 그 친구한테 약점 잡힐 게 뻔한데 그걸 미처 생각 못했어요."

"무슨 친구 말인가요?"

"제 대역 배우로 일하는 네타 그런 말이에요."

"마플 양이 제인 양의 대역 배우를 어떻게 안다고······?"

"아마 짐작을 하셨나 봐요. 무슨 수로 눈치를 채셨는지는 모르겠지만."

"제인 양. 지금 무슨 말을 하는 건지 속 시원히 설명해 주지 않을래요?"

"사건 말이에요, 제가 방금 전에 이야기한. 밴트리 부인, 그 여자 아시죠? 클로드를 빼앗아 간 여자."

밴트리 부인은 불행하게 막을 내린 제인의 첫 번째 결혼 생활을 재빨리 떠올리면서 고개를 끄덕였다. 제인의 첫 남편이 배우인 클로드 애버베리였다.

"클로드는 그 여자하고 결혼했어요. 미리 말렸어야 하는 건데. 클로드는 모르고 있지만 그 여자는 조셉 새먼 경하고 바람을 피우고 있어요. 좀 전에 얘기한 방갈로에서 주말마다 만나고 있다고요. 그녀가 어떤 여자인지 온 세상에 폭로하고 싶어요. 그런데 강도 사건을 벌이면 모든 게 탄로 날 것 아니겠어요?"

밴트리 부인은 헉 하고 숨을 삼켰다.

"제인 양! 그러니까 제인 양이 꾸민 이야기였단 말씀인가요?"

제인은 고개를 끄덕였다.

"그래서 「스미스」를 골랐던 거예요. 하녀로 등장하니까 편리하잖아요. 그리고 경찰서에 불려 가더라도 대역 배우하고 호텔에서 연습을 하는 중이었다고 설명하면 간단하고. 사실은 방갈로에 있었으면서 말이에요. 저는 문을 열고 칵테일을 갖다 주고 네타가 제 역할을 맡으면 되잖아요. 그 남자야 다시는 네타를 만날 일이 없을 테니까 알아차릴까 겁을 낼 필요도 없고요. 그리고 저는 하녀로 분장하면 아무도 못 알아볼 것 아니에요. 게다가 하녀의 얼굴에까지 관심을 기울이는 사람은 없잖아요. 우리는 남자가 정신을 잃으면 밖으로 끌어내고 보석함을 자루에 넣은 다음 경찰서에 전화를 걸고 호텔로 돌아가기로 계획을 세웠어요. 남자가 괜히 고생하면 어떻게 하나 미안했는데 헨리 경 말을 들어 보니까 걱정 안 해도 될 것 같더라고요. 그렇죠? 이 사건이 터지면 그 여자는 모든 신문을 장식할 테고 그러면 클로드는 자기 부인이 어떤 여자인지 알 것 아니에요."

밴트리 부인은 침대에 앉더니 신음을 뱉었다.

"아이구! 천하에 쓸모 없는 멍청이였네. 제인 헬리어 양, 그렇게 사기를 치다니! 감쪽같이 속았잖아요!"

제인이 뿌듯해하는 목소리로 대답했다.

"이래 보여도 괜찮은 배우인걸요. 사람들이야 뭐라고 하건 괜찮은 배우라고요. 아까 전혀 눈치 못 채셨죠?"

밴트리 부인은 이렇게 중얼거렸다.

"마플 양 생각이 맞았어요. 개인적인 감정이 숨어 있는 것 같다고 했잖아요, 개인적인 감정이. 제인 양, 이 딱한 아가씨. 어쨌거나 도둑질은 도둑질이잖아요. 그러다 감옥에 가면 어쩌려고 그랬어요?"

제인이 말했다.

"아무도 정답을 모르셨잖아요. 마플 양만 눈치 챘고."

그녀의 표정이 다시 어둡게 변했다.

"밴트리 부인, 마플 양 같은 사람들이 많을까요?"

"솔직히 말하면 많지는 않을 거예요."

밴트리 부인이 말했다.

제인은 다시 한숨을 내쉬었다.

"그래도 위험한 짓은 하지 않는 게 좋겠죠? 게다가 네타한테 큰 약점을 잡힐 테니까요. 맞는 말이에요. 저를 배신하거나 협박할지도 모르잖아요. 네타가 자세한 계획을 만들어 주면서 걱정 말라고 했지만 여자들 꿍꿍이속은 아무도 모르는 법이잖아요. 마플 양 말씀이 맞아요. 위험한 짓은 하지 않는 게 좋겠어요."

"하지만 이미 저지른 일이잖아요."

제인은 파란색 눈을 휘둥그레 떴다.

"어머나! 아니에요. 모르셨어요? 아직 저지르지 않은 일이에요! 그게 그러니까…… 최종 리허설이었던 셈이죠."

밴트리 부인이 딱딱하게 말했다.

"역시 전문 배우답군요. 그러니까 과거에 벌인 일이 아니라 미래의 계획이란 말인가요?"

"돌아오는 9월에 벌일 생각이었어요. 그런데 지금은 어떻게 해야 좋을지 모르겠네요."

"그런데 제인 마플은 진실을 눈치 챘으면서 아무 말도 하지 않다니 말이에요."

밴트리 부인이 화가 난 목소리로 말했다.

"그 때문에 여자는 여자들끼리 뭉쳐야 한다는 말씀을 하셨던 것 같아요. 남자들 앞에서 저의 정체를 드러내지 않으시려고. 그래서 고마웠어요. 그런데 밴트리 부인한테는 알려 드리고 싶었어요."

"아무튼 그 계획은 접어요, 제인 양. 내가 사정할게요."

"그래야 할 것 같아요."

헬리어 양이 중얼거렸다.

"마플 양 같은 사람이 또 있을지도 모르니까요……."

익사

I

 전직 런던 경시청장인 헨리 클리서링 경은 세인트 메리 미드라는 작은 시골 옆에 자리 잡은 친구 밴트리 부부의 집에 묵고 있었다.
 그러던 어느 토요일 아침, 그는 손님의 특권을 한껏 누리며 10시 15분이라는 시각에 아침을 먹으러 내려오던 길에 안주인 밴트리 부인과 식당 앞에서 거의 부딪힐 뻔했다. 식당에서 달려 나온 그녀는 흥분과 슬픔이 뒤엉킨 표정이었다.
 밴트리 대령은 식탁에 앉아 있었다. 여느 때와 달리 벌겋게 달아오른 얼굴이 한눈에 들어왔다.
 "안녕히 주무셨는가, 클리서링. 날씨 좋군. 마음껏 들게."
 헨리 경은 친구의 말대로 콩팥 요리와 베이컨 접시가 놓인 식탁 앞에 앉았다. 집주인이 다시 입을 열었다.
 "돌리는 오늘 아침에 기분이 좀 엉망이야."

"아…… 그런 것 같더군."

헨리 경은 가볍게 대꾸하고 넘겼지만 조금은 궁금한 마음이 있었다. 성격이 차분한 밴트리 부인은 우울해하거나 흥분하는 일이 거의 없었다. 헨리 경이 아는 한 그녀가 예민하게 반응하는 분야는 정원 가꾸기뿐이었다.

밴트리 대령이 말했다.

"그렇다네. 오늘 아침에 좀 심란한 소식을 들었거든. 이 마을에 사는 한 아가씨가…… 에못의 딸 말이야. '블루 보어' 주인인 에못 알지?"

"알다마다."

밴트리 대령이 생각에 잠긴 목소리로 중얼거렸다.

"아무튼. 예쁜 아가씨야. 그런데 난처한 입장에 놓였다네. 흔한 일이지. 그것 때문에 돌리하고 말다툼을 좀 했어. 내가 생각이 짧았지. 여자 앞에서 논리를 들이대다니. 돌리는 그 아가씨를 감싸면서……. 뻔하지 않은가. 남자들은 짐승이라는 둥, 어쩌고저쩌고. 그런데 요즘 시대에는 문제가 그렇게 간단하지만은 않지. 여자들도 알 건 다 아니까. 여자를 유혹한 남자라고 해서 다 악당으로 몰아붙일 수는 없단 말일세. 악당인 경우와 그렇지 않은 경우가 반반쯤 될까? 아무튼 나는 샌드퍼드라는 젊은이가 마음에 들었어. 돈 후안이라기보다는 멋모르는 당나귀에 가깝지."

"그러니까 샌드퍼드라는 젊은이가 그 아가씨를 '난처한 지경'에 빠뜨렸다는 건가?"

대령이 조심스럽게 대답했다.

"그런 모양이야. 자세한 건 나도 잘 모르겠네. 들리는 소문이 그렇다는 거지. 이 마을이 어떤 곳인지 자네도 잘 알지 않은가! 좀 전에 이야기했다시피 나는 아무것도 몰라. 돌리처럼 다짜고짜 결론부터 내리고 핏대 세우는 사람도 아니고. 젠장! 말도 가려서 해야 하는 법인데. 심문이니 뭐니 하는 것 때문에 말일세."

"심문이라니?"

밴트리 경은 멀뚱멀뚱 친구의 얼굴을 쳐다보았다.

"내가 아직 말을 안 했던가? 그 아가씨가 물에 빠져서 스스로 목숨을 끊었다네. 그래서 이 소란이지."

"정말 고약한 일이로군."

"그렇지. 생각만 해도 끔찍한 일이지. 가엾은 아가씨 같으니라고. 그 아버지가 아주 엄한 사람이거든. 혼날 일이 무서웠던 게야."

그는 잠시 말을 멈추었다.

"돌리가 심란해하는 이유가 바로 그 때문이라네."

"어디에 빠져 죽었는데?"

"강물에. 물레방아 밑으로 물살이 상당히 빠른 곳이 있거든. 근처에 작은 길도 있고 건너가는 다리도 있고. 다리 위에서 몸을 던진 모양이더라고. 아무튼, 아무튼 생각하기도 싫은 일이지."

밴트리 대령은 요란하게 신문을 펼치더니 골치 아픈 생각은 잊고 정부가 최근에 벌인 범죄극에 몰두하기 시작했다.

헨리 경은 마을에서 벌어진 비극에 별로 관심이 없었다. 아침 식사를 마친 그는 잔디밭에 놓인 안락의자에 앉아서 모자로 햇볕을 가리고 평화로운 각도에서 인생에 대한 명상에 잠겼다.

11시 30분쯤 되었을 무렵, 말쑥한 하녀 한 명이 종종걸음으로 잔디밭을 가로질러 왔다.

"선생님, 마플 양이 찾아오셨는데 선생님을 뵙고 싶다고 합니다."

"마플 양이?"

헨리 경은 몸을 일으키고 모자를 바로 썼다. 마플 양이라니 뜻밖의 인물이었다. 그녀에 대한 기억은 생생했다. 나이 지긋한 숙녀 특유의 다정하고 차분한 분위기, 놀랄 만큼 날카로운 통찰력. 전형적인 이 '시골 할머니'가 정확하게 해결한 여러 건의 수수께끼. 헨리 경은 마플 양을 매우 존경했다. 하지만 무슨 일로 그를 찾아왔는지 의아한 생각이 들었다.

마플 양은 응접실에 앉아 있었다. 꼿꼿한 자세는 여전했고 옆에는 화사한 색상의 외국산 장바구니가 놓여 있었다. 당황스러운지 양쪽 뺨이 발그스레했다.

"헨리 경, 정말 반가워요. 만날 수 있어서 얼마나 다행인지 모르겠네요. 여기 머무르고 계신다는 말씀을 듣고……. 이렇게 불쑥 찾아와서 죄송합니다……."

"잘 오셨습니다."

헨리 경은 악수를 하면서 이렇게 말했다.

"아쉽게도 밴트리 부인은 외출을 하신 것 같습니다."

"예. 오는 길에 푸줏간 주인 푸티트하고 말씀하시는 모습을 봤어요. 헨리 푸티트가 어제 차에 치였거든요. 푸티트가 기르는 개 말씀이에요. 털이 반질반질한 폭스테리어인데 듬직하고 싸움을 좋아하는 게 꼭 주인을 닮았지요."

"그렇군요."

헨리 경은 맞장구를 쳤다.

마플 양은 이야기를 계속했다.

"밴트리 부인이 안 계신 때 올 수 있어서 다행이다 싶었어요. 헨리 경을 뵙고 싶었으니까요. 이 가슴 아픈 사건 때문에 말이죠."

"헨리 푸티트 말씀이십니까?"

헨리 경이 당황한 얼굴로 물었다. 그러자 마플 양은 나무라는 듯한 눈길을 던졌다.

"아니요, 그럴 리가요. 로즈 에못의 일 때문에 왔답니다. 헨리 경도 들으셨지요?"

헨리 경은 고개를 끄덕였다.

"밴트리한테 들었습니다. 가슴 아픈 일이더군요."

그는 약간 곤혹스러웠다. 마플 양이 로즈 에못 일 때문에 자신을 찾아온 이유를 알 수 없었던 것이다.

마플 양은 다시 자리에 앉았다. 헨리 경도 따라서 앉았다. 그녀는 태도를 바꿔 다시 이야기를 시작했다. 조금 전과는 달리 진지하고 위엄이 느껴졌다.

"헨리 경, 우리가 예전에 한두 번쯤 아주 재미있는 게임을 즐겼던 거 기억하시지요? 수수께끼를 내고 정답을 알려 주는 게임 말이에요. 그때 헨리 경께서는 고맙게도 제 솜씨가 그다지 나쁘지 않다고 말씀해 주셨지요."

헨리 경이 따뜻하게 말했다.

"저희 모두를 이기셨잖습니까. 진실을 밝히는 데 천재적인 능력을 보여 주셨지요. 그리고 항상 시골에서 벌어졌던 비슷한 사건을 통해 단서를 얻으셨던 것도 기억합니다."

그는 이야기를 하면서 미소를 지었지만 마플 양은 웃지 않았다. 여전히 진지한 표정 그대로였다.

"덕분에 용기를 내서 이렇게 찾아왔어요. 제가 무슨 말씀을 드리더라도 적어도 웃어 넘기시지는 않을 것 같아서 말이에요."

그는 순간 마플 양의 분위기가 자못 심각하다는 것을 알아차렸다. 그는 다정하게 대답했다.

"그 부분만큼은 안심하셔도 됩니다."

"헨리 경, 그 아가씨, 로즈 에못은 자살한 게 아니에요. 살해당한 거랍니다……. 그리고 저는 범인을 알고 있어요."

깜짝 놀란 헨리 경은 정확히 3초 동안 아무 말도 하지 못했다. 마플 양의 목소리는 차분하고 침착했다. 목소리만 놓고 따지면 이 세상에서 가장 일상적인 말을 건넨 사람처럼 느껴질 정도였다.

"그렇다면 아주 심각한 문제가 됩니다, 마플 양."

마침내 말문이 트인 헨리 경이 말했다.

그녀는 여러 차례 고개를 끄덕였다.

"알아요. 알고말고요. 그렇기 때문에 제가 이렇게 헨리 경을 찾아온 거랍니다."

"하지만 마플 양, 잘못 찾아오신 것 같습니다. 저로 말할 것 같으면 이제 평범한 일반인에 불과하니까요. 살인의 증거를 알고 계시면 경찰서로 가셔야 하지 않겠습니까?"

"그럴 수가 없답니다."

"이유를 여쭈어도 되겠습니까?"

"왜냐하면 그러니까…… 증거라고 할 만한 게 없기 때문이지요."

"그럼 추측에 불과하다는 말씀이십니까?"

"그렇게 표현하셔도 하는 수 없지만 사실은 단순한 추측이 아니랍니다. 확실하니까요. 확실한 심증이 있으니까요. 하지만 제가 살인이라고 주장하는 이유를 이야기하면 드류위트 경위는 아마…… 웃어 넘길 거예요. 사실 드류위트 경위를 나무랄 일은 아니지요. 특화된 지식은 이해하기가 힘든 법이니까요."

"특화된 지식이라니요?"

헨리 경이 물었다.

마플 양은 살짝 미소를 지었다.

"피즈굿이라는 남자가 몇 년 전 수레를 끌고 와서 우리 조카한테 야채를 팔 때 당근 대신 순무를 놓고 간 적이 있기 때문에 살인인 줄 알았다고 하면……."

그녀는 잘 알지 않느냐는 듯이 중간에 입을 다물었다.

헨리 경은 이렇게 중얼거렸다.

"피즈굿이라니…… 야채 장사하기에 그야말로 제격인 이름이로군요.(Peasegood에서 pease는 '완두콩', good은 '좋다'는 뜻이다—옮긴이) 그러니까 비슷한 사건의 진상으로 미루어 판단을 하셨을 뿐이라는 말씀입니까?"

"난 인간의 본성을 알아요. 시골에서 이렇게 오랫동안 살다 보면 인간의 본성을 모르려야 모를 수 없지요. 한 가지만 물을게요. 헨리 경은 저를 믿으시나요, 아니면 못 믿으시나요?"

그녀는 헨리 경을 똑바로 쳐다보았다. 발그스레하던 뺨이 한층 더 붉어졌다. 그녀의 눈빛은 흔들림이 없었다.

헨리 경은 인생 경험이 풍부한 사람답게 머뭇거리지 않고 즉시 판단을 내렸다. 마플 양의 주장이 터무니없고 가당찮게 들릴지 몰라도 그는 한순간도 진실 여부를 의심한 적이 없었다.

"믿습니다, 마플 양. 하지만 제가 어떻게 해 주시길 바라는지, 무엇 때문에 저를 찾아오셨는지, 그걸 모르겠습니다."

마플 양이 말했다.

"생각하고 또 생각해 봤어요. 하지만 증거가 없으면 경찰서를 찾아가 봐야 소용없잖아요. 말씀드렸다시피 저는 증거가 없고요. 그래서 이 사건에 관심을 가져 달라고 부탁을 드리려고 찾아왔답니다. 헨리 경께서 관심을 보이시면 드루위트 경위도 분명 영광으로 생각할 거예요. 그리고 조사가 진전되면 서장인 멜쳇 대령도 헨리 경의 뜻에 따르겠지요."

그녀는 애원하는 눈빛으로 그를 쳐다보았다.

"그럼 어떤 자료를 토대로 수사를 시작하면 되겠습니까?"

"'그 사람'의 이름을 종이에 써서 드리면 어떨까 싶어요. 조사 도중에 헨리 경께서 '그 사람'은 아무 상관 없다는 결론을 내리시면 제가 단단히 잘못 생각한 게 되겠지요."

그녀는 잠시 말을 멈추더니 몸을 살짝 떨면서 다시 입을 열었다.

"아무 죄 없는 사람이 교수형을 당하면 너무 끔찍하지 않겠어요? 정말이지 너무 끔찍하지 않겠어요?"

"도대체……."

흠칫 놀란 헨리 경의 입에서 이런 말이 튀어나왔다.

그녀는 슬퍼 보이는 얼굴을 그에게 돌렸다.

"어쩌면 제가 틀렸을지도 모르지요. 저야 분명하다고 생각하지만, 드류위트 경위는 정말 똑똑한 사람이랍니다. 하지만 선무당이 사람 잡는다는 말도 있지요. 섣부른 지식으로는 큰일을 할 수 없는 법이에요."

헨리 경은 묻는 듯한 표정으로 그녀를 쳐다보았다.

마플 양은 주섬주섬 작은 핸드백을 열더니 조그만 메모장을 꺼내 한 장 찢고는 이름을 적어서 반으로 접고 헨리 경에게 건넸다.

그는 쪽지를 펴고 이름을 확인했다. 들어 본 적 없는 이름이었지만 그의 눈썹이 살짝 위로 치켜 올라갔다. 그는 건너편에 앉은 마플 양을 쳐다보면서 주머니에 쪽지를 넣었다.

"알겠습니다. 상당히 이례적인 사건이로군요. 이런 식으로 조사에 나서기는 처음이니까요. 하지만 마플 양, 당신에 대한 제 판단을 믿겠습니다."

II

헨리 경은 이 지역의 서장인 멜쳇 대령, 드류위트 경위와 함께 앉아 있었다.

서장은 군인 특유의 공격적인 분위기를 풍겼지만 키는 작았다. 경위는 몸집이 크고 상당히 재치 있는 인물이었다.

헨리 경이 기분 좋은 미소를 보이며 말했다.

"괜히 끼어드는 것 같아서 미안하군. 내가 왜 이러는지 나도 모를 일일세.(빈말이 아니라 사실이라고!)"

"이 친구, 그런 말을 왜 하는가? 관심을 보여 주다니 고맙지."

"영광입니다, 헨리 경."

경위가 말했다.

서장은 속으로 생각했다.

'밴트리 부부네 집에서 지내려니 심심해서 죽을 지경이었던 모양이로군, 가엾은 친구. 남편은 정부 욕뿐이고 부인은 구근 이야기뿐일 테니까.'

경위는 속으로 생각했다.

'엄청나게 복잡한 사건이 아니라는 게 안타까울 따름이야. 영국에서 제일 똑똑하다는 사람한테 이렇게 시시한 일이나 맡겨야 하다니.'

이윽고 서장이 큰 소리로 말했다.

"아주 사악하고 뻔한 사건이 아닐까 싶어. 처음에는 그 아가씨가 강물 속으로 뛰어든 줄 알았지. 자네도 알다시피 아이를 가졌으니 말이야. 그런데 헤이독 검시관이 꼼꼼한 친구답게 양쪽 팔에서 멍 자국을 발견했다네. 죽기 전에 생긴 상처였지. 그러니까 어떤 사람이 그녀의 팔을 잡고 강물 속으로 빠뜨린 거야."

"그러자면 힘이 많이 들까?"

"그렇지는 않아. 반항한 흔적이 없거든. 불의의 습격을 당한 거지. 게다가 미끌미끌한 나무로 만든 다리 위에서 벌어진 일이고. 난간도 없으니까 그야말로 식은 죽 먹기였을걸?"

"사건이 거기에서 벌어진 건 확실한가?"

"그렇다네. 지미 브라운이라는 열두 살배기의 증언이 있거든. 건너편 숲 속에 있었는데 다리 쪽에서 비명 비슷한 게 들리더니 첨벙하는 소리가 들리더라는 거야. 해 질 녘이라 앞이 잘 안 보이는 시각이었지. 그런데 잠시 후에 하얀 게 둥둥 떠내려가기에 달려가서 도움을 청했다더군. 몰려온 사람들이 그녀를 건져 올렸지만 이미 숨을 거둔 뒤였지."

헨리 경은 고개를 끄덕였다.

"다리 위에 사람은 없었고?"

"그렇다네. 말했다시피 해 질 녘이었던 데다 그 근방은 항상 안개가 짙거든. 사건 직후나 직전에 본 사람이 있는지 물어볼 생각이라네. 그 아이도 처음에는 그녀가 스스로 몸을 던진 줄 알았거든. 모두들 그렇게 생각했지."

드류위트 경위가 헨리 경 쪽으로 고개를 돌리면서 말했다.

"하지만 죽은 아가씨의 주머니에 쪽지가 들어 있었습니다. 미술용 연필 비슷한 것으로 적혀 있었는데 흠뻑 젖기는 했지만 내용을 파악할 수는 있었습니다.”

“뭐라고 적혀 있던가?”

“샌드퍼드가 보낸 편지인데 ‘알았어요.’로 시작하더군요. ‘다리에서 8시 30분에 만나기로 합시다.—R. S.’ 지미 브라운이 비명과 첨벙 소리를 들은 게 8시 30분이었습니다.”

멜쳇 대령이 말했다.

“자네, 샌드퍼드를 만난 적이 있는지 모르겠군. 한 달 전쯤 이 마을로 건너온 청년이지. 희한한 집을 만드는 현대식 건축가라네. 요즘은 앨링턴이 쓸 집을 만들고 있지. 어떤 작품이 탄생할지는 아무도 몰라. 유행의 최첨단을 달리는 작품이 되겠지? 유리 식탁에 강철과 가죽 끈으로 만든 수술용 의자……. 이야기가 엉뚱하게 빗나갔지만 샌드퍼드가 어떤 녀석인지를 알려 주는 중요한 단서거든. 도덕관념이라고는 전혀 없는 공산주의자라, 이 말이야.”

“유혹은 상당히 오래전부터 존재했던 범죄지. 물론 살인보다 긴 역사를 자랑하지는 않지만.”

헨리 경이 조심스럽게 말했다.

멜쳇 대령은 멍한 표정으로 쳐다보다 이렇게 외쳤다.

“아! 그야 그렇지. 그렇지. 그렇고말고.”

드류위트 경위가 입을 열었다.

“헨리 경, 이번 일은 추악하지만 단순한 사건입니다. 샌드퍼드는 그 아가씨를 난처한 입장에 놓이게 만든 뒤로 모든 것을 정리하고 런던으로 돌아갈 생각뿐이었습니다. 런던에 젊고 아리따운 약혼녀가 있으니까요. 그런데 이 일이 약혼녀의 귀에 들어가면 모든 일이 수포로 돌아가지 않겠습니까? 그는 다리 위에서 로즈를 만났습니다. 안개 낀 저녁이겠다, 아무도 없겠다, 그녀의 팔을 잡고 강에 빠뜨린 겁니다. 바람둥이다운 짓을 벌였으니 벌을 받아도 싸지요. 제 생각은 이렇습니다.”

헨리 경은 잠시 동안 아무 말도 하지 않았다. 시골 특유의 편견이 강하게 느껴졌다. 세인트 메리 미드처럼 보수적인 시골 마을에서 유행의 최첨단을 달리는 건축가는 환영받을 만한 인물이 아니었다.

“샌드퍼드라는 남자가 태어날 아이의 아버지였던 건 확실한가?”

그의 질문에 드류위트가 대답했다.

“확실합니다. 로즈 에못이 자기 아버지한테 그렇게 밝혔으니까요. 샌드퍼드하고 결혼을 할 줄 알았다더군요. 결혼을 하다니요! 어림도 없죠!”

헨리 경은 속으로 생각했다.

‘이런 세상에. 빅토리아 시대 중반의 통속극을 보는 심정이로군. 순진한 시골 아가씨, 런던에서 온 악당, 엄한 아버지, 배신……. 여기에 아가씨를 죽도록 사랑한 이 마을 청년만 있으면 딱 맞겠군. 옳거니, 이걸 물어봐야겠다.’

그는 소리 내어 물었다.

“이 마을에 그녀의 애인은 없었나?”

경위가 물었다.

"조 엘리스 말씀이신가요? 착한 친구죠. 직업은 목수이고. 아! 조하고 계속 만나기만 했던들······."

멜쳇 대령도 맞다는 듯 고개를 끄덕이더니 딱 잘라 말했다.

"끼리끼리 어울려야 하는 법이지."

헨리 경이 물었다.

"조 엘리스는 이 연애 사건을 어떻게 생각하던가?"

경위가 대답했다.

"조가 어떻게 생각하는지는 아무도 모릅니다. 워낙 말이 없는 친구라서 말이죠. 로즈가 하는 일이라면 무엇이든 맞다 하고, 한마디로 로즈의 손바닥에서 벗어나질 못했던 친구인데······. 언젠가는 돌아오겠지, 이렇게 생각하지 않았을까 싶습니다."

"한번 만나 보고 싶군."

헨리 경이 말했다.

"아! 안 그래도 찾아갈 생각이었다네. 하찮은 단서라도 그냥 지나칠 수는 없으니까. 먼저 에몯을 만나고 다음으로 샌드퍼드, 마지막으로 엘리스를 만나면 어떨까 했는데. 자네의 생각은 어떤가, 클리서링?"

멜쳇 대령의 말에 헨리 경은 좋은 생각이라고 대답했다.

세 사람은 블루 보어로 톰 에몯을 만나러 갔다. 그는 약삭빠른 눈빛과 단단한 턱이 특징인 거구의 중년 남자였다.

"어서 오십시오. 안녕하십니까, 대령님. 이쪽으로 오시면 조용하게 이야기를 나눌 수 있습니다. 뭐, 마실 거라도 드릴까요? 괜찮으십니까? 좋으실 대로 하십시오. 가엾은 제 딸의 일로 찾아오셨겠지요? 아! 정말 착한 딸이었는데……. 그 빌어먹을 바람둥이(죄송합니다. 하지만 사실이지 않습니까.) 그 녀석이 나타나기 전까지만 하더라도 정말 착한 딸이었는데……. 결혼하자는 이야기에 넘어갔다고 하더군요. 내 이 자식을 가만두지 않겠습니다. 그 자식이 빠뜨린 게 분명하니까요. 바람둥이 짓도 모자라서 살인까지 저지르다니. 우리 집안에 먹칠을 하다니. 가엾은 우리 딸……."

"샌드퍼드 씨가 그 상황에 책임이 있다고 따님이 분명히 이야기하던가요?"

멜쳇이 단도직입적으로 물었다.

"그렇습니다. 바로 이 방에서 그렇게 말했습니다."

"그래서 선생께서는 뭐라고 하셨습니까?"

헨리 경이 물었다.

"뭐라고 했느냐고요?"

그는 잠깐 당황한 표정을 지었다.

"예. 이 집에서 당장 나가라는 둥, 그런 말씀을 하지는 않으셨겠지요?"

"좀 흥분하긴 했습니다만 그야 당연한 일 아닙니까? 선생님도 입장을 바꿔 놓고 생각해 보세요. 하지만 집에서 쫓아내지는 않았습니다. 제가 그런 짓을 할 턱이 없지요."

그는 짐짓 화가 난 척하기 시작했다.

"법이 뭐하러 있는 겁니까? 예? 법이 뭐하러 있는 거난 말입니다.

우리 딸을 제대로 대접해야 마땅한 일이건만, 그렇지 않았다면 천벌을 받아야 하는 것 아닙니까?"

그는 주먹으로 테이블을 내려쳤다.

"마지막으로 따님을 본 때가 언제입니까?"

멜쳇이 물었다.

"어제 차 마시는 시간이었습니다."

"당시 따님의 태도가 어떻던가요?"

"글쎄요, 평소하고 다를 바 없었습니다. 이상한 기미를 조금도 못 느꼈으니까요. 미리 알아차리기만 했더라도……."

"하지만 알아차리지 못하셨단 말씀이로군요."

경위가 냉담하게 말했다.

이윽고 세 사람은 블루 보어를 나섰다.

"에못은 그다지 호감이 가는 인상이 아니로군."

헨리 경이 생각에 잠긴 말투로 평가를 내렸다.

"깡패 비슷한 인물이지. 기회만 있었다면 샌드퍼드를 흠씬 두들겨 팼을 걸세."

멜쳇이 말했다.

다음은 건축가의 차례였다. 렉스 샌드퍼드의 겉모습은 헨리 경의 예상과 전혀 달랐다. 얼굴이 매우 하얗고 상당히 호리호리한 청년이었던 것이다. 파란 눈은 꿈을 꾸는 듯 몽롱했고 머리카락은 지저분하고 너무 길었다. 그리고 말투는 너무 여성스러웠다.

멜쳇 대령은 자신과 두 동행인을 소개하자마자 방문 목적으로 넘어가서 어제 저녁에 무엇을 했느냐고 물었다.

"미리 이야기하지만……."

그는 경고하는 투로 운을 띄웠다.

"억지로 진술할 필요는 없다네. 그리고 자네 진술은 향후 불리하게 작용할 수 있어. 이 점을 분명히 인지하기 바라네."

"무…… 무슨 일이신가요?"

샌드퍼드가 물었다.

"어젯밤에 로즈 에못이라는 아가씨가 물에 빠져 숨진 건 알고 있겠지요?"

"예, 알고 있습니다. 너무, 너무 가슴 아픈 일이죠. 사실 어젯밤에는 한숨도 못 잤어요. 오늘도 하루 종일 일이 손에 안 잡히더군요. 책임감을 느낍니다. 어마어마한 책임감을 느낍니다."

그는 양손으로 머리카락을 마구 헤집었다. 안 그래도 지저분한 머리가 더욱 지저분해졌다. 그는 측은한 목소리로 말했다.

"나쁜 뜻은 전혀 없었어요. 조금도 없었어요. 그녀가 그런 식으로 받아들일 줄은 상상도 못했습니다."

그는 테이블 앞에 앉더니 두 손으로 얼굴을 묻었다.

"샌드퍼드 씨, 어젯밤 8시 30분에 어디 있었는지 밝히기 싫다는 뜻으로 해석해도 되겠습니까?"

"아…… 아닙니다. 그때라면 외출을 했습니다. 산책을 나갔죠."

"에못 양을 만나러 갔습니까?"

"아닙니다. 혼자 걸었습니다. 숲 속을 오랫동안 걸었습니다."

"그럼 죽은 아가씨의 주머니에서 나온 이 쪽지는 어떻게 받아들여야 되겠습니까?"

드류위트 경위는 아무 감정 없이 쪽지의 내용을 큰 소리로 읽었다.

"자. 본인이 쓴 게 아니라고 하시겠습니까?"

"아…… 아닙니다. 제가 쓴 게 맞습니다. 로즈가 만나자고 해서요. 하도 조르기에 달리 방법이 없어서……. 그래서 그렇게 쪽지를 썼습니다."

"아하, 이제야 털어놓으시는군요."

경위의 말에 샌드퍼드는 흥분한 듯 언성을 높였다.

"하지만 나가지 않았습니다! 나가지 않았다고요! 나가지 않는 게 좋겠다는 생각이 들었으니까요. 내일이면 런던으로 돌아가니까 나가지 않는 게, 만나지 않는 게 좋겠다 싶었어요. 런던에서 편지를 통해 해, 해결할 생각이었습니다."

"이 아가씨가 아이를 가졌고 아이의 아버지로 선생을 지목한 것을 알고 계셨습니까?"

샌드퍼드는 신음을 뱉을 뿐 대답하지 않았다.

"그게 사실입니까?"

샌드퍼드는 얼굴을 더욱 깊숙이 묻었다.

"그럴 겁니다."

그는 웅얼거리는 목소리로 대답했다.

드류위트 경위는 만족스러운 표정을 감추지 못했다.

"자, 이제 '산책' 이야기로 넘어가겠습니다. 어젯밤 선생을 본 사람이 있습니까?"

"모르겠어요. 없을 겁니다. 저도 누굴 만난 기억이 없으니까요."

"그것 참 안타까운 일이로군요."

샌드퍼드는 경위를 사납게 노려보았다.

"무슨 말씀이신가요? 제가 산책을 나갔건 말건 무슨 상관이죠? 그게 로즈의 자살과 무슨 관계가 있단 말씀이십니까?"

경위가 설명을 시작했다.

"아! 자살이 아니기 때문이지요. 아가씨는 타살당했습니다, 샌드퍼드 씨."

"타살이라면……."

그는 조금 뒤에야 이 말의 무시무시한 의미를 알아차렸다.

"세상에! 그렇다면……."

그는 무너지듯 의자에 주저앉았다.

멜쳇 대령이 나갈 차비를 서둘렀다.

"이제야 알아차리는군, 샌드퍼드. 자네는 이 집을 떠날 수 없어."

세 사람은 함께 집을 나섰다. 경위와 서장은 서로 눈짓을 주고받았다.

"이 정도면 확실한 것 같습니다, 서장님."

경위가 말했다.

"맞아. 영장을 발급받아서 체포하도록."

"잠깐만. 장갑을 놓아두고 나왔군."

헨리 경이 말했다.

그는 재빨리 집으로 되돌아갔다. 샌드퍼드는 좀 전과 똑같은 자세로 앉아서 멍하니 앞을 쳐다보고 있었다.

헨리 경이 말했다.

"개인적으로 자넬 돕기 위해 최선을 다하겠다는 말을 전하려고 돌아왔네. 자네 일에 발 벗고 나서는 이유는 미안하지만 밝힐 수가 없군. 자네와 로즈라는 아가씨 사이에 있었던 일을 짧지만 정확하게 들려줄 수 있겠나?"

샌드퍼드가 입을 열었다.

"로즈는 정말 예뻤습니다. 정말 예쁘고 매력적이었어요. 그리고 저한테 필사적으로 매달렸어요. 하늘에 맹세코 사실입니다. 저를 혼자 있게 내버려 두질 않았으니까요. 외로웠습니다. 누구 하나 저를 좋아해 주는 사람이 없었으니까요. 그리고 말씀드렸다시피 로즈는 숨이 막힐 정도로 예뻤고 뭐든지 훤하게 아는 것처럼 보였고……."

목소리가 잦아들었다. 그는 고개를 들었다.

"그리고 이 일이 벌어졌습니다. 로즈는 저더러 결혼해 달라고 했어요. 어쩌면 좋을지 알 수가 없었습니다. 런던에 약혼녀가 있는데 이 사실을 알게 되는 날이면(물론 알 수밖에 없겠죠.) 모든 게 끝장입니다. 이해해 줄 리가 없으니까. 세상에 어느 여자가 이해를 하겠습니까? 저는 나쁜 놈입니다. 압니다. 하지만 어쩌면 좋을지 알 수가 없었습니다. 그래서 로즈를 피하기 시작했죠. 런던으로 돌아가서 변호사를 통해 돈이며 여러 가지 문제들을 해결할 생각이었습니다. 얼마나 멍청한 생각이었는지! 저를 의심하고 계시다는 걸 압니다. 하지만 잘못 알고 계신 겁니다. 로즈는 스스로 물에 빠진 거라고요."

"그 아가씨가 자살하겠다고 협박한 적 있나?"

샌드퍼드는 고개를 저었다.

"한 번도 없습니다. 그럴 여자가 아니에요."

"조 엘리스라는 청년은 알고 있나?"

"목수 말씀이십니까? 착하고 부지런한 사람이죠. 좀 둔하고. 로즈라면 사족을 못 씁니다."

"그쪽에서 질투하지 않았을까?"

"조금은 그런 마음이 있었을 겁니다. 하지만 소 비슷한 성격이라 속으로만 앓았을 겁니다."

"잘 알겠네. 이제 그만 가 봐야겠군."

헨리 경은 기다리고 있는 사람들 곁으로 다가갔다.

"멜쳇, 과감한 결단을 내리기 전에 엘리스라는 청년을 만나 보는 게 좋을 것 같군. 샌드퍼드를 체포했다 엉뚱한 사람으로 밝혀지면 무슨 망신인가. 질투심은 살인의 동기가 되고도 남을 뿐 아니라 실제로 질투심 때문에 살인을 벌인 경우도 흔하니까."

경위가 말했다.

"맞는 말씀이십니다. 하지만 조 엘리스는 그럴 사람이 아닙니다. 파리 한 마리 못 죽이는 성격이니까요. 심지어는 화를 내는 모습을 본 사람이 없을 정도입니다. 그래도 어젯밤에 어디 있었는지 물어 보는 게 좋을 것 같습니다. 아마 지금쯤 집에 있을 겁니다. 바틀릿 부인의 집에서 하숙을 하고 있지요. 바틀릿 부인은 아주 훌륭한 미망인인데 삯빨래로 생활을 꾸려 나가고 있습니다."

세 사람의 발길이 머문 곳은 먼지 하나 없을 만큼 깔끔하고 단정한 작은 오두막집이었다. 몸집이 크고 튼튼한 중년의 부인이 문을 열어 주었다. 표정이며 눈빛이 싹싹해 보였다.

경위가 말했다.

"안녕하십니까, 바틀릿 부인. 조 엘리스가 집에 있습니까?"

바틀릿 부인이 말했다.

"10분 전쯤에 돌아왔지요. 어려워 마시고 안으로 들어오세요."

그녀는 앞치마로 손을 닦으며 좁은 거실로 세 사람을 안내했다. 박제한 새, 사기로 만든 개, 소파, 쓸모 없는 가구 몇 점이 놓여 있었다. 그녀는 자질구레한 물건들을 치워 자리를 마련해 준 다음 밖으로 나가서 하숙생을 불렀다.

"조, 선생님 세 분이 만나러 왔어요."

뒤쪽 부엌에서 대답이 들렸다.

"좀 씻고 나갈게요."

바틀릿 부인은 미소를 지었다.

"이쪽으로 오시지요, 바틀릿 부인. 와서 앉으세요."

멜쳇 대령이 말했다.

"아, 아니에요. 그러면 되나요."

바틀릿 부인은 남자들과 동석을 하다니 상상할 수조차 없다는 듯한 표정을 보였다.

"하숙집 주인 입장에서 보기에 조 엘리스는 어떤가요?"

멜쳇이 지나가는 식으로 물었다.

"나무랄 데 없지요. 어찌나 듬직한지. 술은 입에 대지도 않고 자기 일에 대한 자부심이 상당하답니다. 그리고 집안일도 얼마나 열심히 도와주는지 몰라요. 이 선반들도 조의 작품이고 부엌 찬장도 새로 만들어 주었답니다. 집 안에 고칠 게 있다고 하면 아주 당연한 듯이 나서고 고맙다는 말도 사양하지요. 요즘 세상에 조 같은 젊은 이가 어디 흔하겠어요?"

멜쳇이 홀리듯 말을 던졌다.

"나중에 부인이 될 아가씨는 행복하겠군요. 그런데 로즈 에못이라는 그 가엾은 아가씨를 많이 좋아했다면서요?"

바틀릿 부인은 한숨을 내쉬었다.

"보고 있으려니 어찌나 안쓰럽던지……. 조는 로즈가 밟은 땅마저 떠받드는데 로즈는 본 체 만 체였거든요."

"조는 저녁 때 주로 어디에서 시간을 보냅니까, 바틀릿 부인?"

"보통은 집에 있어요. 가끔 희한한 작품을 만들기도 하고 통신 수업으로 부기 공부도 하고요."

"아! 그렇군요. 어제 저녁에도 집에 있었습니까?"

"예."

"확실합니까, 바틀릿 부인?"

헨리 경이 날카롭게 물었다.

그녀는 헨리 경 쪽으로 고개를 돌렸다.

"확실합니다."

"8시에서 8시 30분 사이에 외출한 적이 없단 말씀이시지요?"

바틀릿 부인은 웃음을 터뜨렸다.

"당연하지요. 어제 저녁 내내 부엌에서 찬장을 만들었는걸요. 저는 옆에서 도왔고요."

헨리 경은 분명하다는 듯 미소 짓는 그녀의 얼굴을 보면서 의혹의 그림자를 처음으로 느꼈다.

잠시 후 엘리스가 나타났다.

키가 크고 어깨가 넓으며 꾸밈없이 잘생긴 인상이었다. 그리고 수줍어하는 듯한 파란 눈과 사람 좋아 보이는 미소가 특징이었다. 전체적으로 호감이 가는 청년이었다.

멜쳇이 이야기를 시작하자 바틀릿 부인은 부엌으로 사라졌다.

"로즈 에못의 사건을 조사하는 중이라네. 자네도 잘 아는 아가씨겠지?"

그는 머뭇머뭇 대답하더니 나지막이 중얼거렸다.

"예, 언젠가는 신부로 맞이하고 싶었던 여자입니다. 가엾은 사람."

"그녀가 어떤 상황이었는지 들었는가?"

분노의 불꽃이 엘리스의 눈을 스치고 지나갔다.

"예. 그 사람한테 버림을 받았죠. 차라리 잘된 겁니다. 그런 사람과 결혼해서 행복할 리 없으니까요. 그런 일이 생겼을 때 저한테 돌아올 거라고 생각했습니다. 저라면 로즈를 잘 돌봐 줄 테니까요."

"하지만……."

"그건 로즈의 잘못이 아니지 않습니까? 온갖 사탕발림에 넘어간 거지. 로즈한테 다 들었습니다. 자살할 것까지는 없었는데. 그럴 가치조차 없는 남자였는데."

"어젯밤 8시 30분에 어디 있었나, 엘리스?"

기다렸다는 듯이 튀어나온 그의 대답이 어색하게 느껴진 것은 헨리 경의 착각이었을까?

"집에 있었습니다. 부엌에서 찬장을 만들었죠. B 부인에게 물어보시면 알려 드릴 겁니다."

헨리 경은 이렇게 생각했다.

'대답이 너무 빨라. 생각이 좀 굼뜬 사람이 이렇게 잽싸게 대답을 하다니 미리 준비해 놓은 게 아닐까 싶군.'

하지만 그는 착각이겠거니 생각했다. 조의 눈빛이 걱정스러워 보이는 것도 그의 착각이겠거니 했다.

이후로 몇 마디의 질문과 대답이 오간 뒤에 세 사람은 집을 나섰다. 하지만 헨리 경은 핑계를 만들어 부엌으로 들어갔다. 풍로 앞에서 바쁘게 움직이고 있던 바틀릿 부인이 고개를 들더니 상냥한 미소를 지었다. 벽에 새로 만든 찬장이 보였다. 작업이 아직 다 끝나지 않은 상태였는지 공구 몇 개와 나무 조각들이 주변에 놓여 있었다.

"어젯밤에 엘리스가 만들었다는 게 저건가요?"

헨리 경이 물었다.

"예. 아주 잘 만들었지요? 솜씨 좋은 목수랍니다."

그녀는 걱정스러워하는 눈빛이 아니었다. 당황스러워하는 눈빛도 아니었다.

하지만 엘리스는……. 그의 착각이었을까? 아니다. 분명 무언가 수상한 구석이 있었다.

'집중적으로 조사해 봐야겠군.'

헨리 경은 이렇게 생각했다.

몸을 돌려 부엌을 나서려는 순간, 그는 유모차에 부딪혔다.

"아이를 깨운 게 아닌가 모르겠군요."

바틀릿 부인이 큰소리로 웃음을 터뜨렸다.

"아, 아니에요. 저는 아쉽게도 아이가 없답니다. 그 안에 들어 있는 건 빨래예요."

"아! 그렇군요."

그는 잠시 말을 멈추었다가 충동적으로 이야기를 꺼냈다.

"바틀릿 부인, 로즈 에못을 아시지요? 그녀를 어떻게 생각하시는지 부인의 솔직한 의견을 듣고 싶습니다."

그녀는 이상하다는 눈빛으로 그를 쳐다보았다.

"글쎄요. 좀 변덕스러운 성격이라고 생각하는데요. 하지만 죽은 사람을 놓고 이러쿵저러쿵하고 싶진 않아요."

"하지만 물어보는 이유가 있습니다. 아주 중요한 이유가 있단 말씀입니다."

그는 설득하는 듯한 말투로 이렇게 이야기했다.

그녀는 헨리 경을 가만히 쳐다보며 고민하는 눈치이더니 이윽고 결심한 듯 입을 열었다. 그녀의 목소리는 나지막했다.

"한마디로 나쁜 계집애였답니다. 조 앞에서는 이렇게 말하면 안 되겠지요. 그 계집애한테 완전히 넘어갔으니까. 그런 것들은…… 그만두렵니다. 하지만 무슨 뜻인지 아시겠지요?"

물론 헨리 경은 무슨 뜻인지 알 수 있었다. 조 엘리스 같은 사람들은 남들보다 훨씬 마음이 여렸다. 그리고 맹목적으로 사람을 믿었다. 그렇기 때문에 배신의 충격이 더욱 클 수도 있었다.

그는 착잡한 심정으로 오두막집을 나섰다. 하얀 벽에 가로막힌 기분이었다. 조 엘리스는 어제 저녁 내내 집에서 일을 했다고 한다. 바틀릿 부인이 옆에서 지켜보고 있었다고 한다. 어느 누가 이 상황에서 이의를 제기할 수 있을까? 기다렸다는 듯 대답하던 조 엘리스가 수상하기는 했지만 그것 말고는 이야기에 의심스러운 구석이 전혀 없었다.

멜쳇이 입을 열었다.

"자. 이제 상황이 아주 분명해진 것 같군, 안 그런가?"

경위가 맞장구쳤다.

"맞습니다. 샌드퍼드가 범인입니다. 변명의 여지가 없습니다. 불을 보듯 뻔하지 않습니까? 아무래도 로즈 부녀한테 협박을 당한 게 아닐까 싶습니다. 그런데 돈도 없을 뿐더러 약혼녀의 귀에 들어갈까 봐 최후의 수단을 동원한 거죠. 경께서는 어떻게 생각하십니까?"

그는 헨리 경을 보면서 깍듯하게 물었다.

헨리 경도 시인했다.

"아무래도 그런 것 같군. 그렇지만 샌드퍼드를 보아하니 폭력을 동원할 인물이 못 되는 것 같던데."

말은 이렇게 했지만 설득력 있는 주장은 못 되는 줄은 헨리 경도 잘 알고 있었다. 아무리 순한 동물이라도 궁지에 몰리면 엄청난 일을 벌일 수 있는 법이었다.

그는 문득 생각났다는 듯이 말했다.

"그런데 그 꼬마를 만나고 싶군. 비명을 들었다는 꼬마 말일세."

지미 브라운은 또래에 비하면 체구가 작고 약삭빠른 인상을 풍기는 똑똑한 아이였다. 아이는 열심히 심문에 임했다. 그리고 문제의 그날 저녁 어떤 소리를 들었는지 실감나게 이야기를 하던 도중에 말허리를 잘리자 실망한 표정을 보였다.

헨리 경이 물었다.

"다리 저편에 있었다는 말이지? 마을에서 보자면 강 건너편에 말이다. 그쪽에서 누가 다리 쪽으로 다가가는 걸 본 적은 없니?"

"숲 속을 걷는 사람이 있었는데 샌드퍼드 씨였던 것 같아요. 이상한 집을 만드는 그 건축가 말이에요."

세 사람은 눈짓을 주고받았다.

"그러니까 비명소리를 듣기 10분 전쯤에?"

소년은 고개를 끄덕였다.

"마을 쪽 강가에는 아무도 없었고?"

"한 남자가 휘파람을 불면서 그쪽 길을 천천히 걷고 있었어요. 아마 조 엘리스였을 거예요."

"얼굴이 보이지도 않았을 텐데? 안개 낀 해 질 녘이었으니까 말이다."

경위가 날카롭게 지적했다.

소년이 대답했다.

"휘파람을 듣고 알아차린 거예요. 조 엘리스는 항상 똑같은 노래만 부르거든요. '행복해지고 싶어.' 그 노래밖에 몰라요."

소년은 구닥다리를 무시하는 신식주의자 비슷한 말투였다.

멜쳇이 말했다.

"엘리스가 아닌 다른 사람이 그 노래를 불렀을지도 모르지. 다리 쪽으로 걸어가던?"

"아니요. 반대쪽, 그러니까 마을 쪽으로 걸어갔어요."

멜쳇이 말했다.

"이 정체불명의 남자는 신경 쓸 필요가 없는 것 같군. 그런데 몇 분 뒤에 비명하고 첨벙 하는 소리가 들리기에 봤더니 어떤 사람이 물에 떠내려가고 있었다는 거지? 그래서 도움을 청하러 다리를 건너 마을로 달려갔고. 그런데 달려갈 때 다리 근처에서 아무도 본 기억 없니?"

"두 남자가 손수레를 끌면서 걸어가고 있었는데 좀 멀어서 이쪽으로 오는 건지, 저쪽으로 가는 건지 알 수가 없었어요. 그래서 제일 가까운 가일스 씨 댁으로 달려갔죠."

멜쳇이 말했다.

"잘했다. 아주 믿음직스럽고 침착하게 처신을 잘했구나. 보이 스카우트지?"

"예."

"정말 잘했다. 잘했고말고."

아무 말 없이 생각에 잠겨 있던 헨리 경은 주머니에 들어 있던 쪽지를 꺼내 보면서 고개를 저었다. 아무래도 불가능한 것 같았다. 하지만······.

그는 결국 마플 양을 찾아가기로 했다.

마플 양은 약간 좁다 싶지만 고풍스럽고 깔끔한 응접실에서 그를 맞이했다.

"진행 상황을 알려 드리려고 왔습니다. 일이 잘 풀리는 중이라고 말씀드리기는 힘든 상황입니다. 경찰에서는 샌드퍼드를 체포할 생각입니다. 당연한 절차이지요."

헨리 경이 말했다.

"그러니까 제 주장을 입증할 만한 증거를 찾지 못하셨다는 말씀인가요? 어쩌면 제 생각이 틀렸을지도 모르겠네요. 헨리 경처럼 경험 많은 분이 수상한 구석이 있으면 눈치 못 채셨을 리 없을 테니까요."

그녀는 어리둥절하고 걱정스러운 표정이었다.

"일단 저만 하더라도 마플 양의 주장을 받아들이기가 어렵습니다. 게다가 아주 틀림없는 알리바이가 있습니다. 조 엘리스는 저녁 내내 부엌에서 찬장을 만들었고 바틀릿 부인이 옆을 지키고 있었다고 하니까요."

마플 양은 몸을 앞으로 숙이며 짧게 심호흡을 했다.

"하지만 그럴 리 없어요. 금요일 밤이었으니까요."

"금요일 밤이었다니요?"

"바틀릿 부인은 금요일 밤마다 세탁한 옷을 들고 집집마다 배달을 하는걸요."

헨리 경은 의자 깊숙이 몸을 묻었다. 휘파람 소리 어쩌고 했던 지미의 이야기가 생각났다. 그래…… 앞뒤가 들어맞는군.

그는 자리에서 일어나 다정하게 마플 양의 손을 잡았다.

"이제 길이 보입니다. 적어도 노력은 해 볼 수 있을 것 같습니다……."

5분 뒤에 그는 바틀릿 부인의 오두막집으로 찾아가 사기로 만든 개를 사이에 두고 조 엘리스와 마주앉았다.

그는 단도직입적으로 이야기를 꺼냈다.

"어젯밤 행적을 놓고 우리한테 거짓말을 했더군, 엘리스. 자네는 8시에서 8시 30분 사이에 부엌에서 찬장을 만들고 있지 않았어. 로즈 에못이 살해당하기 몇 분 전에 자네가 강가를 따라 다리로 걸어가는 것을 본 사람이 있거든."

엘리스는 헉 하며 숨을 삼켰다.

"로즈는 살해당한 게 아닙니다. 그럴 리 없어요. 저는 그 사건하고 아무 상관없습니다. 로즈는 강물에 몸을 던진 거예요. 그 정도로 상황이 암담했으니까요. 전 로즈의 머리카락 하나 못 건드릴 사람입니다. 정말입니다."

"그럼 우리한테 거짓말을 한 이유가 뭔가?"

헨리 경이 날카롭게 물었다.

그는 고개를 돌리더니 불편한 듯 시선을 떨구었다.

"겁이 났습니다. 그 근방에서 B 부인을 만나고 잠시 후에 사고 소식을 들었는데 부인 말로는 제가 오해를 받을 수도 있다고 했습니다. 그럼 집에서 찬장을 만들고 있었던 걸로 하겠다고 했더니 부인이 도와주겠다고 자청했습니다. 요즘 세상에 그런 분이 어디 있을까요? 저한테 늘 그렇게 잘해 주시니……."

헨리 경은 아무 말 없이 부엌으로 건너갔다. 바틀릿 부인이 싱크대 앞에서 설거지를 하고 있었다.

"바틀릿 부인, 다 알고 왔으니까 자백하십시오. 아무 잘못 없는 조 엘리스가 교수형 당하길 바라지 않으신다면 말입니다……. 그걸 바라지는 않으시겠지요? 그날 저녁에 있었던 일을 말씀드려 볼까요? 부인은 세탁한 옷을 배달하러 나선 길에 로즈 에못을 만났습니다. 조를 내팽개치고 새 남자한테 들러붙더니 난처한 입장에 놓이게 된 로즈 에못을 말입니다. 조는 그녀를 구하러 나설 작정이었습니다. 다시 돌아온다면 결혼할 생각이었지요. 부인은 집주인과 하숙생의 관계로 4년을 함께 사는 동안 그를 사랑하게 됐습니다. 그를 부인의 남자로 만들고 싶었습니다. 그러니 이 아가씨가 끔찍이도 싫으셨겠지요. 쓰레기 같은 창녀한테 그를 빼앗길 생각을 하니 참을 수가 없으셨겠지요. 부인은 힘이 셉니다. 그 아가씨의 팔을 잡고 강물로 빠뜨리는 것쯤 별로 어렵지도 않았을 겁니다. 그러다 부인은 몇 분 뒤에 조 엘리스와 마주쳤습니다. 지미라는 꼬마가 두 사람을 멀리서 목격했습니다. 그런데 어둑어둑하고 안개까지 끼어 있던 터라 유모차를 손수레로 잘못 보았고 남자 둘이 걸어가는 것으로 착각했습니다. 부인은 의심을 받을지 모른다며 알리바이를 만들어 주겠다고 조를 설득했습니다. 하지만 그건 부인을 위한 알리바이였습니다. 제 이야기가 틀렸습니까?"

그는 숨을 참았다. 이제 모든 게 바틀릿 부인의 대답에 달려 있었다.

그녀는 천천히 마음을 정하려는 듯 앞치마에 손을 닦으며 가만히 서 있었다. 이윽고 그녀는 감정이 절제된 차분한 목소리로(헨리 경이 문득 느끼기로는 섬뜩한 목소리였다.) 털어놓았다.

"맞습니다. 제가 무슨 생각으로 그랬는지 모르겠네요. 뻔뻔스러운 것⋯⋯. 이 생각뿐이었을 겁니다. 그런 계집애한테 조를 뺏길 수는 없다는 생각뿐이었을 겁니다. 저는 평생 행복이라고는 모르고 살았어요. 가난뱅이 남편은 성격 고약한 환자였죠. 그래도 얼마나 정성을 다해 간호했는지 모릅니다. 그러다 조가 하숙생으로 들어왔어요. 머리가 하얗게 세서 그렇지 제 나이가 그렇게 많지는 않답니다. 마흔밖에 안 됐으니까요. 조는 천 명 중에 한 명 있을까 말까 한 청년이었지요. 저는 조에게 모든 정성을 쏟았습니다. 어찌나 어린아이처럼 사랑스럽고 순진한지⋯⋯. 조는 제가 돌보고 챙겨야 할 남자입니다. 그런데 이⋯⋯ 이⋯⋯."

그녀는 말을 삼키며 마음을 다잡았다. 이런 순간에도 이성을 잃지 않을 만큼 의지가 강한 여자였던 것이다. 그녀는 고개를 들더니 묻는 듯한 눈빛으로 헨리 경을 쳐다보았다.

"마음의 준비는 다 됐습니다. 아무도 모를 줄 알았더니……. 어떻게 눈치 채셨는지 모르겠군요. 정말 모르겠어요."

헨리 경은 가볍게 고개를 저었다.

"제가 눈치를 챈 게 아닙니다."

그는 주머니 속 쪽지에 적힌, 깔끔하고 고풍스런 글씨를 떠올렸다.

조 엘리스와 함께 물 방앗간 오두막 2번지에 사는 바틀릿 부인

이번에도 마플 양의 추측이 옳았던 것이다.

작품 해설

『열세 가지 수수께끼 The Thirteen Problems』는 추리 소설계에 마플 양과 세인트 메리 미드를 소개하는 작품이다. 원래는 1928년 《스케치 Sketch》에 연재된 여섯 편의 단편으로 출발한 것으로, 1932년에 단편의 숫자를 열세 개로 늘려 한 권의 단편집으로 출간되었다.

이야기는 1주일에 한 번씩 만나서 과거에 겪은 미해결 사건을 놓고 의견을 나누는 사람들을 중심으로 전개된다. 두 번의 모임이 끝난 뒤 마플 양의 친구와 이웃들은 점점 그 성격이 분명해지는데, 여기에서 독자들은 낯익은 주인공들을 만날 수 있다.

믿음직한 전직 런던 경시청장 헨리 클리서링 씨, 나무랄 데 없는 성직자 펜더 박사, 지역 변호사 페서릭 씨, 정직한 밴트리 대령과 그의 아내 돌리 그리고 마플 양의 조카 레이먼드 웨스트를 말이다.

모든 것을 종합해 볼 때 이 단편집은 마플 양이 등장하는 추리 소설의 진수를 담고 있다. 모인 사람들 모두 학식과 지식을 자랑하지만, 잔인한 범죄의 중심으로 파고들어 범인의 의도를 깜짝 놀랄 만큼 정확하고 쉽게 집어내는 사람은 한구석에 앉아 뜨개질에 열중하는 우리의 사랑스러운 노숙녀이기 때문이다.

그야말로 아늑하고 조용하기만 할 것 같은 시골 생활과 아무것도 모르는 것처럼 보이는 할머니에 대한 시각을 유쾌하게 깨뜨리는 작품인 것이다.

마플 양은 우리 할머니 애거서 크리스티 여사처럼 모든 고정 관념을 거부한다. 그녀는 '옅은 파란색 눈동자와 다정하고 친절한 눈빛' 속에 뛰어난 사고력과 강렬한 직감을 감추고 있다. 자신은 탐정에 어울릴 만한 재목이 못 된다고 주장하지만 인간의 본성과 약점을 이해하는 데 놀라운 재능을 발휘한다. 스스로 표현했다시피 '인간의 본성이야 어딜 가든 비슷하고 시골에 살면 자세히 관찰할 수 있는 기회가 많기' 때문이다.

마플 양은 죄를 지으면 응분의 대가를 치러야 하는 빅토리아 시대의 분위기를 엄격히 따르는 인물이다. 인간 본성에 관한 이론은 복잡할지 몰라도 정의 실현의 중요성을 강조할 때는 단호하며, 약자를 보호하기 위해선 언제든지 죄인을 단죄할 준비가 되어 있다.

그녀의 판단은 냉정하고, '말랑말랑한' 인도주의나 현대식 감상주의에 젖지 않는다. '세상이 얼마나 사악한지' 알기 때문이다.

그녀는 사랑에 빠진 젊은이들의 낭만적인 발상을 대하면 인자하게 미소 짓지만, 우리 할머니처럼 항상 최악의 상황을 예상하며 행

동한다. 그리고 우리는 마지막에 가서 그녀의 예상이 항상 들어맞는 것을 볼 수 있다.

단호하고 정의로운 마플 양의 모습은 우리 할머니의 태도를 고스란히 반영하는 것 같다. 우리 할머니로 말할 것 같으면, 평소 유죄 판결을 받은 살인범들은 사회악이라는 신념을 가지고 계셨다. '중요한 건 범인이 아니라 결백한 사람들'이라고 하는 마플 양의 대사는 바로 할머니의 생각을 대변하는 셈이다.

할머니는 마플 양 이야기를 계속 이어 나가건 그녀를 에르퀼 푸아로의 라이벌로 만들 생각이 없다고 하셨다. 하지만 현명한 마플 양은 어느새 할머니의 인생 한구석을 차지해 버렸다.

그리고 이후로 삽시간에 독자들의 마음을 단단히 사로잡아 혼자 힘으로 수수께끼 같은 인물이자 세계적인 탐정의 반열에 올랐다.

『열세 가지 수수께끼 The Thirteen Problems』는 할머니의 놀라운 창조력과 독창성을 반증하는 작품이다. 쉽게 읽히는 내용과 단순한 문체 속에는 하나의 장편으로 내놓아도 손색이 없을 만한 깊이가 숨어 있다. 이 작품은 복잡하고 흥미로운 각각의 수수께끼 덕분에 세월의 검증을 거치며 추리 소설계의 고전이 되었다.

이 작품을 읽을 때마다 나는 할머니의 독특한 구성과 힘을 빼고 거침없이 쓴 문장에 다시 한 번 감탄하게 된다.

평소 할머니는 신세대가 폭력을 즐기기 위해 추리 소설을 읽는다고, "잔인함 자체를 통해 가학적인 즐거움을 누린다."고 한탄하시곤 했다. 이 책에서 할머니는 또 한 번 이성의 힘을 발휘하여 추리의 즐거움을 만끽해 보라고, 범죄가 다시 벌어지기 전에 수수께끼를 해결해 보라고 우리를 초대하고 계신다.

매튜 프리처드

ⓒ2003 Agatha Christie Limited, a Chorion company. All rights reserved.

옮긴이 | 이은선

연세대학교 중문과와 같은 학교 국제학대학원 동아시아학과를 졸업했다. 편집자와 저작권 담당자로 일했으며, 현재는 전문 번역가로 활동 중이다. 옮긴 책으로는 『탐정 아리스토텔레스』, 『헌책방마을 헤이온와이』, 『화성의 인류학자』, 『통역사』, 『포의 그림자』, 『누들메이커』, 『기적』, 『굿독』, 『몬스터』, 『그대로 두기』, 『워너비 재키』, 『마흔 살 여자가 서른 살 여자에게』, 『딸에게 보낸 편지』, 『노 임팩트 맨』, 『셜록 홈즈 실크 하우스의 비밀』, 『11/22/63』 등이 있다.

애거서 크리스티 전집
열세 가지 수수께끼

3판 1쇄 펴냄 2021년 2월 22일
3판 3쇄 펴냄 2025년 8월 19일

지은이 | 애거서 크리스티
옮긴이 | 이은선
발행인 | 박근섭
편집인 | 김준혁
펴낸곳 | 황금가지

출판등록 | 2009. 10. 8 (제2009-000273호)
주소 | 06027 서울 강남구 도산대로 1길 62 강남출판문화센터 5층
전화 | 영업부 515-2000 편집부 3446-8774 팩시밀리 515-2007
홈페이지 | www.goldenbough.co.kr

도서 파본 등의 이유로 반송이 필요할 경우에는 구매처에서 교환하시고 출판사 교환이 필요할 경우에는 아래 주소로 반송 사유를 적어 도서와 함께 보내주세요.
06027 서울 강남구 도산대로 1길 62 강남출판문화센터 6층 민음인 마케팅부

© ㈜민음인, 2013. Printed in Seoul, Korea
ISBN 978-89-8273-706-0 04840
ISBN 978-89-8273-700-8 04840 (set)

㈜민음인은 민음사 출판 그룹의 자회사입니다.
황금가지는 ㈜민음인의 픽션 전문 출간 브랜드입니다.